# बेजुबान

सुभाष शर्मा

राधाकृष्ण प्रकाशन

ISBN : 978-81-7119-571-8

**बेज़ुबान** (कहानी-संग्रह)

**पहला संस्करण** : 2000
**पहली आवृत्ति** : 2023
**मूल्य** : ₹395

**प्रकाशक**
राधाकृष्ण प्रकाशन प्राइवेट लिमिटेड
जी-17, जगतपुरी, दिल्ली-110 051

**शाखाएँ** : अशोक राजपथ, साइंस कॉलेज के सामने, पटना-800 006
पहली मंजिल, दरबारी बिल्डिंग, महात्मा गांधी मार्ग, प्रयागराज-211 001
1, अनमोल सोराबजी संतुक लेन, धोबी तलाव, मरीन लाइंस, मुम्बई-400 002
वेबसाइट : www.radhakrishnaprakashan.com
ई-मेल : info@radhakrishnaprakashan.com

**मुद्रक**
राजकमल प्रेस
नई दिल्ली-110 002

BEZUBAAN
*Short Stories by* Subhash Sharma

*प्रिय देवेन्द्र मिश्र को*

# क्रम

# बेजुबान

"जैसा जेल के भीतर है यदि वैसा बाहर भी हो जाए, तो दुनिया ही बदल जाएगी।"–एक कैदी का बयान। दैनिक अखबार में छपी इस खबर पर जैसे ही उसकी निगाह पड़ी, उसने बगल में खड़े व्यक्ति की यह आवाज़ सुनी–"होशियार, होशियार, होशियार..."

यह किसी राजा-महाराजा के आगमन के पूर्व की सूचना नहीं थी। दरअसल जेल के महिला वार्ड में जब किसी अधिकारी या कर्मचारी को किसी कार्यवश प्रवेश करना होता, तो बंद दरवाजे के बाहर से 'होशियार' शब्द तीन बार कहना पड़ता था। तभी महिला वार्ड के अंदर ड्यूटी पर तैनात जमादारिन यानी महिला वार्डर उस आवाज़ को पहचान कर अंदर से दरवाजा खोल देती।

कुछ ऐसा ही हुआ इस बार भी। नया जेल अधीक्षक पहली बार जेल के विभिन्न क्षेत्रों और वार्डों का मुआयना कर रहा था। महिला वार्ड में वह घुसा। घुसते ही महिला बंदियों के बारे में जेल अधीक्षक के मन में तरह-तरह के विचार और घटनाएँ स्मृतिपटल पर आने लगीं। उसे याद आया कि आपातकाल के दौरान उसने अखबारों में पढ़ा था कि जो महिलाएँ जबर्दस्ती बंध्याकरण ऑपरेशन का विरोध की थीं, उन्हें जेलों में ठूँस दिया गया था जिससे वे बेजुबान हो जाएँ। जिनका ऑपरेशन असफल हो गया था अथवा ऑपरेशन के बाद जिनके बारे में जानकारी मिली थी कि वे पूर्व से ही विधवा हैं या जिनकी उम्र ज़्यादा हो गई थी और वे मेनोपॉज की अवस्था पार कर चुकी थीं, उन्हें भी बेकसूर जेलों में बंद कर दिया गया था। हो सकता है उनमें से कुछ अभागिन बची हों अभी महिला वार्ड में ऐसा अधीक्षक सोचने लगा। लेकिन नहीं, आपातकाल बीते कई वर्ष गुजर चुके हैं। फिर भी हो सकता है कि किसी महिला को इसलिए जमानत न मिली हो क्योंकि उसकी जमानत की अर्जी देनेवाला ही कोई नहीं हो। दूसरे क्षण उसने सोचा कि जेल में ऐसी महिलाएँ भी कैद रहती हैं जो बड़े-बड़े अपराधी गैंगों की सक्रिय सदस्य होती हैं और येन-केन प्रकारेण निर्दोष लोगों को अपराध-फाँस में फँसाती हैं। उसे याद आने लगीं तमाम मुंबइया फिल्में जिनमें मालकिनें कोठा चलाती हैं या नशीली दवाओं का अवैध व्यापार करती हैं या विदेशी कीमती सामानों की स्मगलिंग में जुटी रहती हैं। इतना ही नहीं कुछ महिलाएँ अपहरण का धंधा भी करती हैं और अंतर्राष्ट्रीय गिरोहों से जुड़ी होती हैं। एक फिल्म में तो यहाँ तक दिखाया गया था कि एक जवान खूबसूरत लड़की कैसे किसी महानगर के बड़े-बड़े धन्नासेठों और नेताओं की अप्रत्याशित

रूप से हत्या करती रहती हैं जिससे पूरे महानगर में दहशत पैदा हो जाती है। और आतंकवादी महिलाएँ भी तो होती हैं। आख़िरकार एक महिला ही ने मानव बम के सहारे देश के युवा प्रधानमंत्री की हत्या कर दी थी। पंजाब के उग्रवाद और श्रीलंका के आतंकवाद में महिलाओं की सक्रिय भागीदारी की बात किससे छुपी है, अधीक्षक सोचने लगा। सोचते-सोचते उसका सिर चकराने लगा। तभी पास खड़े जेलर ने बताया कि नियम के मुताबिक महिला वार्ड में कोई पुरुष अधिकारी या कर्मचारी अकेले नहीं घुस सकता। कम-से-कम दो आदमी होना ज़रूरी है। दूसरी बात उसने यह बताई कि महिलाएँ बहुत भावुक होती हैं शायद इसीलिए महिला बंदियों को रसोई बनाना मना है। "लेकिन साहब ! यह कैसा विरोधाभास है कि जब समूचे देश में घर-घर औरतें ही चूल्हा-चक्की अच्छी तरह सँभालती हैं, तो जेल में क्यों नहीं सँभाल सकतीं !"–जेलर कहता जा रहा था–'बिनु घरनी घर भूत का डेरा'। तीसरी बात उसने यह बताई कि महिलाओं को हर महीने नहाने-धोने का एक-एक बट्टी साबुन और नारियल तेल दिया जाता है। जेलर जब यह सब बता रहा था, तभी जमादारिन ने जेल अधीक्षक को सलूट मारा और बताया कि सभी महिला बंदी लाइन में खड़ी तैयार हैं।

जेलर एक-एक महिला बंदी का नाम पुकारने लगा और बताने लगा कि वह किस अपराध में जेल में आई है। तभी उसने पुकारा, "छोटकी गूँगी, बड़की गूँगी, काली गूँगी, मोटकी गूँगी..." अधीक्षक को आश्चर्य हुआ। उसने पूछा, "इनके नाम क्या-क्या हैं ?"

"यही नाम हैं, सर," जेलर ने बिना किसी झिझक के कहा।

"क्या मतलब ?"

"जिसके जुबान नहीं होती, उसका कोई नाम नहीं होता।"

अधीक्षक अब भी संतुष्ट नहीं हुआ। उसने इन गूँगी बंदियों का हिस्ट्री टिकट माँगा। हिस्ट्री टिकट में लिखा था–छोटकी गूँगी, पिता का नाम नामालूम साकिन नामालूम उम्र करीब बीस वर्ष, ऊँचाई करीब पाँच फीट छः इंच, थाना शिवगढ़, कांड सं. 177/94 धारा तीन सौ उन्नासी भा. द. वि., न्यायालय मुख्य न्यायिक दंडाधिकारी शिवगढ़। अधीक्षक को अपनी आँखों पर विश्वास नहीं हुआ। उसे ये सारे शब्द डरावने लगे। ऐसा कैसे हो सकता है कि किसी का कोई नाम-पता ही नहीं हो। आख़िर हर इनसान किसी-न-किसी की कोख से पैदा होता है और जहाँ वह पैदा होता है, वही उसका घर-बार और गाँव-शहर होता है। वह जेलर पर झल्ला उठा और नाराज होकर उसने वारंट मँगवाया। लेकिन उसमें भी वही प्रविष्टि थी। दरअसल वारंट के आधार पर ही हिस्ट्री टिकट बनता है। फिर भी अधीक्षक ने अपनी तसल्ली के लिए वारंट से भी सत्यापित किया। अधीक्षक को इस बेजुबानी-बेनामी पद्धति पर एतराज हुआ और इसीलिए उसने जेलर से पूछा, "मान लो कि कोई नई गूँगी जेल में आ जाए, तो उसका क्या नाम होगा ?"

"पतरकी गूँगी, सर।"

"और ज़्यादा गूँगी बंदी आएँ, तो।"

"तो गूँगी नं. 1, 2, 3, 50, 100...

अधीक्षक का दिल अंदर से कचोट उठा। गूँगी का कोई नाम क्यों नहीं ? आख़िर किसी व्यक्ति का नाम, परिवार या समाज ही रखता है, खुद वह व्यक्ति नहीं। गूँगी का वैसे ही नाम नहीं, जैसे गाय-भैंस का कोई नाम नहीं। अर्थात् गूँगी भी गाय-भैंस से अधिक नहीं क्या ? उसे अपने गाँव के खेताऊ काका की याद आई जिन्होंने अपनी भैंसों का नाम लच्छमी और करमा रखा था और हमेशा वे नाम लेकर ही पुकारते थे और लच्छमी तथा करमा फौरन उनके पास आ जाती थीं लेकिन इस गूँगी की स्थिति उन भैंसों से भी बदतर है। बेज़ुबान यानी बेनाम यानी एक संख्या। गूँगी की अंतिम नियति सिर्फ़ एक संख्या है ! ऐसा लगा कि अधीक्षक निरीक्षण के बजाय खो गया है कहीं गहरे में। अपने में या समाज में, यह कहना मुश्किल था।

थोड़ी देर बाद अधीक्षक अपने आवास पर चला गया। बारी-बारी से मुलाकाती बंदियों से मिल रहे थे। बाहर तेज धूप थी। काफी प्रतीक्षा के बाद मुलाकात हो रही थी और आशंका थी कि मुलाकात का निर्धारित समय कहीं पूरा न हो जाए। इसी बीच एक मुलाकाती छोटकी गूँगी से भी मिलने आया। उसने अपना आवेदन दिया। थोड़ी देर बाद छोटकी गूँगी मुख्य द्वार पर आई मुलाकात के वास्ते। उसका मुलाकाती भुन्गा सिंह था जो समय-समय पर गरीबों को दान-दक्षिणा दिया करता था—खाना कपड़ा वगैरह। छोटकी गूँगी जेल आने के पहले रिमांड होम में थी। उस समय उसकी उम्र अठारह वर्ष से कम होने के कारण उसे पुलिस की रिपोर्ट पर मजिस्ट्रेट ने रिमांड होम में भेज दिया था किंतु मुख्य न्यायिक दंडाधिकारी के कोर्ट में किसी ने उसकी जमानत के लिए अर्जी ही पेश नहीं की लंबे अरसे तक। बाद में रिमांड होम की अधीक्षिका ने एक आवेदन जमानत के लिए लिखवाकर कोर्ट में भेज दिया था जिसे किसी वकील द्वारा पैरवी न करने पर नामंजूर कर दिया गया था। उसके बाद अठारह वर्ष पूरा होने के कारण उसे रिमांड होम से जेल भेज दिया गया था। तब से वह जेल में है और किसी ने सेशन जज के कोर्ट में उसकी जमानत की अर्जी पेश नहीं की थी।

सो अधेड़ दाढ़ी-मूँछवाले 'समाजसेवी' भुन्गा सिंह को देखकर उसे आशा की किरण फूटती सी दिखाई पड़ी। भुन्गा सिंह ने उसे कुछ फल-फलूट दिया। साथ में खाने का एक डिब्बा भी। भुन्गा सिंह उसे इशारे से कुछ समझा रहा था लेकिन वह कितना समझ रही थी, यह कहना मुश्किल है।

भुन्गा सिंह के जाने के बाद कुछ ही क्षणों में अधीक्षक ने अंदर प्रवेश किया। छोटकी गूँगी के हाथों में खाने का डिब्बा और फल-फलूट देखकर अधीक्षक को कुछ खुशी हुई। वह सोचने लगा कि छोटकी गूँगी किसी अच्छे खानदान की लड़की है लेकिन चोरी के इल्जाम में कैसे फँस गई। हो सकता है कोई गोतिया उसे फँसा दिया हो।

दूसरे दिन कोर्ट के आदेश से टी. आई. (पहचान) परेड आयोजित किया गया जिसमें केस करनेवाले के द्वारा छोटकी गूँगी की पहचान की जानी थी। कुल पंद्रह महिलाओं को तैयार किया गया टी. आई. परेड के लिए। सभी को एक तरह की साड़ियाँ

पहनाई गईं। माथे पर बिंदी लगा दी गई। बालों में तेल-कंघी। सभी महिला बंदी सजी-सँवरी थीं और उन्हें आईने की तलब थी जैसे खैनी खानेवाले को खैनी की। लेकिन महिला वार्ड में आईना नहीं था। महिला को आईना भी मयस्सर नहीं। जेलर ने अधीक्षक को बता दिया था कि जेल मैनुअल के फलाँ नियम के मुताबिक वार्ड के अंदर आईना देना मना है। सो अंततः बिसूरकर वे अपना-अपना चेहरा घड़े में रखे पानी में देख-देखकर मुसकराने लगीं। फिर जमादारिन की देख-रेख में वे एक कतार में खड़ी हो गईं ! मजिस्ट्रेट ने पहचानकर्ता को बुलाया। वह बारी-बारी से सभी महिला बंदियों की तरफ नजरें दौड़ाता गया। तीन बार मौका दिए जाने के बावजूद वह नहीं पहचान सका। लेकिन छोटकी गूँगी उसे पहचान गई। क्यों न पहचाने ? यह तो वही था जो उसे कल खाना और फल-फलूट दे गया था। यानी भुन्गा सिंह। शायद न पहचानने के लिए ही वह एक दिन पहले ही कुछ लोगों की मिलीभगत से छोटकी गूँगी से मुलाकात करने जेल में आया था। कोई षड्यंत्र था क्या ? लेकिन मजिस्ट्रेट ने रिपोर्ट लिख दी कि पहचानकर्ता भुन्गा सिंह अभियुक्त को नहीं पहचान सका टी. आई. परेड में। छोटकी गूँगी की समझ में टी. आई. परेड की बात बिलकुल नहीं आई। लेकिन जब उसे बताया गया कि उसे न पहचानने के कारण उसे कोर्ट से जमानत और फिर जेल से छुट्टी मिल जाएगी तो वह बहुत खुश हुई। उसकी आँखों में आँसू आ गए। उसे अपनी माँ की याद आई। वही माँ जो उसे सात वर्ष की अकेली छोड़कर चल बसी थी। बाप के चेहरे की याद भी नहीं है उसे क्योंकि वह माँ के पहले ही गुजर चुका था। दूसरे दिन जमानत की तारीख थी। थाना प्रभारी शिवगढ़ खुद गया था पी. पी. (लोक अभियोजक) से मिलने के लिए। उसने बताया था कि केस में दम नहीं है। पी. पी. पूछ बैठा कि जब केस में दम नहीं है, तो छोटकी गूँगी को क्यों फँसाया गया। थाना प्रभारी ने किसी दबाव की चर्चा की थी। उक्त दबाव की बात सुनकर पी. पी. का चेहरा बदल गया। उसके माथे की सिकुड़न शायद संकेत कर रही थी सवालिया लहज़े में कि आख़िर कब तक किसी के दबाव में गरीब लोग उजड़ते रहेंगे, दबाव में कितने भले इनसान अपराधी बना दिए जाएँगे और कितने असली अपराधी बेनकाब नहीं होंगे। लेकिन क्षण भर में उसकी आँखें लाल-पीली होकर भी स्याह हो गईं, उसकी भौंहें, तनकर भी नीचे हो गई उसका सीना फूलकर भी सिकुड़ गया। क्या पी. पी. को भी कोई दबाव महसूस हुआ। नहीं। दबाव नहीं, डर समा गया उसके अंदर जैसे ही उसे याद आया पिछले सी. जे. एम. का चेहरा जो जमानत देने में बहुत उदार था और झूठे मामलों में उत्तरदायित्व निर्धारित करने हेतु कई थाना प्रभारियों के विरुद्ध एस. पी. को लिख चुका था लेकिन अंततः एक दिन एक दबंग दारोगा ने उसके घर ही चोरी करवा दी थी और तब से उस मजिस्ट्रेट का रुख ही बदल गया था...

खैर...मजिस्ट्रेट की टी. आई. परेड रिपोर्ट देखने और बचाव पक्ष एवं पी. पी. को सुनने के बाद सी. जे. एम. ने छोटकी गूँगी को कांड सं. 177/94 में बाइज़्ज़त डिस्चार्ज कर दिया। इजलास खत्म होने के बाद भुन्गा सिंह पेशकार के पास गया और उसे

जड़ी-बूटी सुँघाकर छोटकी गूँगी की जमानत की नकल ले ली। उसे लगा कि उसे कोई बड़ी अमानत मिल गई है। वह मोटरसाइकिल से तेज रफ्तार से चलता हुआ–ट्राफिक नियमों की धज्जियाँ उड़ाता हुआ–जेल पर पहुँचा। करीब पौने छः बज चुके थे। सूरज डूबने ही वाला था। सूरज डूबने के बाद कोई बंदी जेल के गेट से बाहर नहीं निकल सकता क्योंकि तब तक 'नंबरबंदी' (बंदियों की गणना करके वार्ड में ताला लगाना) हो चुकी होती है और विभिन्न रजिस्टरों में आनेवाले और निकलनेवाले बंदियों की संख्या की प्रविष्टि कर दी जाती है। सो जेल के गेट पर तैनात वार्डर ने कह दिया कि अब बहुत देर हो गई है, कल आइए। भुन्गा सिंह इस ना-नुकुर की भाषा समझ गया और धीरे से अपनी दाहिनी मुट्ठी उसकी हथेली पर खोल दी। वार्डर का चेहरा खिल गया जैसे कीचड़ में कमल।

थोड़ी देर में छोटकी गूँगी को महिला वार्ड से मुख्य द्वार पर लाया गया। छोटकी गूँगी बहुत खुश हो रही थी कि उसे लंबे अरसे बाद आज मुक्ति मिल रही है लेकिन कुछ उदासी भी थी कि तीस बंदी बहनों का साथ आज छूट रहा है जिसके बीच वह काफी लोकप्रिय रहती थी और वह किसी भी बंदी बहन का हारे-गाढ़े काम कर देती थी। आख़िर बचपन से ही उसे दूसरे घरों में बर्तन माँजने-धोने और घरेलू काम करने का पुराना अनुभव रहा है। वह गेट से बाहर निकलनेवाली थी। मुख्य गेट खुलनेवाला था। मुख्य गेट के बाहर दो संतरी तैनात थे रायफल के साथ। तभी दो व्यक्ति आपस में झगड़ने लगे–भुन्गा सिंह और बूटन मंडल। झगड़े का मुद्दा था कि कौन छोटकी गूँगी को अपने साथ ले जाएगा। दोनों का दावा था उस पर गोया वह कोई वस्तु मात्र हो। भुन्गा सिंह कह रहा था कि वह उसके यहाँ दाई का काम करती रही है कई वर्षों से और उसने ही उसकी जमानत कराई। थाना-पुलिस, कोर्ट-कचहरी, जेल आदि में उसने काफी कुछ खर्च किया है। दूसरी तरफ बूटन मंडल का कहना था कि छोटकी गूँगी उसकी दूर की रिश्तेदार है और उसके माँ-बाप मर गए हैं और उसी ने उसको पाला-पोसा था। इस पर जब भुन्गा सिंह पूछता कि बूटन ने उसकी जमानत क्यों नहीं कराई, तो वह उबल पड़ता। इस प्रकार दोनों में तू-तू, मैं-मैं हो रही थी। ऊँची आवाज़ सुनकर छोटकी गूँगी घबरा गई और उसके चेहरे की हवाई उड़ गई। बकरी को मालूम हो जाए कि वह कसाई के हाथों में जा रही है, तो उसकी बोली और हाव-भाव बदल जाते हैं। छोटकी गूँगी के हाव-भाव भी बदल गए। वह अपने हाथों से संकेत करने लगी कि वह जेल से बाहर नहीं जाएगी। उसका दम घुट रहा था बाहर जाने का नाम सुनकर। वह आश्वस्त-सी लग रही थी कि जेल के भीतर की दुनिया उतनी क्रूर और निर्दयी नहीं है जितनी बाहर की दुनिया। उसकी आँखों से धारा-प्रवाह गिरते आँसू मानो उसे जुबान दे रहे थे।

जब शोर तेज हो गया और बात बढ़ने लगी तथा संतरियों की बात वे दोनों नहीं माने, तो एक संतरी ने जेल अधीक्षक को सूचित कर दिया। अधीक्षक ने दोनों की बातें सुनीं और जेल में उपलब्ध कागजात की छानबीन भी की। वह आश्वस्त हो गया कि

छोटकी गूँगी के शोषण के लिए ही वे दोनों झगड़ रहे हैं। वास्तव में वह भुन्गा सिंह के यहाँ कभी दाई का कार्य नहीं किया था और न बूटन मंडल की कोई रिश्तेदार ही है। तो क्या उसे जेल से मुक्त नहीं किया जाए ! दूसरे क्षण उसने सोचा कि कानून, कानून होता है। कानून के हाथ लंबे होते हैं और नाखून...कहीं कोई कोर्ट में केस कर दे कि छोटकी गूँगी को अनधिकृत रूप से जेल में रखा गया है, तो क्या होगा ! एक तो बंदी, दूजे महिला। सूचना मिलने पर मानवाधिकार आयोग उसे बलि का बकरा बना देगा और समाज के कथित ठेकेदार उसकी नीयत पर ही शक करने लगेंगे, तो क्या होगा ?

वह पशोपेश में था। वह एक जेल अधीक्षक ही नहीं, आदमी भी है, यह बात उसे बार-बार अंदर से कचोट रही थी। इधर भुन्गा सिंह और बूटन मंडल का जोर बढ़ रहा था कि सर आप कोर्ट के आदेश के मुताबिक कानूनन जो करना चाहिए, वही कीजिए अन्यथा हम लोगों ने भी कोर्ट-कचहरी खूब देखी है। तीसरे छोर पर छोटकी गूँगी थी जो थी तो गूँगी लेकिन उसकी आँखें बहुत कुछ कह रही थीं। शायद जिसके पास जीभ नहीं होती, उसकी आँखें ही जीभ बन जाती हैं। अचानक अधीक्षक झुँझला उठा, ''यह आप लोगों के साथ नहीं जाएगी।''

''आख़िर क्यों ?'' भुन्गा सिंह चिल्लाया, ''यह आपकी कौन होती है, किस वास्ते आपको आ रही है इतनी दया ?

''बस, यह नहीं जाएगी।''

''मैं राँगफुल कनफाइनमेंट का केस कर दूँगा, सर ! कानून मैं भी जानता हूँ।''

''आप कर सकते हैं,'' अधीक्षक शांत स्वर में बोला, ''यह रिमांड होम में रहेगी। अपने बल-बूते। आप लोग इसकी चिंता मत कीजिए।''

अगली सुबह अधीक्षक उठा तो तरो-ताजा था। बिस्तर पर लेटे-लेटे वह चाय पी रहा था। तभी हॉकर अखबार दे गया। अखबार के प्रथम पृष्ठ पर मुख्य खबर थी, 'जेल अधीक्षक के विरुद्ध मानवाधिकार का मामला'। दैनिक अखबार के संवाददाता ने छोटकी गूँगी का उसके रिश्तेदार को न सौंपने के पीछे अधीक्षक की बदनीयती की कहानी गढ़ दी थी। उसमें साफ-साफ लिखा था कि अधीक्षक ने इसी उद्‌देश्य से उसे रिमांड होम भेज दिया था क्योंकि अधीक्षक का मकान उसी रोड पर स्थित है जिस रोड पर रिमांड होम है। संवाददाता ने अपनी कल्पना और कला-कौशल का भरपूर इस्तेमाल करते हुए इसे काफी सनसनीखेज खबर बना दी थी।

अधीक्षक खबर पढ़ते ही बेचैन हो गया। उसने दुबारा वह खबर पढ़ी। फिर खबर के एक-एक शब्दों को घूरने लगा। तीसरी बार उसे फिर पढ़ा। शायद इस बार वह शब्दों का वजन तौल रहा था। चौथी बार उसने उस अखबार के टुकड़े-टुकड़े कर रद्‌दी की टोकरी में डाल दिया। इसके बाद वह बिस्तर पर बैठ गया। फिर उठा। माचिस से तीली निकालकर उसने उन टुकड़ों में आग लगा दी और बिस्तर पर बैठ गया। फिर उठा। उसने राख में पानी डाल दिया। कोई धूम-धड़ाका नहीं हुआ। अखबारी खबर के शब्द राख में तबदील होकर मुर्दों की तरह पानी में तैर रहे थे।

# स्वप्न-भंग

मुलेमा धीरे-धीरे सयानी हो गई। उसके गाँव में उसकी हमजोलियों की शादी दो-तीन साल पहले ही हो गई थी। मुलेमा का बाप करधन तीन-चार साल से वरदेखी कर रहा है लेकिन कोई वर नहीं मिल रहा है। जहाँ भी वह जाता है, दहेज की ही बात पहले होती है। और करधन के लिए दहेज दे पाना सुई की पूँछ से हाथी निकालने की तरह है। आख़िर तीन-तीन बेटियों की शादी करने में उसकी कमर पहले ही झुक गई थी। इस चौथी बेटी की शादी में कमर टूटने की कसर बाकी है। गाँव की महिलाएँ भीतर-बाहर मुलेमा की चर्चा करतीं कि देखने-सुनने में कितनी सुंदर है लेकिन उसका नखत ही खराब है। अब तक ब्याही होती तो 'लरकोर' हो गई होती। उसकी सखी मनतोरा के अब तक तीन बच्चे हो चुके हैं। मानी सारे गाँव की औरतें मुलेमा का हाथ पीला होते देखना चाहती थीं, कुछ तो दिल से चाहती थीं और कुछ ऊबकर।

इस बार करधन ने दशहरे से ही वरदेखी करना शुरू कर दिया। साथ में एक-दो रिश्तेदार भी ले लेते। जहाँ जाते, वहाँ पन-पियाव के बाद कुल-गोत्र खानदान की बातें होतीं और दोनों पक्ष उसी परिचय के दौरान दो-चार किस्से सुनाने लगते जिसमें उनके खानदान की बड़ाई होती। लेकिन बात लेन-देन पर आकर अटक जाती। एक ने तो बड़े चाव से कहा, "भाई बिना तेल के गाड़ी थोड़े ही चलती है ?" "आदमी टट्टी करके आगे बढ़ता है पीछे नहीं खिसकता।" "जितना दहेज उनके घर में पहले मिल चुका है उससे अधिक अब मिलना चाहिए।" "लेकिन भाई, पाँचों उँगलियाँ बराबर नहीं होतीं।" करधन ने कहा। "ठीक कह रहे हैं, लेकिन कनगुरी से बाकी उँगलियाँ बड़ी ही होती हैं। तभी करधन के साथ गए रिश्तेदार ने दूसरा पाँसा फेंका, "भई, जाति-बिरादरी भी तो कुछ चीज़ होती है। आख़िर धन-दौलत तो दो दिनों का खेल है। सब यहीं धरा रह जाएगा, जब छोड़ चलेगा बंजारा–" "जाति-बिरादरी में तो निरहू-घुरहू भी हैं। उनके दरवाजे क्यों नहीं जाते ? और हाँ, जब सब कुछ माया है तो करधन संन्यास क्यों नहीं ले लेते ? फिर बिटिया की शादी और बेटवा की पढ़ाई का झंझट ही खतम हो जाएगा।" वर पक्ष की ओर से एक जवान ने जिरह के लहज़े में तीखा जवाब दिया।

करधन के मुँह पर तमाचा-सा लगा। मानो मैले पर ढेला फेंकने से छींटा उन्हीं पर पड़ा हो। रिश्तेदार की हवा खिसक गई। दोनों किंकर्तव्यविमूढ़ हो गए और थोड़ी देर बाद सिर झुकाए वहाँ से रवाना हो गए।

रास्ते में दोनों काफी परेशान थे। रिश्तेदार को यह बात अंदर तक साल रही थी। उन्हें लगा कि जब तक शादी की बात पक्की नहीं हो जाती, बिरादरी और समाज में मुँह दिखाना इज़्ज़त के खिलाफ़ होगा। सोचते-बिसूरते उन्होंने कहा, "करधन ! एक जुगुति है।"

"क्या ?"

"जंजालपुर में एक लड़का है—"

"लड़के तो हर जगह हैं लेकिन बात बने तब न ?"

"नहीं, ऐसा है कि उस लड़के की शादी पर साल हुई थी लेकिन लड़की के चाल-चलन की शिकायत होने के कारण लड़के ने उसे छोड़ दिया—"

"तो आप 'दुआह' से मेरी बिटिया की शादी कराना चाहते हैं ? मुलेमा की माँ इसे हरगिज नहीं मानेगी।" करधन ने हाथ मलते हुए कहा।

"देखो करधन मैं भी नहीं चाहता था कि मुलेमा की शादी दुआह से हो। लेकिन अभी घमंडीपुर में तमाशा देखे कि नहीं ? ऊ ससुरा अपने बेटवा को तराजू पर बैठाकर सिक्के से तौल रहा है। अब तो तीन साल हो गया, अब कहीं से आशा की किरन दिखाई नहीं दे रही है। दुआह तो वह नाम मात्र का है। अभी उसकी उम्र मुश्किल से पच्चीस होगी और मुलेमा की भी उम्र तो पच्चीस के करीब होगी ही।"

करधन ने कोई उत्तर नहीं दिया। किंतु उसके अंदर यह बात बार-बार मथने लगी कि जाति-बिरादरी बाद में, सबसे पहले लेन-देन की ही बात होती है। उसके अंदर एक ऊहापोह की स्थिति पैदा हो गई। एक तरफ वह इसे स्वीकारने को तैयार होते तो दूसरी तरफ मुलेमा और उसकी माँ का चेहरा सामने आ जाता। वह सोचते कि उसके नाते-रिश्तेदार ऐसी शादी पर जाने कैसी प्रतिक्रिया करेंगे। फिर पहली, ब्याही औरत तंग होकर कहीं भाग तो नहीं गई ? उसने आत्महत्या तो नहीं कर ली ? कहीं दहेज के दानवों ने उस पर अत्याचार तो नहीं किया था ? कहीं सास-ननद ने उसे 'डाहा' तो नहीं था ? कहीं उसके जेठ-ससुर की बुरी निगाह तो उस पर नहीं पड़ी थी ? इस तरह के विचार उसके दिमाग में मंथन करने लगे। जब आदमी थकने लगता है तो उसके दिमाग में नकारात्मक विचार घर कर लेते हैं।

किंतु करधन के रिश्तेदार अड़े थे कि इस बार कोई-न-कोई रिश्ता तय करके ही वापस लौटेंगे। उन्हें मानहानि के वे शब्द भीतर तक बेध चुके थे और जहर लगे तीर से हुए घाव टीस रहे थे। करधन और उसके रिश्तेदार बड़े आदमी नहीं थे किंतु उनकी आबरू में कभी बट्टा नहीं लगा था। और करधन स्वाभिमानी था। जो आदमी जितना गरीब होता है अंदर से उतना ही स्वाभिमानी होता है, भले उसे स्वाभिमान की चिता पर ही जलना पड़े।

जंजालपुर गाँव करधन के लौटने के रास्ते में ही पड़ता था। यह बात दोनों न तय कर ली थी कि एक बार चलकर घर-वर देखने में कोई नुकसान नहीं होगा आख़िर शादी करना-न करना अपने हाथ में नहीं होता। जहाँ जिसकी 'भावी' होती है, वह बरबस खींच

लाती है। लिखनी कोई नहीं टाल सकता। सो दोनों जंजालपुर के लिए रवाना हो गए।

भगेलू का घर गाँव के बीच में था जिसे शहरी भाषा में चौक कहते हैं। पूरब से पश्चिम, उत्तर से दक्षिण जाना हो या उसके विपरीत लौटना हो तो भगेलू के द्वार से होकर ही जाना पड़ता है इसी वजह से गाँव-जवार का दो आदमी वहाँ दोपहर-शाम को पहुँच जाता है और बतकही में रस लेता है। बतरस अभी भी इस गाँव में मनोरंजन का प्रमुख साधन है। जंजालपुर तक कच्ची सड़क बन गई है किंतु बिजली नहीं पहुँची है। वैसे बिजली के खंभे पिछले आठ वर्षों से खड़े-खड़े बाट जोह रहे हैं और इतिहास की धरोहर बनते जा रहे हैं। हर साल लोग बिजली दफ़्तर में दरख़ास्त लेकर जाते हैं किंतु इस गाँव के कोटे में बिजली का तार कभी नहीं मिलता।

करधन जिन गलियों से होकर भगेलू के घर तक पहुँचे, वहाँ से दुर्गंध आ रही थी। बच्चों ने गलियों में ही कई जगह पाखाना किया था। लेकिन भगेलू का दरवाजा साफ-सुथरा लगा। सामने एक पक्का कुआँ था। सार में दो बैल बँधे थे और एक भैंस भी। भगेलू दरवाजे पर ही बैठे-बैठे सुतली कात रहे थे। देखते ही पैलगी-बंदगी हुई। भगेलू ने एक अपरिचित आदमी को साथ में देखते ही 'वर-देखुआर' का अंदेशा लगा लिया। फिर प्यार भरी झिड़की देते हुए कहा, "ई ससुरे नहीं सुधरेंगे। गदेलवा के लिए हमारी पलँग पर कथरी बिछा दिए और हमारा गद्दा अंदर रख दिए। हटाओ कथरी और लाओ मेरा गद्दा।"

कहते देर नहीं हुई कि कथरी की जगह गद्दा बिछ गया और उसके ऊपर से चादर। भगेलू ने अतिथियों को हाथ पकड़कर उस पर बिठाया और 'निखरहरी' (बिना बिस्तर की) पलँग पर स्वयं बैठ गए। शायद दूसरा गद्दा नहीं था। फिर चाय-पान मँगाया गया। चाय पीने के दौरान ही भगेलू बोल पड़े, "अरे भइया ! एक गिलास चाह और पीजिए। घर का निखालिस दूध है। बाजार से लाए होते तो दुबारा न कहते। भगवान की कृपा से दोनों जून में मेरी भैंस 5-6 किलो दूध देती है। सब लरिकन-मेहरारू खाती-पीती हैं। हम दूध बेचना पाप समझते हैं।"

अर्थात् मेरे पास एक भैंस भी है। सो बातचीत करते समय उसका भी खयाल कीजिए। करधन के यहाँ दो साल से दूध का कोई बंदोबस्त नहीं है। बच्चे दूध-दही के लिए तरस जाते हैं। करधन के अंदर बिजली सी कौंधी कि चलो मुलेमा को दूध का संकट नहीं होगा। इसी बीच भगेलू से नहीं रहा गया और वे चिल्लाए, "अभी तक दोनों बैल सरिया में सड़ रहे हैं। उन्हें ठड़िया पकड़ लेगी तो हजारों का वारा-न्यारा होगा। बच्चू उन्हें निकालकर कोल्हू वाले भित्तर में बाँधो।"

अर्थात् उनके यहाँ दो बैल भी हैं और एक कोल्हू भी है। शादी की बात होते समय इसका भी खयाल करना है। फिर करधन के रिश्तेदार ने कहना शुरू किया, "भगेलू भाई ! बच्चू की शादी के लिए करधन को लाए हैं। करधन की बिटिया को रबर का खिलौना समझो। काम-काज में दो औरतें उसके आगे नहीं टिक सकतीं। लेकिन करधन के चार बिटिया हैं। तीन को ब्याह दिए हैं, अब चौथी बची है। ई ज़्यादा तो दे नहीं

पाएँगे सो मैंने सोचा कि भगेलू भाई के यहाँ संबंध बनाया जाए !

भगेलू को बच्चू की दूसरी शादी की चिंता थी किंतु वे यह भी चाहते थे कि दान-दहेज भी मिले। उन्हें लगा—छूँछ पैलगी जीव झन्न यानी धान में चावल नहीं, पइया है। इसी बीच एक और बुजुर्ग आ गए जिन्हें लोग धुरंधर बाबा कहते थे। यथा नाम तथा गुण। उनका एकमात्र उद्‌देश्य यह रहता है कि जहाँ किसी का काम बन रहा हो, उसे क्षण भर में बिगाड़ दो। बात करने की शैली और तह तक पहुँचने की कला उन्हें बखूबी आती थी। उन्हें देखते ही भगेलू सकपकाए और हाथ जोड़कर बोले, ''आइए बाबा ! अभी आप ही की चर्चा हो रही थी। कई दिनों से दर्शन नहीं हुए। मैं सोच रहा था कि खुद आकर मिल लूँ।''

''नहीं भगेलू ! अब तो सब अपने ही दूध-पूत में इतना ज़्यादा मगन रहते हैं कि दूसरे का खयाल ही नहीं रहता। अब देखो, जब से बच्चू की मेहर चली गई तब से उसका चेहरा ही उदास रहता है। मैंने उससे कहा था कि घबराओ मत, दुआह हुए तो क्या हुआ। बहुत अरजू-गरजू शादी के लिए आएँगे—'' धुरंधर बाबा बोल ही रहे थे कि घर के अंदर से सिकड़ी खटखटाने की आवाज़ आई।

भगेलू घर की ओर बढ़े। उनकी पत्नी ने कहा कि किसी तरह इस दढ़िजार धुरंधर बाबा को भगाइए वरना किए-धरे पर पानी पड़ जाएगा। भगेलू यही सोच रहे थे। अचानक उनके दिमाग में एक बात आई। वे बोले, ''बाबा ! आपके घर से संदेश आया है कि आपका कोई रिश्तेदार आ गया है और आपको बुला रहा है। कोई बहुत ज़रूरी काम है।''

बाबा का माथा ठनका। लेकिन उन्होंने सोचा कि हो सकता है, त्योहार का मौसम चल रहा है सो कोई आ ही गया हो। फिर भी उन्होंने जाते-जाते इतना कह ही दिया, ''देख भगेलू ! हाथ आई मछली को मत छोड़ना, चाहे चारा ही खिलाना पड़े।'' फिर करधन की ओर मुखातिब होकर बोले, ''तुम भी बच्चे तो हो नहीं। शादी बच्चों का खेल नहीं है, जिंदगी भर का सवाल है। आदमी माटी के बरतन भी ठोंक-बजाकर ही लेता है। आख़िर बिटिया बकरी तो नहीं होती।'' बात-चीत में पूरी तरह शरीक न होने का गम लिए, दाढ़ी पर हाथ फेरते हुए वे आख़िर चले ही गए।

धुरंधर बाबा के इस कथन के बाद भगेलू की स्थिति नाजुक हो गई। अब उनमें यह दम नहीं था कि वे अपनी प्रशंसा में डींग हाँकते। करधन के मन में पुनः नकारात्मक विचार आने लगे कि वर में कोई 'पै' तो नहीं है। लेकिन करधन के रिश्तेदार ने जो भगेलू के भी रिश्तेदार थे, इन बातों को घूँट लिया और मुहूर्त तय करने की बात होने लगी। उस गाँव से राजाराम पंडित बुलाए गए जिन्हें 'सेतुअहा पंडित' भी कहते थे। उनके बारे में मशहूर था कि वे भद्रा, पंचक जैसे अशुभ समयों में भी विवाह की तिथि निकाल देते थे, शास्त्रार्थ के समय 'गजाननं भूत गणादिसेवितं' जैसे सरल श्लोकों का उच्चारण करने के साथ-साथ कुश से जल और हाथ से अक्षत छिड़कने के अलावा कुछ भी नहीं कह सकते थे। फिर भी अपने गाँव के होने के नाते उन्हें भी कुछ जजमानी

मिल गई थी। उन्होंने आते ही 'मंगलम् भगवान विष्णु–' कहते हुए तिथि-वार तय कर दिया।

फिर क्या था। भगेलू पूरी साज-बाज के साथ बारात ले गए। जहाँ दो रुपए की ज़रूरत होती, वहाँ चार रुपए खर्च करते। आतिशबाजी और 'पतुरिया' के नाच के कारण शादी के दिन और रात में काफी भीड़ जुटी थी। सिर्फ़ मुलेमा की माँ का मुँह लटका हुआ था दुआह वर के कारण। वैसे लड़का तो देखने में हृष्ट-पुष्ट था। पहले दिन तो लोग शादी के ताम-झाम में व्यस्त थे। दूसरे दिन करधन और मुलेमा की माँ की आँखों से बार-बार आँसू ढरक रहे थे क्योंकि अगली सुबह मुलेमा की विदाई होनी चाहिए। घरवाले गठरियाँ बाँध रहे थे। आटा, दाल, चावल, गुड़, घी-तेल, सिंदूर-टिकुली वगैरह। मुलेमा एक कमरे में सिसक रही थी। ये आँसू खुशी के थे या गम के ? शायद दोनों के ? गाँव की महिलाओं की ऊब, तानों और उलाहनों का अंत हो रहा था। एक नई सुबह शुरू होनेवाली थी। उसके सपनों के मुरझाए फूल मुसकराने लगे थे। फिर भी मुसकान खिलखिलाहट का रूप न ले सकी। किंतु माँ-बाप, सखी-सहेली, गाँव-घर का साथ छूटने का थोड़ा गम भी था। उसकी निगाह कभी खेत तो कभी खलिहान, कभी गोरू-बछेरू तो कभी गदेलों पर अनायास चली जाती। उसकी भाभियाँ बीच-बीच में आकर मजाक भी कर जातीं। एक-दो सलाह भी दे जातीं कि पहले दिन क्या करना है, ज़्यादा नहीं बोलना है, सबसे नम्र रहना, मिठाई देकर जीजा जी को फुसलाना है आदि।

दूसरे दिन मुलेमा की विदाई होने लगी। वह फेंकरने लगी। कभी बाप, कभी माई, कभी भाभी और कभी भाई की बाँहों में लिपटकर रोने लगती। पहली बार ससुराल जाते समय लड़कियाँ रोते-रोते अपना दुःखड़ा और शिकायत भी कहती हैं। पूर्व में जिस तरह से लड़कियाँ रोती रहती हैं, लगभग वैसे ही बाद वाली भी रोती हैं। मुलेमा भी रोते-रोते कह रही थी, 'कसइया के हथवा जिन पठवा मोरि माई' 'आपन दुअरिया जिन छोड़ावा मोरे बपई' 'रखिया की लजिया बचावा मोरे भइया'–

तब तक ताँगा मुलेमा को लेकर गाँव के बाहर आ गया। कुछ लोग उसे चुप करा रहे थे क्योंकि पाहुन-गवहियाँ उधर ही खड़े थे। करधन ने अपने समधी भगेलू का पाँव छुआ और इक्यावन रुपए की विदाई भी दी।

ससुराल पहुँचते ही उसकी सास ने परछन किया। मुलेमा और बच्चू का गठबंधन पंडितजी ने कराया अर्थात् अब पति-पत्नी आपस में मिल सकते हैं। सुहागरात के पूर्व मंत्रों की पवित्रता और अनुमति रीति-रिवाज का अंग बन गई है। पूरे गाँव की औरतें और लड़कियाँ दुल्हन देखने आने लगीं और 'मुँह देखउवा' देकर सुंदरता का अंदाज़ लेतीं। जो भी देखता, वाह-वाह करता। गोरी, छरहरा बदन, सुरीली बोली, गज-गति आदि। बच्चू की माँ जब शाम में गाँव में 'बायन' बाँटने गई तो भीमसिंह ने पूछा, "कैसी बहू मिली है, बच्चू की माँ ?"

"गूलर का फूल समझो, ठाकुर। बच्चू है बहुत भाग्यवान। भगवान के घर देर है

अंधेर नहीं।'' बच्चे की माँ आनंदातिरेक में डूबी थीं। आगे और कुछ उससे बोला ही नहीं जा रहा था।

भीमसिंह को लगा कि हवा में उठी महक बच्चू बहू की शरीर छूकर आ रही है। उसने बच्चू को अपने पास भेजने के लिए संदेश कहा।

उस दिन अतिथियों के स्वागत में व्यस्त रहने से थका-हारा बच्चू सो गया। दूसरे दिन बच्चू और भीमसिंह काफी देर तक भीमसिंह के घर के अंदर बतियाते रहे। भीमसिंह ने याद दिलाया कि उसने ही पहले मुफ्त में बच्चू को एक गाभिन भैंस दी थी और अभी सिर्फ़ एक किलो दूध रोजाना लेते हैं। उसके आगे-पीछे कोई नहीं है। खेत-बारी का भी अप्रत्यक्ष लालच देना शुरू किया। फिर बच्चू को सरकारी नौकरी दिलाने का आश्वासन पहले से ही दिया था। दोनों ने तय किया कि अगले दिन जिला मुख्यालय चलें और नौकरी के बारे में कार्रवाई की जाए। किंतु भीमसिंह ने एक शर्त रखी, ''बच्चू ! तुम तो जानते ही हो कि मेरे घर में कोई औरत नहीं है जो खाना-पानी बना सके। तुम अपनी औरत को मेरे यहाँ भेजकर कुछ दिनों खाना बनवा दिया करो। तुम्हारी नौकरी के लिए मैं जी-जान लगा दूँगा।''

लेकिन भीमसिंह ने कई बातें शब्दों में नहीं कहीं। उसे शायद इशारों में कहा। और शायद इशारों की भी ज़रूरत नहीं, एक तरह का भय था कि अगर नहीं भेजोगे तो तुम समझो। लेकिन यह भय आतंक नहीं था। भीमसिंह की प्रधानी पिछले चुनाव में ही छिन गई थी लेकिन अभी भी वे पिछली तिथियों में बंजर और ग्राम समाज की ज़मीन को किसी के नाम पर दर्ज़ कर देना अपनी काबिलियत समझते हैं। प्रधानी के समय उन्होंने बच्चू के दरवाजे पर की ग्राम समाज की ज़मीन बच्चू के बाप भगेलू के नाम पट्टा लिखा दी थी जिसका उपकार सारा परिवार कभी नहीं भूल सकता। भले उसके लिए लिखा-पढ़ी के खर्चे के नाम पर उन्होंने दो हजार रुपए ले लिए थे। आख़िर दरवाजे के सामने निकास की ज़मीन अमूल्य होती है। फिर पैसा देनेवालों की लाइन लगी है। इसलिए ज़मीन देने का एहसान आजीवन चुकाना है।

बच्चू ने यह बात अपनी माँ से कही। उसकी माँ ने साफ मना कर दिया, ''नई दुल्हन किसी के घर काम करने जाएगी तो लोग क्या कहेंगे ?''

बच्चू ने ज़मीन और नौकरी की कहानी सुनाई। बच्चू की माँ को याद है कि दरवाजे की निकास की ज़मीन को लेकर पड़ोसियों से कितनी बार झंझट हो चुकी है। और अभी भी उसी रंजिश के कारण दो घरों से बोलचाल नहीं है। ज़मीन के लिए वह भी भीमसिंह का उपकार नहीं भूल सकती। भीमसिंह उसका कागज न गड़बड़ करा दे, यह सोचकर वह डरने लगी। बच्चू ने जब आगे समझाया कि साथ में वह भी चली जाया करेगी और एक घंटे में खाना बनाकर चली आएगी। बच्चू की माँ की रोशनी काफी कम हो चुकी है। सूरज डूबते ही कुछ नहीं सूझता, वरना वह खुद खाना बनाने चली जाती।

मुलेमा ने यह प्रस्ताव सुना तो उसके बदन में पलीता लग गया। उसे लगा कि बच्चू और उसकी माँ की मति भ्रष्ट हो गई है। लेकिन ज़मीन का किस्सा सुनकर उसे थोड़ा

इत्मीनान हुआ। बच्चू ने उसे नौकरी पाने पर शहरी जीवन के सुख का सब्ज़बाग दिखाया। उस पर एक मनोवैज्ञानिक दबाव डाला गया कि भविष्य की बेहतरी के लिए कुछ दिनों का कष्ट सहना हितकर है। आख़िर बिना सेवा मेवा नहीं मिलता।

और बहुत देर एवं दूर तक सोचते-विचारते मुलेमा तैयार हो गई लेकिन अपनी सास के बिना एक पग भी नहीं धरेगी।

मुलेमा ने भीमसिंह के चूल्हे में आग जलाना शुरू किया। ओद लकड़ी में आग नहीं पकड़ रही थी। फूँकते-फूँकते उसकी आँखों से आँसू झरझर गिरने लगे। उसने सोचा कि पास रखी ढिबरी से मिट्टी का तेल छिड़ककर आग पकड़ाना आसान होगा। किंतु ढिबरी में तेल ही नहीं था। उसने अपनी सास से मिट्टी का तेल लाने को कहा। सास मिट्टी का तेल लाने चली गई। थोड़ी देर में भीमसिंह रसोई के पास से गुजरे और कहने लगे, ''बच्चू जैसा आदमी कोई खास काम कर ही नहीं सकता। ईंधन में आग लगाना आसान नहीं होता।'' और वह चले गए। मुलेमा ने उस पर कोई ध्यान नहीं दिया। वह रसोई के अंदर ही बैठी रही। थोड़ी देर में सास ने तेल दिया। आग जल गई और एकाध घंटे में खाना भी तैयार हो गया। मुलेमा खाना परोसकर वापस चली गई।''

दूसरे दिन जब मुलेमा खाना बना रही थी तो करधन का संदेश आया कि बच्चू की माँ को भेज दें, कुछ ज़रूरी काम है। बच्चू की माँ संदेश पाकर घर चली गईं। अकेला पाकर भीमसिंह रसोई में घुस गए और मुलेमा के सामने अपनी धोती खोलकर नंगे हो गए। घूँघट के अंदर से मुलेमा ने उधर झाँका तो वह दंग रह गई। खुदा का शुक्र कि बच्चू की माँ की आवाज़ सुनकर भीमसिंह वापस चला गया। मुलेमा रोने लगी और सिरदर्द का बहाना लेकर अपने घर चली आई। रातभर वह रोती रही। बच्चू शहर से वापस नहीं आया था। मुलेमा को महसूस हुआ कि उसे बलि का बकरा बनना पड़ेगा। वह सोचने लगी कि क्या वजह है कि बच्चू ने अभी तक उसके साथ प्यार नहीं किया ? वह किसी-न-किसी कारणवश उससे दूर क्यों रहना चाहता है ? वह अपनी पत्नी को दूसरे के घर क्यों भेजता है ? क्या उसकी लाज एवं इज़्ज़त जमीन-नौकरी दौलत आदि से कम है ? क्या इज़्ज़त को किसी बाट से तौला जा सकता है ? बच्चू को उसकी पहली औरत ने खुद छोड़ दिया था कि बच्चू ने उसको ? फिर छोड़ने का मुख्य कारण क्या था ? हर भारतीय स्त्री में इतनी पति-भक्ति, श्रद्धा एवं सहनशक्ति होती है कि बिना किसी विशेष कारण के वह अपना पति कदापि त्याग नहीं सकती आदि।

मुलेमा के लिए रात नागिन की तरह डँस रही थी। उसके आँसू बंद नहीं हो रहे थे। उसे अपना भविष्य भीमसिंह की काली कोठरी अथवा बच्चू की खाली कोठरी में नजर आने लगा। वह बहुत ज़्यादा घबरा गई। किंतु उसने हिम्मत और संतुलन नहीं खोया। अचानक नींद लगी तो भयावह सपने दिखाई दिए।

दूसरे दिन भी उसकी मनःस्थिति खराब थी। उसने सिरदर्द एवं पेटदर्द का कारण बताकर कुछ भी नहीं खाया-पिया और न भीमसिंह के घर खाना बनाने ही गई। आज भी बच्चू नहीं लौटा। रात में मुलेमा और परेशान हो उठी। उसे लगा कि घर की दीवारें

जेल की दीवारें हैं और उसे कभी भी जल्लादों के हाथों फाँसी दी जा सकती है। उसने दर्पण में अपना मुँह देखा। आँखें लाल थीं, भौंहें तनी थीं, ओंठ सूखे थे, नथुने फूले थे। किंतु चेहरे पर थकावट नहीं, आत्मविश्वास था। शायद शादी में हुए विलंब के कारण उसमें साहस एवं आत्मविश्वास की जड़ें गहरी जम चुकी थीं। उसने तय किया कि ऐसे जंगल में एक क्षण भी रहना खतरे से खाली नहीं है। अतः खिड़की खोलकर वह घर से बाहर निकल गई। एक होते हुए भी वह अकेली नहीं थी। साहस और आत्मविश्वास उसका साथ दे रहे थे। रात भर पैदल चलते-चलते वह अपने मायके पहुँच गई। पाँच कोस की दूरी बिना किसी डर के उसने तय कर ली थी।

तब तक भिनसार हो चुका था। मुलेमा की माँ को कौवों ने नहीं, उसकी बेटी ने जगाया था। वह चौंक पड़ी मुलेमा की आवाज़ सुनकर। पहले उसे लगा कि शायद वह सपना देख रही है किंतु सपना भी इतना भयावह नहीं हो सकता। मुलेमा ने आँसुओं की भाषा में पूरा किस्सा सुना दिया। माँ को लगा कि पूरे परिवार ने सचमुच उसे कसाई के घर भेज दिया था। अगर थोड़ी देर और होती तो कोई अनहोनी हो जाती।

कुछ पक्षियों ने, कुछ हवाओं ने और कुछ बड़े पेड़-पौधों ने कह दिया मुलेमा के बारे में सारे गाँववालों से। गाँव की औरतें ऐसे मामलों में विशेषज्ञ मानी जाती हैं। एक विशेषज्ञ ने कहा, ''करधन की नाक कट गई।'' दूसरे ने कहा, ''नखत ही खराब है उस लड़की का।'' तीसरे ने कहा, ''किसी नुक्स के कारण ससुरालवालों ने भगा दिया होगा।'' अर्थात् ऐसी कोई भी ऊटपटाँग बात की जाए जिसकी प्रतिक्रिया में सच्चाई सामने आ जाए। लेकिन सच्चाई जानने की किसी ने कोशिश नहीं की।

दोपहर होते-होते मुलेमा का ससुर आ धमका। उसने मुलेमा पर सारा दोष मढ़ने का प्रयास किया। मुलेमा की माँ ने किवाड़ की आड़ से अपने समधी की अच्छी सुधि ली और उनसे पूछा कि क्या वे अपनी बेटी को भी दूसरे के यहाँ रात में खाना बनाने भेजते हैं ? मुलेमा के ससुर के साथ एक और सज्जन आए थे। उन्होंने सुझाव दिया कि एक पंचायत बुलाई जाए और दोनों पक्षों को सुनकर पंच लोग निर्णय दें : इस पर सभी राजी हो गए।

पंचायत में काफी भीड़ थी। दोनों ओर से बोलनेवाले थे। जाति सुधार महासभा के महामंत्री हेमराज ने बोलना शुरू किया, ''पंचो ! जाति-समाज से बढ़कर कोई नहीं होता। हर इनसान को अपना काम करने की छूट है किंतु समाज के बंधन भी हैं वरना आदमी-आदमी का दुश्मन बन जाएगा। जब समाज के रीति-रिवाजों को अपनाते हुए बच्चू की शादी हुई थी तो उसकी बहू का रात में अकेले भाग आना सरासर गलत है और बिरादरी-समाज के मुँह पर कलंक है। लेकिन इस महासभा का दायित्व है इस गलती को दुरुस्त करना। अब तक हमने बिरादरी के एक सौ नब्बे मामले सुलझाए हैं जिसकी गलती पाई गई, उस पर जुर्माना किया गया और उसका घर फिर से बसाया गया। इस मामले में भी जुर्माना करके हम इसे सुलझा सकते हैं।

मुलेमा के ससुर भगेलू ने कहा, ''पंचो ! हमने बहू को अपनी बेटी की तरह पाला।

खाना-कपड़ा में किसी तरह की शिकायत हो, तो मुझे नरक में भी जगह न मिले। मेरे घर में बच्चू की माँ के सिवा और कोई औरत नहीं है जिससे उसको कष्ट हुआ हो और बच्चू की माँ गऊ है, पंचो गऊ ! वह तो अब बूढ़ी भी हो गई है। घर की असली मालकिन बच्चू बहू ही को समझो, पंचो।"

करधन चोट लगे साँप की तरह छटपटा रहा था। मुलेमा के वापस आने पर वह उसी को दोषी समझकर डाँटता था। लेकिन मुलेमा की माँ ने बहुत समझाया-बुझाया था कि जवान लड़की को ज़्यादा धिक्कारने से जहर-माहुर खा लेगी, तो दुनिया में मुँह दिखाने लायक नहीं रहोगे। यही याद करते हुए करधन ने कहा, "पंचो ! यह इज़्ज़त की बात है। इसे ढाँकी-तोपी रहने देना चाहिए। जब लड़का-लड़की राजी ही नहीं हैं, तो समधी-समधिन क्या कर सकते हैं ? मैं ईश्वर की कसम खाकर कह सकता हूँ कि मेरी बिटिया हजारों में एक है। बिना किसी खास 'पै' के वह ऐसा नहीं कर सकती–"

इतना सुनते ही हेमराज गरजते हुए करधन पर फिरंट हो गए और तरह-तरह की धमकियाँ, उलाहने, ताने देने लगे। उन्होंने चुनौती दी कि यदि भगेलू की गलती साबित नहीं होगी, तो उस लड़की को ससुराल जाना ही होगा और इसके अलावा जाति सुधार महासभा को जुर्माना भी अदा करना होगा। हेमराज की अकड़ सुनते ही पंच गोवर्धन ने कहा, "देखो, हेमराज ! पंचायत में तुम्हीं अकेले नहीं हो। यह मामला सिर्फ़ जाति का नहीं, दो परिवारों और दो गाँवों का भी है। वास्तव में पूरे समाज का है। जहाँ तक तुम्हारी बात है, तुम महासभा के महामंत्री हो। तुमने दहेज न लेने की शपथ खाई थी, गाय की पूँछ पकड़कर लेकिन अपने बेटे की शादी में पच्चीस हजार रुपए का तिलक-दहेज तुमने क्यों लिया था ? फिर बटेसर और रमधन के मामले में दोनों तरफ से पाँच-पाँच सौ रुपए तुम्हीं ने लिए थे। क्यों ? क्या यही महासभा का काम है कि वह अपनी ही बिरादरी के लोगों को ठगे और अपने स्वार्थ को साधकर दो परिवारों में दरार पैदा करे।"

यह सुनते ही पूरी भीड़ ने जोर से तालियाँ बजा दीं और हेमराज का सिर कोहड़ा सा लटक गया। उसने कभी सपने में भी नहीं सोचा था कि उसका मुखौटा उतारकर उसके ही हाथ में रख दिया जाएगा। फिर असली चेहरा लेकर वहाँ बैठने की उसकी हिम्मत नहीं थी। वह गुपचुप वहाँ से फूट लिया।

लेकिन हेमराज एक सवाल छोड़ गया कि वह मामला खुलकर पंचायत के सामने रखा जाए। पुरुषों की जमात में मुलेमा और उसकी माँ के अलावा और कोई स्त्री नहीं थी। मुलेमा ने सोचा कि यदि वह अपनी बात नहीं कहती है, तो सच्चाई पर पर्दा पड़ा रहेगा और उसका नाज़ायज़ फायदा ससुरालवाले उठा लेंगे। उसने एक बार अपनी माँ की ओर ताका और उसमें फुर्ती-सी आ गई। फिर वह उठ खड़ी हुई और कहने लगी, "पंचो ! जिस लड़के ने मेरे माथे में सिंदूर भरा है और आग के सात फेरे किए हैं, मैंने भी उसे तन-मन से अपना सुहाग माना था लेकिन सुहाग सिर्फ़ माँग का सिंदूर नहीं होता। उस लड़के में मेरे पति बनने का साहस नहीं है। क्या कोई पति अपनी नई- नवेली

दुल्हन को किसी गैर के घर रात में खाना बनाने के लिए भेज सकता है ? भीमसिंह जैसे आदमी के यहाँ जो हर स्त्री को सिर्फ़ वेश्या समझता है ? कौन माँ-बाप चाहेगा कि उसकी बेटी के सामने कोई गैर धोती खोलकर नंगा हो जाए ? कौन माँ-बाप चाहेगा कि उसकी बेटी एक नामर्द के साथ जीवन बिताए ? पंचो ! मेरा पति मर्द होते हुए भी मर्द नहीं है। उसको ज़मीन चाहिए, जानवर चाहिए और नौकरी चाहिए। वह जर और ज़मीन के लिए जोरू को दाँव पर लगाता है। शायद उसके लिए पत्नी सिर्फ़ एक बिजूका है धोखा देने के लिए। मैं सोचती हूँ कि कुँवारी या विधवा होकर जिंदगी बिताना इससे बेहतर है।''

इतना कहकर उसने अपनी चूड़ियाँ फोड़ दीं और माथे का सिंदूर मिटा दिया। चूड़ियों के साथ-साथ उसने समाज के विषभरे घड़े को भी फोड़ दिया। पंच अवाक् थे किंतु जनता साथ थी।

# पहचान

उस दिन ताजा अखबार आने की खबर तेजी से फैल गई थी। अखबार में मोटे-मोटे अक्षरों में एक 'जबर' खबर छपी थी, "पहचान-पत्र नहीं, तो चुनाव नहीं–निर्वाचन आयोग।" यह खबर दूर-दराज के इलाकों में भी आग की तरह फैल गई थी। बहुत सारे लोग अखबारों पर टूट पड़े थे। अनपढ़ लोग भी पढ़े-लिखे लोगों से कम उत्सुक नहीं थे। लेकिन इस खबर की प्रतिक्रिया विभिन्न पार्टियों पर भिन्न-भिन्न थी। कुछ इसके समर्थक थे, तो कुछ निंदक। यानी चुनाव के लिए यही मुख्य मुद्दा बन गया था और बेमुद्दों की राजनीति करनेवाले अपने-अपने ढंग से इसकी व्याख्या कर रहे थे। एक-दो पार्टियाँ ललकार रही थीं कि किसी माई के लाल की हिम्मत नहीं कि पहचान-पत्र के बिना चुनाव रोक दे। उधर चुनाव आयोग अपने फैसले पर अडिग था। इस रस्साकसी में जनता की स्थिति तृण की-सी थी।

पहचान-पत्र के मुद्दे ने सिर्फ़ राजनीतिक दलों को ही नहीं बाँटा था, लोगों में भी शक-सुबहा पैदा हो गया था। नकारात्मक घटनाएँ दिलो-दिमाग पर ज़्यादा और जल्दी असर डालती हैं। एक पार्टी इसकी व्याख्या विदेशी घुसपैठियों से जोड़कर कर रही थी और चाहती थी कि उन्हें पहचान-पत्र नहीं मिले जिससे वे वोट न दे सकें। उस खबर को पढ़कर एक समुदाय समूची सड़क, मैदान, सार्वजनिक क्लबों आदि के बाहर-भीतर बेशुमार फैल रहा था और दूसरी तरफ अल्पसंख्यक समुदाय के लोग अपने-अपने घरों की चारपाइयों के नीचे दुबके हुए सहमे-से थे। एक की खुशी का आशियाना दूसरे के गम की नींव पर टिका था।

अखबार की खबर से उस दिन पूरे कस्बे में तनाव फैल गया था। कुछ लोगों ने दो प्रांतों की सरहद पर एक मानव-शृंखला बनाई थी और प्रचार-प्रसार की ऐसी शमा बाँधी थी मानो विदेश की सरहद पर बाड़ लगा दी गई हो और दुश्मन-देश को शिकस्त देने के लिए वीरों ने कमर कस ली हो। शृंखला से तरह-तरह के नारे गूँज रहे थे, "विदेशियो ! भारत छोड़ो", "विदेशियों का नाम वोटर लिस्ट से काटो", "विदेशियों को पहचान-पत्र मत दो" वगैरह-वगैरह। सवाल इन नारों की व्याख्या का था। 'विदेशी' शब्द का अर्थ भिन्न-भिन्न लोगों के लिए भिन्न-भिन्न था। जो मुसलमान उन्नीस सौ इकहत्तर में बँगलादेश से भारत आए थे, और अभी भी अपनी मातृभाषा बँगला बोलते हैं, उन्हें भी कुछ लोग शक की निगाह से देखते हैं। मुँह के सामने नहीं, तो आड़ में उनको भी

'विदेशी' कहा जाता है। इसीलिए इस मानव-शृंखला के प्रचार से मुसलमानों में दहशत पैदा हो गई थी। दहशत मौत से ज़्यादा कष्टदायक होती है क्योंकि दहशत के घुन आदमी को जीते जी अंदर से खोखला बना देते हैं। सो बच्चे-बूढ़े, स्त्री-पुरुष सभी सहमे हुए थे। व्यापारियों ने पहले से ही अपनी दुकानें बंद कर दी थीं जिससे कोई तोड़फोड़ न करे और न जबर्दस्ती चंदा उगाही करे।

बराहिमपुर ऐसा ही एक कस्बा था जहाँ हिंदू-मुस्लिम वर्षों से एक साथ अमन-चैन से रह रहे थे। पुलिस-प्रशासन ने उस कस्बे को संवेदनशील करार दिया था। इसीलिए वहाँ भी पुलिस तैनात थी। वैसे इस कस्बे में पुलिस तैनाती का इतिहास पुराना नहीं है। सिर्फ़ चार बरसों से ही ऐसा हो रहा है क्योंकि जब अयोध्या की बाबरी मस्जिद जिसे कुछ लोग 'विवादास्पद ढाँचा' की संज्ञा देते थे, फासिस्टों ने तोड़ी थी, तो उसी समय बराहिमपुर में भाई-चारे का गुंबद भी टूट गया था...

खैर...किसी तरह वह दिन बिना किसी घटना के बीत गया। पुलिस-प्रशासन ने राहत की साँस ली। वैसे यदि अल्पसंख्यकों का हुजूम भी सड़कों पर उतर आता, तो दोनों समुदायों में फसाद जरूर हो जाता। लेकिन कुश्ती सिर्फ़ बराबर की जोड़ी में लड़ी जाती है।

मुश्किल से एक हफ्ता बीता था कि उस कस्बे में पुनः एक जीप माइक से कुछ घोषणा करती हुई आई। कुछ लोग फिर सहम गए कि दुबारा कुछ घटनेवाला है क्या ? पिछली बार अल्पसंख्यकों ने बर्दाश्त कर लिया था। इस बार शायद बर्दाश्त नहीं करेंगे। अति सर्वत्र वर्जयेत्–किसी भी चीज़ की अति होना ठीक नहीं, ऐसा बुजुर्गों का सोचना था। लेकिन नहीं, यह जिला प्रशासन की जीप थी और एक व्यक्ति माइक से प्रचार कर रहा था, "कृपया ध्यान दें। अगले सोमवार को बराहिमपुर में पहचान-पत्र बनाने के लिए मुफ्त में फोटो खींचा जाएगा। सभी मतदाताओं से अपील है कि वे नौ बजे सुबह प्राइमरी स्कूल पर इकट्ठा हो जाएँ।" यानी प्राथमिक पाठशाला या मदरसा पर जुटना था, यह प्रचार सुनकर अधिकांश लोग खुश हुए। कुछ लोग नाराज भी हुए कि मतदाता सूची से घुसपैठियों का नाम काटे बिना फोटो पहचान-पत्र देना बेमानी होगी। एक बार फिर जोर से चर्चा होने लगी। दुकानों, घरों, सड़कों–सब जगह-फोटो की ही चर्चा थी। कुछ लोग बतिया रहे थे कि पर्दानसीन औरतों का फोटो कैसे खींचा जाएगा ? क्या कोई औरत फोटो खींचेगी या मरद ? क्या फोटो खिंचाना इस्लामी मजहब के मुताबिक है ? जो लोग बाहर गए हैं, उनका फोटो कब और कैसे खींचा जाएगा ? जिनका नाम मतदाता सूची से छूट गया है, उनका फोटो कैसे खींचा जाएगा ? जिसे फोटो पहचान-पत्र नहीं मिलेगा, क्या उसे सरकारी दुकान से राशन भी नहीं मिलेगा ? इसी तरह के तमाम सवाल लोगों की जुबानों से निकलकर सड़कों पर आ गए थे।

यह क्या ? सोमवार को आठ बजे ही प्राइमरी स्कूल पर खचाखच भीड़ जमा हो गई थी। लोग लाइन में खड़े थे। औरतों की अलग लाइन थी। मुस्लिम महिलाएँ बड़ी तादाद में मौजूद थीं। बुर्का पहने औरतें बिना किसी झिझक के खड़ी थीं। और यह

बुढ़िया भी ? हाँ-हाँ, यही नसीबन बीबी है। औरतों की कतार में वह पहली है। मोसम्मात नसीबन बीबी खड़ी नहीं रह सकती, सो बैठ गई है। बगल की औरतों से कुछ बतला रही है। औरतों की फुसफुसाहट से यह बात जाहिर हो गई कि रात में नसीबन बीबी ने ही सारी बुर्केवाली औरतों को फोटो खिंचाने के लिए प्रेरित किया था और छिटपुट अपवाद और विरोध के बावजूद तकरीबन सभी औरतें फोटो खिंचाने आ गई थीं। उन लोगों ने रात में ही दूसरे दिन का भी खाना बनाकर अपने घर पर रख लिया था।

लेकिन नासपीटा फोटोग्राफर आया ही नहीं। बहुतेरे लोग तीन बजे शाम तक इंतजार करते रहे। कुछ लोग फोटोग्राफर को, कुछ लोग डी. सी. (उपायुक्त) को, कुछ लोग फासिस्ट पार्टियों को और कुछ लोग सीधे सरकार को दोषी ठहरा रहे थे और अपशब्दों में निंदा कर अपनी भड़ास निकाल रहे थे। किंतु अंततः सभी निराश होकर वापस चले गए।

दूसरे दिन फिर प्रशासन से सूचना मिली कि फोटो खिंचाई शुक्रवार को होगी। कुछ लोग इस पर भी कानाफूसी करने लगे कि उस दिन जुम्मे की नमाज है, तो नमाज छोड़कर मर्द लोग फोटो कैसे खिंचवाएँगे। लोगों की चर्चा के लिए फिर एक छोटा-सा मुद्दा मिल गया था। विलंब और संप्रेषण चूक होने से बेमुद्दे अक्सर मुद्दे की शक्ल अख्तयार कर लेते हैं।

लेकिन शुक्रवार को भी वैसी ही भीड़ थी। सभी औरत-मर्द स्कूल पर जुटे थे। फोटोग्राफर नौ बजे आ गया था और फोटो खींचने का काम शुरू हो गया था। लेकिन 'पहले मैं—पहले मैं' की स्पर्धा में भी बात बढ़ने लगी। अंततः दोनों तरफ के बुजुर्गों ने बीच-बचाव किया नसीबन के प्रस्ताव पर यह तय किया गया कि मतदाता सूची के क्रम से फोटो खिंचाई जाए अर्थात् हिंदुओं के नाम पहले होने से पहले उनका ही फोटो खींचना शुरू हुआ। उन लोगों की फोटो खिंचाई में कोई खास दिक्कत नहीं हुई। लेकिन जब मुस्लिम वोटरों की फोटो खिंचाई शुरू हुई, तो कुछ नए छुटभैए नेता बार-बार यह आपत्ति करते कि अमुक औरत फलाँ की पत्नी नहीं है। कुछ कहते कि जिसकी दो पत्नियाँ हैं उनमें एक का ही फोटो खींचा जाए। नसीबन को ताव आ गया। वह हाँफती हुई बोली, ''तुम लोग कौन होते हो पहचाननेवाले ? पास-पड़ोस की औरतें ही औरतों को पहचानेंगी। दूसरे, सिर्फ़ चार मर्दों की दो-दो बीवियाँ हैं और उनकी उम्र अठारह बरस से ज़्यादा है। जब तक सरकार नहीं रोकती, तब तक वे सभी अपना फोटो खिंचवाएँ, तो क्या हर्ज है ? बाद में समझा-बुझाकर फोटो खिंचाई का कार्यक्रम फिर शुरू हो गया। नसीबन बीबी ने भी अपना फोटो खिंचवाया। बहुत मुसकरा रही थी नसीबन बीबी फोटो खींचते समय। फोटो खिंचने के बाद फोटोग्राफर की ओर मुखातिब होकर वह कहने लगी, ''बेटा, मेरी अच्छी फोटो न आई हो, तो दुबारा खींच लो।'' फोटोग्राफर ने अच्छी फोटो का आश्वासन दिया। फोटो खिंचाने के बाद नसीबन ने थकावट महसूस की। उसका सिर चकराने लगा। वह ज़मीन पर बैठे-बैठे मूर्च्छित हो गई। लोग-बाग हवा करने

लगे। किसी ने पानी का छींटा मारा। कुछ औरतें उसे सहलाने लगीं। लोग घबरा गए और खुदा से उसके ठीक होने की दुआ करने लगे। तभी नसीबन की आँखें खुलीं। वह अचानक बोल पड़ी, "घबराओ नहीं, अभी मैं नहीं मरूँगी। मुझे अपना फोटो लेना है..."

ऐसा लगा कि वह कहना चाहती हो कि मरने से पहले उसे इस मुल्क का नागरिक होने का आख़िरी सुबूत लेना है और विदेशी होने का आरोप हमेशा के लिए मिटा देना है। पहली बार वह अपना फोटो देखेगी अस्सी वर्ष की उम्र में। बदन की चुचकी चमड़ी, चेहरे की झुर्रियाँ, माथे की सिलवटें। फिर उसमें उसके गुजर गए शौहर का भी नाम होगा, उसके कस्बे का भी नाम होगा, उसके सूबे का भी नाम होगा और नाम होगा भारत देश का जिसके लिए वह सैंतालीस के बँटवारे में पाकिस्तान नहीं गई थी। इतना ही नहीं, अपने परिवार से भी अलग होकर अपनी जिद पर वह भात में रुकी थी। उसके परिवार के अन्य सभी सदस्य अंततः उसे यहीं छोड़कर पाकिस्तान चले गए थे। नसीबन नहीं गई थी। उसके नाम का कच्चा मकान भी उसके साथ था जिसकी माटी वह रोजाना सुबह-सुबह छूकर अपने सीने में लगाती थी। उसने उस समय यही कहा था, "जिस माटी में जनम लिया है, उसी में दफन होऊँगी।" पाकिस्तान जाने के बाद भी उसका इकलौता बेटा उसे कराँची से समय-समय पर पैसा-कौड़ी भेजता रहता था। लेकिन कुछ बरसों बाद ही एक फसाद में उसकी हत्या कर दी गई थी। तब से उसकी आँखों के आँसू सूख गए थे और कभी-कभार बहुत कुरेदने पर वह धीमे से कहा करती थी कि उसने अपने बेटे को पाकिस्तान जाने से रोका था, लेकिन वह नहीं माना आख़िर में उन्हीं फिरकापरस्तों के हाथों उसकी हत्या हुई जिनसे उसे भारत में रहने पर डर था।

एक महीने बाद फिर प्राइमरी स्कूल में काफी भीड़ जुटी थी। फोटो पहचान-पत्र बँट रहा था। यह सुनकर नसीबन की खुशी का ठिकाना नहीं था। उसके चेहरे की चमक बढ़ गई। वह स्कूल की तरफ एक छड़ी के सहारे जा रही थी। उसके मुँह से कबीर के निर्गुण के शब्द स्वतः फूट रहे थे, "दुलहिन गावहुँ मंगलाचार, हमारे घर आए राजाराम भरतार..." नसीबन का नाम पुकारा गया, तो नसीबन ने अपना हाथ बढ़ाया। ब्लॉक के एक अधिकारी ने उसका फोटो पहचान-पत्र उसे थमा दिया। नसीबन बीबी ने उस पहचान-पत्र को अपने आँचल में ऐसे थामा मानो किसी नवजात शिशु को गोद में ले रही हो। उसने उसे अपने सीने से लगा लिया। फिर मुँह से चूमा। फिर आँखों से लगा लिया। उसके सूखे आँसू तेज धारा बनकर बहने लगे। कुछ बूँदें गिरीं फोटो पहचान-पत्र पर। वह भाव-विह्वल होकर बैठ गई ज़मीन पर। उसके मुँह से निकला, "धरती माँ का दूध असली होता है, उसमें पानी की मिलावट नहीं की जा सकती।"

थोड़ी देर में एक औरत उसे सहारा देकर उसके घर तक ले गई। घर पहुँचने पर उसने अपने घर की माटी को माथे पर लगाया। फिर धीरे-धीरे अंदर गई। आँगन में पड़ी चारपाई पर वह लेट गई। उसके हाथ में वही पहचान-पत्र था जिसे वह बार-बार छूकर आश्वस्त हो रही थी। उसका स्मृति-चक्र फिल्म की रील की तरह तेजी से घूम

रहा था। अचानक उसने अपनी आँसू बहती आँखें मूँद ली। एक लंबे अरसे के बाद उसे स्थायी सुकून मिला था। थोड़ी देर में स्कूल की सारी भीड़ नसीबन बीबी के दरवाजे पर इकट्ठी हो गई। उसे दफनाने के लिए सैकड़ों लोगों का कारवाँ बन गया था। यह कोई कृत्रिम मानव-शृंखला नहीं थी। नसीबन बीबी की असली पहचान यही थी।

# सूर्यग्रहण

"लेकिन जब तुम्हें फिजिक्स का एक भी फार्मूला याद नहीं, तो तुम इंजीनियर कैसे बन सकते हो ?"–प्रोफेसर मुक्तकंठ ने पूछा।

"..."

"आप ही बताइए मास्टर साहब कि आपके बेटे की मदद मैं कैसे कर सकता हूँ ? इसे फिजिक्स का फंडा (फंडामेंटल) ही नहीं मालूम, तो सिद्धांत क्या समझेगा ? आप तो खुद शिक्षक हैं और पढ़ाई-लिखाई की बात अच्छी तरह समझते हैं।" प्रोफेसर पुनः बोल उठे।

"प्रोफेसर साहब, मैं किंकर्तव्यविमूढ़ हूँ। दरअसल मैं इसे किसी अच्छे स्कूल में नहीं पढ़ा पाया। मेरी पोस्टिंग देहाती क्षेत्रों में ही होती रही और मैं इसे जैसे-तैसे विद्यालयों में ही पढ़ाता रहा। और आप तो जानते हैं कि सभी विद्यालयों में उतनी सभी सुविधाएँ उपलब्ध नहीं हैं, जो प्राइवेट में हैं।" मास्टर जी बताने लगे।

वहीं मास्टर जी, जिन्हें घर-मुहल्ले के बड़े लोग जादो मास्टर भी कहा करते थे। जादो मास्टर यानी यदुनाथ बाबू। मास्टर जी की बातों से प्रोफेसर साहब कायल नहीं हुए। किंतु कोई निर्णय भी नहीं ले पा रहे थे। उधर उनके आवास पर ट्यूशन पढ़ रहे विद्यार्थीगण अपना-अपना 'प्रैक्टिकल' का काम कर रहे थे। कुछ क्षण पहले ही प्रोफेसर साहब ने उन्हें सिद्धांत पक्ष पढ़ाया था और एक सवाल हल करने के लिए दे दिया था। इसी बीच अंदर से कुंडी बजने की आवाज़ आई। प्रोफेसर मुक्तकंठ समझ गए कि उनकी पत्नी बुला रही हैं। बच्चे भी घर पर नहीं हैं। लेकिन उन्होंने उसे अनसुना कर दिया। उन्होंने घर पर पहले ही अलिखित फरमान जारी कर दिया था कि ट्यूशन पढ़ाने के दौरान उनकी पत्नी और बच्चे बाहर बरामदे में न आएँ और न उन्हें डिस्टर्ब करें। सो उनकी पत्नी बाहर नहीं आईं। प्रोफेसर पुनः राजमणि की ओर घूरने लगे मानो उस पर सवालों की झड़ी लगा देंगे। राजमणि उनसे आँखें मिलाने की हिम्मत नहीं जुटा पाया। उसने सिर झुका लिया। वह आत्म-ग्लानि के कारण चुपचाप बैठा हुआ था। एक बार उसने अपनी 'मूड़ी' उठाई लेकिन प्रोफेसर की आँखें मिलने से वह फिर सिकुड़ गया। यह उसके अंतर्मुखी व्यक्तित्व के अंतर्द्वंद्व की एक झलक थी। वह कसमसाता रहा। थोड़ी देर बाद वह उठा और प्रोफेसर के चरणों में अपना माथा टेक दिया। प्रोफेसर पर इसकी क्या प्रतिक्रिया हुई, यह उनके हाव-भाव से जाहिर नहीं हो सका। इसी बीच जादो मास्टर बोल उठे, "प्रोफेसर साहब ! आपको मुँहमाँगी फीस हम देंगे। मेरी गुजारिश है कि मेरे

बेटे को ट्यूशन पढ़ा दीजिए। एक मास्टर की बात रख लीजिए प्रोफेसर साहब।"

प्रोफेसर साहब को मास्टर की इन बातों ने कुछ प्रभावित किया इसलिए नहीं कि दोनों शिक्षक बिरादरी के थे बल्कि इसलिए कि मास्टर ने प्रोफेसर को मुँहमाँगी फीस देने को कहा था। प्रोफेसर साहब 'हाँ' करने के पहले मन ही मन फीस की राशि तय कर रहे थे। वैसे वह अन्य विद्यार्थियों से पाँच सौ रुपए मासिक लेते थे। इसी बीच वह ट्यूशन पढ़ रहे छात्रों को मन ही मन गिने। कुल चौदह छात्र थे। लेकिन वह दर तय नहीं कर सके। काफी देर तक बातचीत के बाद उन्होंने अंततः हामी भर दी। राजमणि और उसके पिता हाथ जोड़कर प्रणाम करते हुए चले गए। अन्य ट्यूशन पढ़नेवाले छात्र पहले ही चले गए थे।

उसके बाद प्रोफेसर मुक्तकंठ दरवाजा खटखटाने लगे। दरवाजा अंदर से बंद था। कोई जवाब नहीं मिला। रात के साढ़े दस बज चुके थे। तीन-चार बार खटखटाने के बाद दरवाजा खुला। यह मालूम नहीं हो सका कि दरवाजा किसने खोला क्योंकि खोलनेवाला फौरन अदृश्य हो गया था। लगभग रोजाना ऐसा ही होता था। पत्नी और बच्चे उनकी प्राथमिकता में नहीं थे। धीरे-धीरे ट्यूशन उनकी शौक नहीं, धंधा बन चुका था। कॉलेज में हड़ताल होने, छात्रों द्वारा उपद्रव करने, विधि-व्यवस्था के नाम पर प्रशासन द्वारा कॉलेज बंद करने, शिक्षकों की निष्क्रियता तथा प्राचार्य की अक्षमता आदि के कारण जिले का सबसे मशहूर कॉलेज पढ़ाई के मामले में पिछड़ गया था। सो ट्यूशन करनेवाले शिक्षकों की चाँदी थी। छात्रों की संख्या में वृद्धि के साथ-साथ ट्यूशन फीस भी काफी बढ़ गई थी। अर्थशास्त्र के माँग और आपूर्ति के नियम विशुद्ध रूप से लागू थे। प्रोफेसर मुक्तकंठ भौतिक शास्त्र (फिजिक्स) के काफी अच्छे शिक्षक थे। उन्होंने शोध-पत्र, पुस्तकें आदि लिखने के बजाय ट्यूशन करना बेहतर समझा जिसका धंधा दिन-दूना रात चौगुना फल-फूल रहा था। उनमें कोई जातिगत धार्मिक भेदभाव करने की भावना कदापि नहीं थी। मंडल (अगड़े-पिछड़े) का बवाल अथवा कमंडल का कमाल उनके लिए कोई मुद्दा नहीं था। उनके घर-पर सभी ट्यूशन पढ़ने जाया करते थे और वह किसी पर फीस के मामले में मुरव्वत नहीं करते थे। आख़िर पैसा पंथ-निरपेक्ष होता है। अंदर जाने पर उन्होंने देखा कि पत्नी और बच्चे सभी सो रहे हैं। रसोई में से खाना निकालकर एक थाली में रख दिया गया था। उन्होंने खाने को छुआ। खाना बिलकुल ठंडा था लंबे अरसे से ठंडा भोजन खाने की उनकी आदत पड़ गई थी। पत्नी कब सो जातीं, उन्हें पता नहीं रहता। बच्चे खाना खाए कि नहीं, कोई मतलब नहीं। घर में साग-सब्जी है कि नहीं, कोई चिंता नहीं। आज की उनकी चिंता सिर्फ़ यह थी कि राजमणि से क्या रेट लिया जाए।

रात-भर उन्हें नींद नहीं आई। कभी छः सौ, तो कभी सात सौ, तो कभी एक हजार ट्यूशन फीस की बात सोचते रहे। सुबह बाथरूम से निकलने पर उन्होंने बीच का रास्ता अपनाया। यानी आठ सौ रुपए मासिक।

जब शाम में राजमणि आया, तो सबसे पहले उन्होंने उसे अपना निर्णय सुना दिया।

आठ सौ रुपए सुनकर राजमणि ने बेहिचक हामी भर दी। प्रोफेसर साहब अंदर ही अंदर पछताने लगे कि काश एक हजार रुपए ही कह दिए होते ! लेकिन तीर कमान से और बात जुबान से निकल जाने पर वापस नहीं होती। राजमणि वहाँ से लौट और अपने पिता को खुश होकर वह दर बता दी। उन्होंने भी हामी भर दी। क्यों नहीं जादो मास्टर जानते हैं कि जब से शिक्षा का राजकीयकरण हुआ, तब से शिक्षकों की तनख्वाह का क्या कहना। वेतन की बात तो अलग, शिक्षा-भत्ता भी मिलता है शिक्षकों को गोया वेतन गैर-शिक्षण कार्यों के लिए मिलता हो। इस तरह दोनों पक्ष संतुष्ट प्रतीत हो रहे थे। यदि कोई असंतुष्ट लगता था, तो वह प्रोफेसर की पत्नी। उसे मालूम था कि फीस की दर के बिंदु पर प्रोफेसर दोहरा मापदंड अपना रहे हैं–फिर भी राजमणि और उसके पिता पर एहसान जता रहे हैं गोया उनसे सबसे कम राशि ले रहे हैं। आख़िर लालच की भी कोई सीमा होनी चाहिए। आख़िर पैसा आदमी के लिए होता है, आदमी पैसे के लिए नहीं। कई बार प्रोफेसर को समझाकर वह हार चुकी थी लेकिन प्रोफेसर पर कोई असर नहीं पड़ा था।

अगले दिन राजमणि प्रोफेसर के आवास पर पहुँचा। उसने प्रणाम करते हुए आठ सौ रुपए बतौर पेशगी प्रोफेसर साहब के हाथ में रख दिए। थोड़ी देर में प्रोफेसर साहब ट्यूशन पढ़ाने लगे। राजमणि को उन्होंने एक ही चीज़ दो बार समझाई लेकिन उसकी समझ में कुछ नहीं आया। प्रोफेसर को तब एहसास हुआ कि काबुली चना खिलाने के बावजूद कोई गधा घोड़ा नहीं बन सकता। लेकिन पेशगी पहले ही से लेने के कारण राजमणि उनके गले की हड्डी बन गया। दूसरी तरफ अन्य विद्यार्थी राजमणि की अक्षमता पर हँसते और आपस में खुसुर-फुसुर करते कि राजमणि का बी. एस-सी. पास होना दुनिया का आठवाँ आश्चर्य होगा। इसी बीच अलग बैठे एक छात्र ने दूसरे छात्र से हँसी-हँसी में बाजी लगा दी, "यदि राजमणि पास हो जाए, तो मेरी गदोरी (हथेली) में बाल निकल आएगा।" यानी न हथेली में बाल उगेगा, न राजमणि पास होगा ! थोड़ी देर बाद सभी छात्र जाने लगे, प्रोफेसर ने राजमणि को रोक लिया। वह उसे समझाने लगे, "देखो, राजमणि ! आज तक मेरा कोई छात्र तृतीय श्रेणी में पास नहीं हुआ, फेल होने की बात तो दूर रही। आधे से ज़्यादा प्रथम श्रेणी पाते हैं और कई विशेष योग्यता भी। मेरे कई शिष्य आज इंजीनियर बन गए हैं। यदि तुम मेहनत करोगे तो तुम भी कम- से-कम डिप्लोमा कोर्स करके जूनियर इंजीनियर बन सकते हो। लेकिन मेहनत और लगन बहुत ज़रूरी है।" राजमणि उन्हें चुपचाप सुनता रहा। उसने मेहनत करने का वादा किया।

दूसरे दिन राजमणि खूब रटकर तैयार होकर प्रोफेसर के पास गया। लेकिन रटी हुई चीज़ें एक सवाल पूछने पर गड्ड-मड्ड हो गईं यानी न्यूटन और आइंस्टीन के सिद्धांतों का बेमेल मिश्रण। इस गड्ड-मड्ड पर दूसरे विद्यार्थी हँसने लगे। धीरे-धीरे समय बीतता गया। अन्य विद्यार्थी राजमणि को चिढ़ाते और प्रोफेसर भी गुस्से में कभी-कभी उसे डाँटते। राजमणि में हीन-भावना बढ़ती गई। घर पर उसके पिता दबाव देकर उसे

विज्ञान पढ़ने के लिए मजबूर करते थे। पिता का इरादा था कि वह बेटे को इंजीनियर बनाए। कभी-कभी प्रोफेसर की पत्नी खिड़की से राजमणि की दुर्दशा देखती। उसे ऐसा एहसास होता कि राजमणि उपेक्षित होता जा रहा है। उपेक्षित उपेक्षित की ओर ज़्यादा ताकता है। एक दिन राजमणि वहाँ पहले पहुँच गया था। प्रोफेसर साहब घर पर नहीं थे। उनकी पत्नी बाहर बैठी थीं। घर में सब्जी नहीं थी। उसने दाल बनाने की सोची होती किंतु दाल भी नहीं थी, सो उसने पैसा देकर, राजमणि से राशन और सब्जी मँगवा ली। दूसरे दिन उसने राजमणि को बच्चों की फीस जमा करने की जिम्मेदारी दे दी। उसने उसे भी कर दिया। एक दिन उसने दर्जी के यहाँ से बच्चों के कपड़े लाने के लिए उसे भेजा। कुछ दिनों के बाद उसने बच्चों का फोटो खिंचाने के लिए उसे भेज दिया। उसने ये सारे कार्य समुचित ढंग से कर दिए।

प्रोफेसर की पत्नी राजमणि के कार्यों से ज़रूरत से ज़्यादा खुश होती गई। वह अपने पति की लापरवाही और उपेक्षा से बुरी तरह आजिज आ गई थी। धीरे-धीरे उसकी ऊब, खीझ और उदासी में एक किशोर साझीदार मिल गया था। उसे लगा कि साझेदारी में उम्र, आय, जाति-धर्म आदि नहीं देखा जाता। आख़िर उसके पति भी तो ट्यूशन में कोई भेदभाव नहीं करते ! वह आश्वस्त थी कि उनके ट्यूशन रूपी धंधे में सभी बराबर के साझीदार होते हैं।

लगभग तीन माह गुजर गए। एक दिन जब राजमणि आया, तो न तो प्रोफेसर मुक्तकंठ वहाँ थे और न कोई छात्र। उस दिन रविवार का दिन था। रविवार के दिन ट्यूशन नहीं होता था। प्रोफेसर की पत्नी की तबीयत कुछ खराब थी। राजमणि के कान दिमाग से ज़्यादा चौकन्ने थे। उसने कराहने की आवाज़ सुन ली। वह अंदर गया। थोड़ी देर बाद वह फौरन एक डॉक्टर के पास पहुँचा और उससे दवा ले आया। दवा देने के कुछ देर बाद वह कुछ ठीक हो गई। फिर उसे नींद आ गई। वह उसे नींद में छोड़कर चला गया। प्रोफेसर साहब शाम को घर वापस लौटे, तो उन्हें इस घटना की कोई खास जानकारी नहीं हुई। पत्नी ने भी कुछ नहीं बताया, तो उन्हें मालूम कैसे होता ! फिर भी उन्होंने दवा देख ली और पूछ-ताछ की, तो पत्नी ने बता दिया कि तबीयत खराब थी किंतु अब ठीक है। उसने यह नहीं बताया कि राजमणि आया था। उसने यह भी नहीं बताया कि वही दवा लाकर दे गया था। उसने यह भी नहीं बताया कि उसने राजमणि को दवा के नाम पर पाँच सौ रुपए दिए थे हालाँकि दवा का दाम उतना ज़्यादा नहीं रहा होगा।

इतना ही पूरा सच नहीं था। सच तो यह था कि प्रोफेसर की पत्नी के पिछले दो महीने से राजमणि द्वारा दी गई ट्यूशन फीस उसे ही सौंप दी थी और पति को बता दी थी कि उसने वो रुपए खर्च कर दिए हैं।

खैर...प्रोफेसर ने दूसरे दिन अपनी पत्नी को सुबह-सुबह बता दिया कि उन्हें पी-एच. डी. का साक्षात्कार लेने के लिए राजधानी स्थित विश्वविद्यालय जाना है। उन्होंने आलमारी में रखी हुई एक ब्रीफकेस की चाबी पत्नी को सौंप दी और खुद गाड़ी पकड़ने

के लिए स्टेशन की ओर चल दिए। कितने सरल थे प्रोफेसर। सहज भी ? इस पर मतैक्य नहीं था। जो अपनी पत्नी की अंतरंगता में शामिल न हो सके, उसे सहज कहना जुगाली करना होगा।

उस दिन दोपहर के समय कस्बे का तापमान चालीस-पैंतालीस डिग्री से कम न रहा होगा। भले दूरदर्शन ने सूचना नहीं दी थी, पर उमस काफी थी। थोड़ी देर में राजमणि प्रोफेसर के घर पर पहुँच गया। वह एक्सरे की रिपोर्ट लाया था। एक्सरे में किसी खास बीमारी का लक्षण नहीं पाया गया था। फिर भी प्रोफेसर की पत्नी ने राजधानी के मेडिकल कॉलेज अस्पताल में अपना चेक-अप कराने का प्रस्ताव रखा और राजमणि को साथ चलने के लिए कहा। पहले उसने आना-कानी की। लेकिन प्रोफेसर की पत्नी ने एक ओर दबाव और दूसरी ओर झिलमिलाते सपनीले खुले आकाश का गुदगुदी भरा एहसास भी उसे महसूस कराया। राजमणि तैयार हो गया। वे दोनों शाम की गाड़ी से राजधानी चले गए। बच्चे घर पर अकेले थे। प्रोफेसर की पत्नी ने एक पड़ोसी मित्र से बच्चों की देख-रेख करने का अनुरोध किया था। प्रोफेसर की पत्नी अति उत्साहित थीं। यद्यपि वह दवा कराने जा रही थी किंतु वह अच्छे एवं महँगे वस्त्रों में चहक रही थी मानो लंबे पतझड़ के बाद अचानक वसंत आ गया हो।

वे दोनों राजधानी के मेडिकल कॉलेज अस्पताल में सीधे पहुँचे। एक मशहूर वरीय चिकित्सक ने उसे देखा किंतु कोई गंभीर बीमारी नहीं पाई। उन्होंने सिर्फ़ बदन दर्द आदि की कुछ दवाएँ एवं टॉनिक पर्ची पर लिख दिया। उसके बाद वे दोनों एक स्तरीय होटल में रुके। हालाँकि दोनों की उम्र में काफी अंतर था किंतु प्रोफेसर की पत्नी ने ऐसा मेक-अप किया था कि वह सही उम्र से काफी कम उम्र की लग रही थी।

तीन दिनों के बाद प्रोफेसर की पत्नी और राजमणि घर वापस आ गए। 'जैसे उड़ि जहाज को पंछी पुनि जहाज पे आवे'। दोनों बेहद खुश थे। वे बिलकुल तरो-ताजा एवं गहरी दोस्ती का इजहार करते हुए संकेत कर रहे थे कि प्रेम और पानी अंधे होते हैं, जिधर ढलान पाते हैं, उधर सरक जाते हैं। उनके वापस लौटने पर मुहल्ले में तरह-तरह की अफ़वाहें फैल गईं—यह प्रोफेसर बिलकुल घोंचू हैं, प्रोफेसर सैकड़ों छात्रों को सुधारने की सीख देता है किंतु अपना घर ही नहीं सुधार पाता; प्रोफेसर की अधेड़ मेम एक छोकरे पर फिदा है; एक विद्यार्थी अपने गुरू की पत्नी को भगा ले गया; इश्क में उम्र आड़े नहीं आती; जादो मास्टर का छोकरा प्रोफेसर की संपत्ति हड़पने के लिए उसकी पत्नी को फाँस रहा है, राजमणि बिना परीक्षा दिए ही पास हो गया, जब आग और खर इकट्ठा होंगे, तो जलना स्वाभाविक ही है, वगैरह-वगैरह।

प्रोफेसर मुक्तकंठ देर रात गए वापस लौटे। वही ठंडा खाना मिला जो प्रोफेसर की नियति बन चुका था। खाना-पीना हुआ। पत्नी ने अपने बाहर जाने की साँस नहीं ली। प्रोफेसर को कोई भनक भी नहीं लगी। दूसरे दिन सुबह जब वह ब्रीफकेश खोले, तो उसमें पैसे नहीं थे। उन्होंने बार-बार ब्रीफकेश में पैसा खोजा। किंतु कुछ नहीं मिला। सिर्फ़ मिली डॉक्टर की एक पर्ची—जो उनकी पत्नी के नाम थी। आख़िर हर चोर अपने

पीछे अपना निशान छोड़ जाता है। कई बार पूछने और दवा की पर्ची दिखाने पर पत्नी ने दबी जुबान से उगला कि वह दवा कराने राजधानी गई थी। प्रोफेसर गुस्से में तमतमा उठे। वह पूछने लगे कि वह किसके साथ गई थी, कहाँ रुकी थी, कितने दिन बाहर रुकी थी आदि। कुछ देर तक चुप्पी थी। प्रोफेसर गुस्से में अपनी पूर्व की दबी कुंठाएँ कै-दस्त की तरह उगल रहे थे। सीधा-सादा एवं संयत प्रोफेसर किसी गँवार की भाषा बोलने लगे क्योंकि शिष्ट भाषा पंगु सिद्ध हो रही थी। फिर क्या था ? उनकी पत्नी भी उबल पड़ी, ''प्रोफेसर ! अब मैं तुम्हारी पत्नी बनकर नहीं रहूँगी। अब मेरा पति राजमणि है। हाँ राजमणि, जो आपका विद्यार्थी है। प्रोफेसर, अब तुम मेरा शरीर छू तक नहीं सकते। सिर्फ़ एक किराएदार की तरह रहो। तुम्हें ऐसा मंजूर हो, तो इस घर में रहो, वरना घर छोड़ दो।''

यह क्या ? प्रोफेसर इस अप्रत्याशित घटना पर अवाक् थे। घर ? किसका घर ? किसने बनाया यह घर ? किसके पसीने की कमाई लगी इस घर में ? किसने घर के लिए आत्मत्याग किया ? आज घर बनानेवाला ही किराएदार हो गया ? क्या घर सिर्फ़ दीवारों का नाम है या सिर्फ़ साँसों का या फिर कुछ और ? उन्हें अपनी प्रतिष्ठा, लोक-लाज और समाज की बार-बार याद आने लगी। उनकी आत्मा उन्हें अंदर से धिक्कारने लगी और अचानक वह पत्नी पर टूट पड़े। पत्नी भी उतनी ही आक्रामक थी बल्कि कुछ ज़्यादा ही। प्रोफेसर ने अंकगणित की तरह धन कमाया था लेकिन आज इज़्ज़त गँवा दी रेखागणित की तरह। गुरुत्वाकर्षण का सिद्धांत पढ़ानेवाले प्रोफेसर यह समझने में असमर्थ थे कि उनकी पत्नी में गुरुत्वाकर्षण शक्ति है अथवा राजमणि में या उसकी पत्नी के नाम खरीदे, ज़मीन-मकान में। प्रोफेसर सोचते-सोचते काफी परेशान हो गए। वह अपने कमरे में चले गए और अक्षरशः अपना सिर धुनते रहे।

रात भर उन्हें नींद नहीं आई। नींद की अपेक्षा करना चाँद की गोद में खेलने जैसा था। पत्नी दूसरे कमरे में बच्चों के साथ सो गई। प्रोफेसर के सामने उनका गरीबी में पला बचपन याद आने लगा जब उनका परिवार फीस भी देने की सामर्थ्य नहीं रखता था। उस समय भी मुक्तकंठ ने ट्यूशन किया था ट्यूशन की राशि से ही वह विद्यालय में अपनी फीस देता था और घर का रोजाना खर्च भी चलाता था। पढ़ने में वह अव्वल था। अपनी कक्षा में ही नहीं पूरे विद्यालय का नाम रोशन करता था। वहाँ के प्रधानाध्यापक उसे विद्यालय का नाम ऊँचा करने के लिए कई बार पुरस्कृत भी किया था। 'होनहार बिरवान के होत चीकने पात' की कहावत उस पर चरितार्थ लागू होती थी। बिना पीछे मुड़कर देखे वह खूब मेहनत करता रहा था और एक दिन इस कॉलेज में लेक्चरर बन गया था। फिर भी ट्यूशन करता रहा, पुश्तैनी घर को सजाया-सँवारा, पत्नी को प्राइवेट परीक्षा दिलाकर मैट्रिक, इंटर और बी. ए. कराया था। कॉलेजवाले शहर में तीन कट्ठे ज़मीन खरीदी थी। उस पर नया मकान भी बनवा रहे थे। उन्होंने कभी पीछे मुड़कर नहीं देखा वरना उन्हें इस अनहोनी का कुछ लक्षण जरूर दिखाई पड़ा होता। लेकिन अब वह क्या करें ? इज़्ज़त एक बार चली जाती है, तो दुबारा वापस नहीं आती।

लोक-लज्जा के कारण कभी-कभी वह सोचने लगते कि आत्म-हत्या कर लें। फिर कभी विचार आता कि पत्नी की ही हत्या कर दें जो इस सारी काली करतूत की जड़ है। फिर सोचते कि राजमणि से ही निपट लें किंतु उन्हें राजमणि के दारूबाज वकील भाई की सहसा याद आ जाती। लेकिन बच्चों का क्या होगा ? दो बेटियाँ और एक बेटा ! तीनों अभी नाबालिग थे। उन्हें समाज शादी-ब्याह के लिए कैसे स्वीकार करेगा ? बिरादरी से उनका बहिष्कार होना स्वाभाविक है क्योंकि रोटी में बिरादरी की दरकार भले न हो लेकिन बेटी के लिए बिरादरी की नदी पार करना मजबूरी होती है। उनकी स्मृति कौंधी कि कैसे विज्ञान के सिद्धांत कॉलेज की चारदीवारी के बाहर समाज की चट्टानों पर तुरंत चकनाचूर हो रहे हैं। तो क्या वह पुलिस को इत्तला दें कि राजमणि ने बहला-फुसलाकर उनकी पत्नी के साथ अवैध रूप से सहवास किया ? लेकिन पुलिस कितनी मदद करेगी जब उसकी पत्नी ने स्वयं सहमति दे दी थी ? तो क्या वह ट्यूशन करना बंद कर अपना घर रखाएँ ? या शर्म से कॉलेज की अध्यापकी से इस्तीफा दे दें ? वह कॉलेज में अपने विद्यार्थियों की सवालिया आँखों का मुकाबला कैसे कर सकेंगे ? ये सवाल उनकी वेदना को और बढ़ाते जा रहे थे। बुद्धिजीवियों के लिए घरेलू समस्याएँ ज़्यादा विकराल एवं अगम्य होती हैं।

किसी तरह रात बीत गई थी। बेदर्दी रात नींद के आगोश का इंतजार नहीं करती किंतु सुबह का ताजापन और उजाला बिलकुल गायब था। उन्होंने बाथरूम में लगे आईने में अपना चेहरा देखा-चेहरे पर कालिख-सी पुती थी, आँखें धँसी-सी थीं, हाथ-पैर बेजान लग रहे थे यानी आईना चिढ़ा रहा था चेहरे को देखकर ! इसी बीच उनके छोटे बच्चे ने टी. वी. चालू कर दिया था जिसमें समाचार वाचक बोल रहा था, ''आज सुबह सात बजे से सूर्यग्रहण शुरू हो गया है अर्थात् चाँद ने सूर्य को ढक लिया है और साढ़े सात बजे पूर्ण सूर्यग्रहण लगेगा। विज्ञान एवं प्रौद्योगिकी विभाग ने लोगों को सलाह दी है कि वे नंगी आँखों से सूर्य की ओर न देखें वरना उसकी पराबैगनी किरणों से उनकी आँखों को नुकसान पहुँच सकता है।'' यह समाचार सुनते ही प्रोफेसर मुक्तकंठ को जोर का झटका लगा। उनकी आँखों के आगे घना अँधेरा छा गया। सिर जोर से चकराया और आईने में टकरा गया। आईने ने सिर को और सिर ने आईने को फोड़ दिया था। माथे पर खून की धारा बह रही थी और सीने पर पसीने की बूँदें। वह बाथरूम में गिर पड़े थे। शायद चाँद ने सूरज को पूरी तरह दबोच लिया था।

# सफलता

“ओह। तुम।”

“...”

“मेरी आँखें प्रायः धोखा नहीं खातीं, किंतु विश्वास नहीं होता इन आँखों पर,” काजल ने ऐसा कहते हुए अविनाश को दरवाजे के अंदर प्रवेश करने हेतु इशारा किया। अविनाश अब भी चुप था। भले उसकी आँखें खुशी का इजहार कर रही थीं लेकिन शब्द नहीं फूट रहे थे। उसके होंठ हिले जरूर थे पर शब्दों का भार वहन नहीं कर सकते थे उस क्षण। सो अविनाश ने मिठाई का डिब्बा काजल की ओर बढ़ाया। वह झट पूछ बैठी, “किस खुशी में।” “मैं...मैं...डिप्टी कलेक्टर हो गया हूँ,” अविनाश ने कहा। “सच। कांग्राचुलेशंस। मे गॉड ब्लेस यू,” कहते-कहते काजल भावुक हो गई। उसकी आँखों में खुशी के आँसू छलकने को थे कि वह उसे छिपाने के लिए अंदर चली गई।

काजल के अंतस्तल में खुशी की लहरें उठने लगीं। उसे लगा कि ईश्वर ने उसकी प्रार्थना सुन ली है। अचानक उसके सामने बी. ए. आनर्स की कक्षा की तसवीर आ गई। उस दिन अविनाश को इतिहास के प्रोफेसर शुक्ला ने बहुत डाँटा था। डाँटा ही नहीं, जलील भी किया था। यूँ डाँटने की वजह सही थी, बस खुराक ज़्यादा हो गई थी। उस दिन प्रोफेसर शुक्ला ने ट्यूटोरियल में एक स्नैप टेस्ट लिया था। सवाल था, “डिस्कस द जेनिसिस ऑफ द फर्स्ट वर्ल्ड वार” अर्थात् प्रथम विश्वयुद्ध की परिस्थितियों की विवेचना कीजिए उन दिनों यह कॉलेज प्रांत का सबसे अच्छा कॉलेज था। इतिहास ऑनर्स की पढ़ाई का माध्यम सिर्फ़ अंग्रेजी थी। इतिहास विभाग में उन दिनों कई मशहूर प्रोफेसर पढ़ाते थे, सो घरवालों के दबाव एवं मित्रों की सलाह पर अविनाश ने भी अंग्रेजी माध्यम से पढ़ने हेतु प्रवेश ले लिया था। वैसे पहले वह हिंदी माध्यम से ही इंटर तक पढ़ चुका था। उसे अंग्रेजी लेक्चर समझ में नहीं आता था और न अधिकांश शब्दों की वर्तनी। अंग्रेजी में बोलना आकाश-कुसुम सूँघने जैसा था। घरवालों की मान्यता थी कि अंग्रेजी माध्यम से पढ़ने पर नौकरी मिल सकती है। हिंदी माध्यम से पढ़ना दो कौड़ी का है और उसका कोई ‘पुछत्तर’ ही नहीं है। प्रोफेसर शुक्ला ने अविनाश की कॉपी देखी। उसने ‘जेनिसिस’ शब्द देवनागरी लिपि में ही लिख दिया था। उत्तर के नाम पर कॉपी में सफेदी नजर आती थी। “कबीरदास जतन से ओढ़ी, जस की तस धै दीन्हीं चदरिया” !

प्रोफेसर शुक्ला को गुस्सा आया। उन्होंने उसे घूरा और पूछा, "सिनेमा तो खूब देखते होगे। बताओ ड्रेस सर्किल का क्या रेट है ?"

अविनाश का सिर चकरा गया था। वह सिनेमा जरूर देखता था लेकिन फर्स्ट क्लास में आगे बैठकर ही। न वह कभी ड्रेस सर्किल में बैठा था, न उसका रेट पूछा था। सो वह बिलकुल चुप रहा। प्रोफेसर शुक्ला ने उसे कक्षा में ही खड़े रहने का आदेश दिया था। अविनाश पूरे घंटे भर कक्षा में खड़ा रहा। उन दिनों विश्वविद्यालयों-कॉलेजों में छात्रसंघ की राजनीति शिक्षकों पर हावी नहीं थी वरना प्रोफेसर शुक्ला को बर्खास्त करने की माँग की गई होती। अविनाश ने इसे बर्दाश्त कर लिया था किंतु काजल को यह तमाशा बर्दाश्त नहीं हुआ था। फिर भी वह अन्य छात्र-छात्राओं की तरह चुप रही थी। घंटी के बाद कुछ छात्र-छात्राएँ हँसने लगे थे। सबकी निगाहें अविनाश पर ही बौछार कर रही थीं। वह कॉलेज के उत्तर स्थित नदी की ओर एकांत में चला गया। काजल कुछ देर ठिठकी रही। फिर धीरे-धीरे वह भी उधर चली गई। अविनाश से उसने धीरे से पूछा, "व्हाट इज योर प्रॉब्लम ? क्वेश्चन वाज वेरी इजी"। अर्थात् तुम्हें क्या दिक्कत है ? सवाल तो बहुत आसान था।

अविनाश रुआँसा हो गया। बोला, "मुझे अंग्रेजी नहीं आती। घरवाले अंग्रेजी माध्यम से ही पढ़ने का दबाव देते हैं। मैं कठिन शब्द समझ ही नहीं पाता, उसकी वर्तनी और उच्चारण भी ठीक से नहीं आता, तो जवाब कैसे लिखूँ।..."

काजल को यह समझते देर नहीं लगी कि यह सब माध्यम का आधिपत्य और अंग्रेजी भाषा का औपनिवेशिक अत्याचार है। यद्यपि उसके घर में अंग्रेजी और बँगला दोनों भाषाओं के जानकार माँ-बाप थे किंतु सभी अपनी मातृभाषा बँगला में ही बोलते थे। शुरू से ही अंग्रेजी माध्यम के विद्यालयों में पढ़ने के कारण काजल की अंग्रेजी भाषा अच्छी थी। किंतु उसे अंग्रेजी के वर्चस्व के कारण किसी का अपमान असह्य था। उसने अविनाश को सांत्वना दी। फिर लाइब्रेरी का सदस्य बनने, रोजाना अंग्रेजी अखबार पढ़ने और कठिन शब्दों का अर्थ शब्दकोश से खोजकर लिखने, शब्दार्थ का अभ्यास करने का सुझाव तथा अपनी पुस्तकें-नोट्स देने का वादा किया था।

स्मृतियों के पटल से वापस होकर काजल अपने पापा को यह शुभ समाचार देने ऊपरी तल्ले पर चली गई। चक्रवर्ती साहब सो रहे थे। चक्रवर्ती साहब अर्थात् प्रांत के फूड कमिश्नर। बहुत सख्त, बेहद ईमानदार और फुटबाल के अच्छे खिलाड़ी। काजल ने अपने पापा को झकझोरा, "पापा, पापा। ओ डिप्टी कलेक्टर हो गया है..."

"कौन ? कौन डिप्टी कलेक्टर आया है ?" वह सहसा चौंकते हुए उठे।

"वही जिसने दादी का स्केच बनाया था...वो जो टँगा हुआ है।"

"ओ, अपना अविनाश !"

"जी हाँ, वही।" काजल ने उत्तर दिया।

चक्रवर्ती साहब काफी खुश हुए। शायद अपने आई. ए. एस. बनने पर जो खुशी उन्हें हुई थी उससे भी ज़्यादा प्रमुदित थे चक्रवर्ती साहब यह सुनकर। हाथ-मुँह धोकर

वे तुरंत नीचे उतरे और ड्राइंग रूम में बैठे अविनाश के पास चले गए। अविनाश ने उनका चरण-स्पर्श कर प्रणाम किया। उन्होंने उसका रैंक आदि पूछना शुरू किया। अविनाश ने बताया कि उसका रैंक पंद्रहवाँ था। यह सुनकर वह और गद्‌गद हो गए। उन्होंने काजल से मिठाई लाने को कहा।

"पापा, फ्रिज खाली है," कहते हुए काजल ने अविनाश के दिए हुए पैकेट को भुला-सा दिया।

"मैंने फ्रिज नहीं, मिठाई माँगी है काजल !" चक्रवर्ती साहब ने जैसे ही यह जुमला कहा, तीनों ठठाकर हँस पड़े।

इसी बीच नौकर तीन प्याली कॉफी लेकर हाजिर हो गया। ट्रे से प्याली उठाते हुए अविनाश घबरा-सा रहा था। उसकी निगाहें नौकर की निगाहों से बेमेल मिल रही थीं। निगाह दूसरी ओर होने से उसकी एक उँगली गर्म कॉफी में पड़ गई। उसने अंदर-ही-अंदर उँगली जलने का दर्द महसूस किया लेकिन इसमें जलन नहीं, यादों की मिठास थी। उसके सामने एक वर्ष पुराना दृश्य साकार हो गया।

कक्षा में अपमानित होने के बाद अविनाश को काजल ने अपने घर पर बुलाया था उस दिन। किताबें और नोट्स देने के लिए। जब अविनाश वहाँ पहुँचा था, तो उस नौकर ने गेट नहीं खोला था। उसने अविनाश को दुत्कार कर भगा दिया था। दूसरे दिन अविनाश ने सारी घटना काजल को कॉलेज में बता दी। इस पर काजल ने अपने नौकर को डाँट पिलाई थी। दूसरी बार घर जाने पर नौकर ने उसे बाहरी गेट के अंदर तो आने दिया किंतु ड्राइंग रूम में प्रवेश नहीं करने दिया। उसका तर्क था कि साहब और मेम-साहब बाहर गए हैं। सो नौकर ही पारंपरिक अभिभावक की भूमिका भी निभा रहा था। उसने अविनाश को एक कुर्सी बाहर बैठने के लिए दे दी—वो भी नाली के पास। उस दिन काजल ने नौकर से एक प्याली कॉफी लाने को कहा था अविनाश के लिए और खुद किताबें-नोट्स लाने चली गई थी अपने कमरे में। किंतु उस नौकर ने अविनाश को कॉफी नहीं दी थी। बाद में काजल के पूछने पर अविनाश ने कॉफी पी लेने की झूठी बात कह दी थी जिससे बात का बतंगड़ न हो अथवा भविष्य में वह नौकर उससे बदले की भावना से पेश न आए खैर...

फिर चक्रवर्ती साहब ने अविनाश को दुबारा बधाई दी और रात में साथ डिनर लेने को कहा। अविनाश, चक्रवर्ती साहब का आग्रह कैसे टाल सकता था। आग्रह क्या, आदेश भी हो, तो वह अवश्य मानेगा। आख़िर चक्रवर्ती साहब ने ही उसे सहायक की नौकरी दिलवा दी थी अस्थाई रूप से। उसका ऑफिस था राज्य नागरिक परिषद् जहाँ काम कम और नाम ज़्यादा था। इस कृपा से फुटपाथी स्केच कलाकार अविनाश को काफी खुशी हुई थी। उसके संयुक्त परिवार में उसका बड़ा भाई सप्लाई विभाग में सरकारी नौकरी करने के बावजूद अविनाश की पढ़ाई की परवाह नहीं करता था। बड़े भाई ने अविनाश की शादी करके अपने कर्त्तव्यों से मानो मुक्ति पा ली थी। किंतु चक्रवर्ती साहब के परिवार ने अविनाश का भार बाँटने का हर संभव प्रयास किया था।

एक दिन चक्रवर्ती साहब ने अविनाश को अकेले में ले जाकर समझाया था—देखो, बेटा ! नागरिक परिषद में सहायक की नौकरी अंतिम नहीं, पहली सीढ़ी है। इससे तुम्हें न्यूनतम जरिया मिल गया है जीविका का, लेकिन मेहनत करके तुम्हें कम-से-कम क्लास टू की नौकरी करनी चाहिए। डिप्टी कलेक्टर बनने हेतु पब्लिक सर्विस कमीशन की परीक्षा बहुत कठिन नहीं है। तुम्हारी एकेडमिक और आर्थिक मदद हम लोग कर सकते हैं। ईश्वर ने चाहा, तो तुम्हारा बेड़ा पार हो जाएगा। फुटपाथी स्केच कलाकार अविनाश को भविष्य में डिप्टी कलेक्टर बनना दुनिया का आठवाँ आश्चर्य लग रहा था।

अविनाश कई दिनों तक सोचता रहा था कि वह येन-केन प्रकारेण क्लर्क बन सकता है लेकिन कमीशन की परीक्षा की वैतरणी भला कैसे पार कर सकेगा। चक्रवर्ती साहब की सलाह पर उसे वह दिन याद आया जिस दिन बी. ए. ऑनर्स का परीक्षाफल निकला था। उसने तृतीय श्रेणी के कालम में अपना नाम तीन-चार बार खोजा था किंतु नहीं मिलने पर वह घबरा गया था और धीरे से एक तरफ खिसककर वापस होने को हुआ था कि काजल ने दूर से ही कहा था, ''अविनाश, बधाई ! तुम्हारा सेकंड डिवीजन है...'' और काजल तो आशा के अनुरूप प्रथम श्रेणी में प्रथम उत्तीर्ण हुई ही थी किंतु उसे जाने बिना ही अविनाश ने उत्तर दे दिया था, ''आपको भी बहुत-बहुत बधाई।'' अविनाश अपनी द्वितीय श्रेणी सुनकर ही पुलकित हो उठा था। और अब कमीशन की अग्नि-परीक्षा जिसमें अंग्रेजी का पेपर है, जनरल नॉलेज का पेपर है और ऐच्छिक विषयों के पेपर अलग। तीनों पर मास्टरी नहीं थी अविनाश की, ऐसा अविनाश का मानना था। इसके अलावा साक्षात्कार भी देना पड़ता है। उसका न कोई सोर्स-सिफारिश थी, न कोई पैरवी। वह आस-पास प्रायः सुनता रहता था—'सोर्स इज फोर्स ऑफकोर्स'। अपने कार्यालय में वह रोजाना देखता था कि पैसा, पैरवी या ऊपर के आदेश के बिना कोई किरानी फाइल ही नहीं बढ़ाता। सो साक्षात्कार का आतंक उसकी हिम्मत पस्त कर देता। इसी घबराहट और पशोपेश में वह पड़ा रहा था और महीने भर चक्रवर्ती साहब की निगाहों से बचता रहा था।

काजल समझ गई थी कि अविनाश में हीन ग्रंथि घर कर गई है और बिना उसे प्रोत्साहित किए वह परीक्षा में नहीं बैठेगा। उसने अपनी गाड़ी भेजकर उसे बुलवाया। अपनी किताबें दीं। नोट्स दिए। समसामयिक विषयों पर अखबार की कतरनें दीं। कंपटीशन लायक अंग्रेजी की कई पत्रिकाएँ उसे दीं। वह उसे फार्म भरने के लिए पैसे भी देने लगी, किंतु अविनाश ने कहा था कि उसे नौकरी से पैसे मिल जाते हैं। बहुत समझाने-बुझाने पर अविनाश परीक्षा में बैठने के लिए तैयार हो गया।

काजल हर पंद्रह-बीस दिन पर अपने ड्राइवर से प्रासंगिक किताबें, पत्र-पत्रिकाएँ अविनाश के दफ़्तर में भिजवा देती। ड्राइवर को यह नागवार लगता। कारण उसकी एक ड्यूटी बढ़ गई थी। उसने एक दिन अपना गुबार अविनाश पर निकालते हुए कहा, ''अरे किरानी बाबू ! आपको किताब-कॉपी से कोनो मतलब है। फिर मुझे काहे तबाह करते हैं। अपना स्केच फिस्केच बनाइए। कुछ-न-कुछ तो आमदनी हो ही जाएगी। बाबू की

नौकरी में वेतन-भत्ता के अलावा ऊपरी आमदनी कितनी है, पता है ? हर फाइल पर चढ़ावा चढ़ता है। अरे भैया, पैसा कमाओ और मौज करो। ये अंग्रेजी की मोटी-मोटी पोथियाँ आपके भेजे में नहीं घुसेंगी। चक्रवर्ती साहब के परिवार की बराबरी मत करो, किरानी बाबू ! ज़मीन ज़मीन होती है और आसमान, आसमान। ज़मीन सिर्फ़ आसमान की ओर ताकती रहती है और आसमान जब चाहे धूप-बारिश करता रहता है। लेकिन यह सब मैं काजल बिटिया से नहीं कहूँगा, आप ही कह दीजिए।...''

ड्राइवर की बातें सुनकर छनछना गया अविनाश। एक अनपढ़ ड्राइवर आज उसे उपदेश दे रहा है। भ्रष्ट बनने का उपदेश। नहीं, हरगिज नहीं। उसके अंदर का दमित स्वाभिमान जाग उठा। उसी दिन से वह कड़ी मेहनत करने लगा। काजल का एकेडमिक सहयोग जारी रहा। किंतु उसने ड्राइवर की बातें काजल से नहीं कही। उसकी परीक्षा ठीक-ठाक हुई। पूछने पर अविनाश 'ठीक-ठाक' ही कहता था।

लिखित परीक्षा का परिणाम निकला, तो अविनाश ने अपने को उसमें सफल पाया। उसका उत्साह बढ़ा। कुछ प्रतियोगी मित्रों से सलाह-मशविरा लिया। सभी साक्षात्कार के भूत से डरते थे और बढ़ा-चढ़ाकर उसके आतंक का वर्णन करते थे गोया साक्षात्कार लेनेवाले कश्मीर-पंजाब के आतंकवादी हों और शर्त रखते हों कि बेटा इन प्रश्नों का जवाब नहीं देने पर ए. के. 47 से भून दिए जाओगे अथवा तुम्हें दीवारों में हमेशा के लिए चुनवा दिया जाएगा।

अविनाश ने काजल को अपनी दास्तान-ए-भूत सुना दी थी। काजल धीरे से ऊपर के कमरे में गई और बोली, ''पापा, अविनाश के साक्षात्कार में कुछ मदद कर सकते हैं क्या ?''

''ह्वाट डू यू मीन ?'' चक्रवर्ती साहब ने पूछा।

''मेरा मतलब है कि कुछ पैरवी...''

''शट अप। मैंने खुद दूसरों की मदद की है लेकिन पैरवी नहीं। मैं अपने सिद्धांत के लिए अपने संबंधों की बलि दे सकता हूँ किंतु संबंधों के लिए सिद्धांत की बलि कदापि नहीं।''

काजल नीचे उतरकर आई और उदास होकर अविनाश को सांत्वना देने लगी, ''अविनाश ! तुम तो पापा को जानते हो। पापा अपने सिद्धांत के पक्के हैं। लेकिन तुम अपने पर विश्वास रखो। जब लिखित परीक्षा में सफल हुए हो, तो कोई कारण नहीं कि साक्षात्कार में सफल नहीं होगे। तुम्हारी तैयारी मैं करवा दूँगी। मॉक इंटरव्यू बार-बार करके तुम्हारी झिझक दूर कर दूँगी...'' लेकिन अविनाश कनविंस नहीं हुआ। वह अपने बड़े भाई का स्कूटर लेकर आया था। लिखित परीक्षा में 'क्वालीफाइ' करने के कारण बड़े भाई का भ्रातृत्व ज़्यादा जाग उठा था। फिर भी काजल ने अविनाश को भीतर से हताश और निराश पाया। वह बोल पड़ी, ''अविनाश, मैं तुम्हारी पैरवी करूँगी। कमीशन के कुछ मेंबर मेरे घर आते-जाते हैं। मैं उनसे कहूँगी, जरूर कहूँगी। अच्छाई के लिए मजबूरन की गई बुराई बुराई नहीं होती।''

लेकिन आगे एक समस्या और आ गई। ड्राइवर जा चुका था। प्रथम ग्रासे मक्षिकापातः। काजल को कार चलानी नहीं आती थी। सो उसने अविनाश के साथ स्कूटर पर बैठकर जाने का प्रस्ताव स्वयं दे दिया। अविनाश इसमें विचलित हो रहा था। उसे चक्रवर्ती साहब का डर था। थोड़ी हिचकिचाहट के बाद वे प्रो. हक के निवास के लिए रवाना हो गए।

प्रोफेसर एक कमीशन के वरिष्ठ सदस्य थे और सख्त मिजाज के थे। वह काजल को जानते-पहचानते थे। उसके पिता से उनका पारिवारिक संबंध था। जैसे ही काजल ने अपनी समस्या बताई, वे बिगड़ गए। उन्होंने डाँटते हुए कहा कि लिखित परीक्षा के रिजल्ट के बाद अभ्यर्थी को इंटरव्यू की तैयारी करनी चाहिए, मटरगश्ती नहीं। उन्होंने तुरंत चक्रवर्ती साहब को शिकायत करने के लिए फोन का चोंगा उठाया। काजल ने बहुत आरजू-मिन्नत की कि पापा नाराज हो जाएँगे। सो वे दोनों वहाँ से चल दिए। फिर सरदार गोविंद सिंह के घर पहुँचे। सरदार जी ने समस्या सुनकर चक्रवर्ती साहब को फोन कर दिया। चक्रवर्ती साहब आग बबूला हो गए किंतु वह आश्चर्यचकित भी थे कि उनकी कार उनके निवास पर खड़ी है, ड्राइवर भी नहीं है और काजल को गाड़ी चलाने भी नहीं आती, तो वे लोग गए कैसे ? सरदार जी ने स्कूटर से जाने की बात बताई। चक्रवर्ती साहब को अब इत्मीनान हो गया था क्योंकि वह अविनाश और काजल के आचरण पर विश्वास करते थे।

दो सदस्यों की फटकार और नकारात्मक रिस्पांस के कारण अविनाश और काजल अब थकान महसूस कर रहे थे। अन्य सदस्यों के आवास पर जाकर पैरवी करने की हिम्मत नहीं थी अब। यूँ काजल उसी दिन कलकत्ता से अपनी माँ के साथ लंबी यात्रा करके वापस लौटी थी किंतु उसमें उसे उतनी थकान नहीं महसूस हुई थी जितनी कमीशन के माननीय सदस्यों से मिलने के बाद।

तीन बार मॉक (नकली) इंटरव्यू का सामना करने से अविनाश की झिझक खत्म हो गई थी। साक्षात्कार के दिन काजल भी उसके साथ गई थी उसे प्रोत्साहित करने के लिए। क्रम आने पर अविनाश अंदर गया। साक्षात्कार में एक सदस्य ने यह कहकर कुछ नहीं पूछा कि अभ्यर्थी का शरीर डी. एस. पी. के लायक नहीं है। दूसरे ने उसके ऐच्छिक विषय पर आधारित एक प्रश्न पूछा जिसका जवाब अविनाश ने दे दिया था। किंतु दूसरा प्रश्न कठिन था। अविनाश घबरा गया था और सीधे कह दिया था कि वह उसका उत्तर नहीं जानता। साक्षात्कार से बाहर निकलने पर अविनाश पसीने से तर-बतर था। उसे लगा कि सारा सत्यानाश हो गया। लेकिन काजल समझाने लगी कि लिखित और साक्षात्कार दोनों की गणना कर ही परिणाम निकलेगा।

साक्षात्कार के दिन से लेकर अंतिम परीक्षाफल आने तक अविनाश बेचैन रहता था। उसे बार-बार ड्राइवर के कहे शब्द याद आ रहे थे और मानो उसे चुनौती दे रहे थे। काजल भी काफी बेचैन थी मानो उसे वह अपनी परीक्षा समझ रही थी।

अंतिम परीक्षाफल के दिन काफी भीड़ थी। अविनाश ने अंतिम सूची की अंतिम

पंक्ति से अपना नाम खोजना शुरू किया था। एक घंटे तक खोजने के बावजूद उसे अपना नाम नहीं मिला। वह निराश होने लगा था कि अचानक उसके एक मित्र ने बताया कि उसका नाम पहली सूची में है और पूरे प्रांत में उसका पंद्रहवाँ स्थान है। अविनाश ने तब तक इस पर विश्वास नहीं किया, जब तक स्वयं अपनी आँखों से अपना नाम देख नहीं लिया। नाम और रोल-नंबर दोनों का उसने मिलान किया। दोनों सही-सही मिल गए। वह खुशी से उछल पड़ा और उसी क्षण अपने घर जाने की बजाय अपने सहयोगी, साथी और सहपाठी काजल के घर की ओर चल पड़ा था।

इस सफलता पर सभी खुश थे—उसका परिवार, काजल, चक्रवर्ती साहब और स्वयं अविनाश जो अपनी सारी खुशियाँ बाँटने के लिए काजल के घर फौरन पहुँच गया था और सबसे पहले काजल को ही उसने अपने डिप्टी कलेक्टर होने की सूचना दी थी। लेकिन इस सफलता का श्रेय किसको था। अविनाश को ? नहीं, अविनाश ऐसा खुद नहीं मानता। काजल को ? हाँ, अविनाश सारा श्रेय काजल को ही देता है जिसने उसकी हीन-ग्रंथि जड़ से निकाल दी थी और बी. ए. ऑनर्स की पढ़ाई से लेकर कमीशन की परीक्षा की तैयारी तक सदैव साथ थी। किंतु काजल इसका श्रेय चक्रवर्ती साहब को देती है जिन्होंने अपने सिद्धांतों की बलि दिए बिना अविनाश को उसके पैरों पर खड़ा कराया। लेकिन चक्रवर्ती साहब पूरी सफलता का श्रेय अविनाश को दे रहे थे जिसने उनकी यह बात मान ली थी 'हिम्मते मरदे मददे खुदा'।

# फैसला

जैसे ही कुछ लड़कों ने पैलगी की और थोड़ी दूर जाकर चिढ़ाना शुरू किया, जयराम बाबा उछल पड़े। वे कुल्हाड़ी लेकर दौड़े और भद्दी-भद्दी गालियाँ देने लगे। पर लड़के फुर्र हो गए। 'बरबराते' हुए वे अपनी लंबी सफेद दाढ़ी पर हाथ फेरने लगे। वे कहने को बाबा थे लेकिन कर्म से अति-मानव। एक हाथ में लाठी, दूसरे में कुल्हाड़ी। सफेद धोती को तहमद की तरह दोहरा करके पहनते। माथे पर लाल तिलक लगाते। और थे एक आँख के काने। अब काना को काना कहने से बुरा लगता ही है। लेकिन पहाड़पुर के लड़के जब भी उनके पास से गुजरते, तो 'बाबा जय सियाराम' कहते लेकिन थोड़ी दूर जाने पर चंचल-चिबिल्ले "गया के पूत जयराम काना, लागें चोर-बरोर के नाना" कहकर तेजी से भाग जाते वरना कुल्हाड़ी और लाठी उन्हें हमेशा के लिए सबक सिखा देती। जयराम बाबा उन्हें गाली देते हुए खदेड़ते, लेकिन बूढ़े और छोकरों की क्या तुलना ?

वैसे जयराम मँझोले किसान थे। यही कोई दस बीघा ज़मीन थी। घर पर एक हलवाहा खेती-बारी का काम करता था। घर में एक बड़े भाई, भाभी और उनके दो बच्चों के सिवाय कोई न था। खुद जयराम कुँवारे थे। लेकिन वे जानवर पालने के शौकीन थे। उनके घर पर दो-तीन भैंसें थीं और हमेशा कम-से-कम एक भैंस जरूर दूध देती रहती। जयराम बाबा भी भैंसों की सेवा करते। उन्हें चराने और नहलाने आदि में वे खास रुचि लेते। उनकी मुर्रा भैंस का एक पड़वा जब जवान भैंसा हो गया, तो दूर-दूर से लोग अपनी भैंसें लेकर उनके यहाँ 'गाभिन' कराने जाते। फी भैंस पाँच रुपए वे लेते थे चारा के नाम पर। अच्छी नस्ल के भैंसे के कारण लोग पाँच रुपए देते भी थे।

जंगल-चरागाहों में जानवरों को चराते-चराते उनका दिलो-दिमाग कुछ ज़्यादा ही खुल गया था। ईंधन चुनती औरतों के साथ गाहे-बगाहे वे दिन में भी छेड़खानी कर देते थे। गरीब मजूर औरतों की क्या मजाल जो चूँ पूँ कर दें। उनके हलवाहे की दूसरी पुस्त उस घर में काम कर रही है। पहले भीखू हलवाही करता था। उसके मरने के बाद से भीखू का लड़का बुधई हल सँभाले है। भीखू की विधवा की उमर ढल चुकी है। पचास से ऊपर ही होगी। लेकिन काम-बूत काफी करती है—रोपनी और निराई से लेकर कटाई-दँवाई तक।

और जयराम बाबा उसके इसी काम करने की मजबूरी का फायदा उठाते हैं। खड़ी फसल के मौसम में उसे किसी दूर-दराज के एकांत सिवानवाले खेतों में अकेले काम करने

भेज देते हैं और चुपके से खुद भी पहुँच जाते हैं। पहली बार भीखू की विधवा ने बहुत विरोध किया था। लेकिन मजबूरी ने उसके विरोध की धार भोथरी कर दी थी। बिना धार का विरोध एक तरह की स्वीकारोक्ति ही है। तब से वह चंदनधारी बाबा जी की रखैल बन गई है और यह बात मरी मछली की तरह पूरे गाँव में बू फैला चुकी है। पर लोग बू की वजह हटाने के बजाय उसे झेलने लगे हैं। शुरू-शुरू में कुछ सुगबुगाहट थी। ऐसा लगा कि 'चमरौटी' के लोग बदला लेकर रहेंगे—कनवा की दूसरी आँख भी ले लेंगे। लेकिन यह सब कुहासे की तरह रोशनी पड़ते ही फट गया। 'बिल्ली के गले में घंटी कौन बाँधे' के सवाल से इस सुगबुगाहट का अकाल अंत हो गया।

जयराम की इस आदत के कारण मनचले युवक उनके चेले बनने लगे थे। एक तरह का चौपाल जयराम की दालान में लगता और तरह-तरह के कुकर्मों और कुसंस्कारों का आदान-प्रदान होता। यह गँजेड़ियों की एक छोटी-मोटी फौज बन गई थी। शुरू-शुरू में जयराम ने इन बेरोज़गार युवकों को अपने पैसे से गाँजा-भाँग पिलाया था और अब वे घर से पैसे चुराकर गाँजा-भाँग पीते हैं। शायद यही जयराम का उद्देश्य था क्योंकि अब उसे इतने चेलों से गाँजा-भाँग मिल जाती है कि खुद खरीदने की ज़रूरत नहीं होती। बस उसे अपनी दालान मुहैया करानी पड़ती है। यह दालान गाँव से बाहर है। अक्सर वहाँ सुनने को मिलता है, "जय बम भोले शंकर, काँटा लगे न कंकड़", "खोल दे पलक, देख दुनिया की झलक", "बोल बम, उठा ले दम" आदि।

इस गँजेड़ी फौज का उपयोग जयराम बड़ी बारीकी से करते रहे हैं। गाँव के किसी आदमी से बतंगड़ होने पर हाकिम-हुक्काम के पास उनके खिलाफ़ चार-छह दरख़ास्त भेजना एक ढर्रा बन गया था। या उसका खेत जानवरों से चरा लेना साधारण बात थी। पिछले साल शिवशंकर को इन लोगों ने अच्छा सबक सिखाया था। शिवशंकर और जयराम का मुकदमा चल रहा था और शिवशंकर की डिग्री भी हो गई थी। उन्हीं की लगाई फसल तैयार थी और दो-चार दिन में कटनेवाली थी। लेकिन जयराम और उनकी फौज ने उसे रातोरात काट लिया था। वे धान की बालें काट लिए और पुआल खेत में खड़ा छोड़ गए। सुबह होते ही 'हहोर' हो गया कि शिवशंकर का धान चोर काट ले गए। कुछ लोग दबी जुबान से जयराम का नाम लेने लगे लेकिन किसी की हिम्मत नहीं थी जयराम से मोहड़ा लेने की। इससे जयराम और उनके चेलों का मन और बढ़ गया। गोया बे-लगाम घोड़े हों।

छुट्टा साँड तब तक मनचाही फसल में मुँह लगाता रहता है जब तक कोई उसे लाठी से नहीं मारता। उसकी पीठ पर लाठी पड़ते ही उसे अच्छा-बुरा का एहसास होता है। लेकिन जयराम और उसकी फौज पर लाठी चलाने को कौन कहे, विरोध करने की भी कोई हिम्मत नहीं करता था।

इमिरती यथा नामे तथा गुणे। भले वह हरिजन परिवार में पैदा हुई थी लेकिन उसका रंग गोरा, सूरत लुभावनी और बोल-व्यवहार मीठा था। यही कोई पंद्रह-सोलह वर्ष की हो रही थी। उसका गौना चैत की रामनवमी को होनेवाला था। शादी तो दस

वर्ष की उम्र में ही हो गई थी।

इमिरती और कोई नहीं, जयराम के हलवाहे की बेटी थी। हलवाहा बुधई सोच रहा था कि इमिरती के गौने के लिए वह फिर अपनी 'बखरी' से कुछ अनाज और रुपए उधार ले लेगा जिसे बाद में मजूरी में पटा देगा। एक बार उसने इसकी चर्चा भी जयराम बाबा से की थी। उन्होंने हुँकारी भर दी थी दो मन अनाज और दो सौ रुपए देने की।

इसी चर्चा से जयराम को मालूम हुआ कि इमिरती का गौना एक-डेढ़ महीने बाद जानेवाला है। वह उनके मन में छा गई। जब भी वह बुधई के लिए कलेवा लेकर जाती, जयराम की आँखें अपलक उसी पर टिकी रहतीं। उन्हें ऐसा लगता जैसे कोई बहुप्रतीक्षित टिकोरा बढ़ते-बढ़ते पकनेवाला है। उन्होंने प्रण किया कि वह इमिरती का आँचल कभी-न-कभी जरूर पकड़ेंगे।

उस दिन बुधई गोगलियावाले खेत में हल जोतने गया था लेकिन उसके घरवालों को नहीं मालूम था कि वह किधर गया है। इमिरती की माँ ने उसे 'बखरी' से पता करने को कहा। इमिरती बखरी गई और जयराम से पूछी, ''बाबा ! आज हल किस खेत में नधा है ? मुझे कलेवा ले जाना है।''

कुछ सोचते हुए जयराम ने कहा, ''बियसिया में। जाओ वहाँ कलेवा दे आओ।''

इमिरती कलेवा लेकर बियसिया की सिवान में चली गई। वहाँ उसके पिता नहीं थे। वह निराश होने लगी। उसने एक-दो बार अपने पिता को पुकारा भी। आवाज़ न आने पर वह लौटने लगी। बीच में ही जयराम मिल गए और इमिरती ने पूछ लिया, ''बाबा ! आप तो बियसिया में आने को कहे थे। मेरे बाबू कहाँ हैं ?''

इस पर जयराम ने उसे छेड़ना शुरू कर दिया और लाख विरोध करने पर भी इमिरती की लाज लुट गई। वह रोने लगी। उठने पर लड़खड़ाने लगी। रोते-बिलखते, गिरते-उठते वह काफी देर बाद घर पहुँची।

घर पहुँचते ही उसने सारी घटना अपनी माँ से बता दी। उसकी माँ भी जोर-जोर से रोने लगी और अपना मुँह पीटने लगी। थोड़ी देर में पूरे टोले के औरत-मर्द जुट गए। उधर बुधई भूख से व्याकुल था। कड़कती दुपहरी में उसे पानी तक नहीं मिला था। थोड़ी देर में उसे भी इमिरती के बारे में सूचना मिली। वह बेतहाशा भागकर अपने घर आया। इमिरती को बेहोश देख उसकी आँखें पथरा गईं। वह किंकर्तव्यविमूढ़ हो गया। भीड़ में से कोई कहता, ''चलो थाने में केस करें और जयराम को जेल भिजवाएँ।'' दूसरी तरफ से आवाज़ आती, ''कनवा की पहुँच बहुत ऊपर तक है। बखेड़ा करने से कुछ होनेवाला नहीं।'' कुछ जवान तुरंत जयराम को लाठी-डंडे से मार-मारकर बेदम करने के लिए आतुर थे। अंदर औरतें इमिरती का घरेलू इलाज कर रही थीं। आपस में कानाफूसी हो रही थी कि किसी डॉक्टर से दवा कराना बेहतर होगा, नहीं तो गौना में जाने पर पोल खुल जाएगी। भीड़ में से कुछ बुजुर्ग पंचायत बटोरकर हर्जाना आदि की बातें भी कर रहे थे।

बुधई की माँ भी द्वंद्व में थी। उसने कभी नहीं सोचा था कि जयराम उसके

साथ-साथ उसकी पोती की भी इज़्ज़त नहीं बख्शेगा। वह अंदर ही अंदर कुढ़ रही थी और जयराम को पहली बार खुलेआम गालियाँ दे रही थी। देवी-देवताओं से उसके मरने, कोढ़ियाने और कीड़े पड़ने की मनौती मान रही थी। लेकिन इन सबसे इमिरती की पीड़ा बंद नहीं हो रही थी।

शाम को हलवाही करके लौटे सभी मजदूरों ने एक बैठक की और काफी देर तक गहमागहमी रही। एकाध बार ऐसी आवाज़ें निकलतीं मानो जयराम की गर्दन कलम कर दी जाएगी। परंतु तत्क्षण दूसरी आवाज़ें आतीं कि यदि ऐसा हो गया, तो किसी मजूर की बोटी नहीं बचेगी और न ही घर। इस टोले के बाहर उन्हीं लोगों का बाग है, खेत है। वे किसी दिन बहाना लेकर मार सकते हैं। इसी द्वंद्व में काफी सरगर्मी के बावजूद कोई अहम निर्णय नहीं किया जा सका। अकेले बुधई और उनका परिवार जयराम के यहाँ काम करने से इनकार कर दिया। अन्य मजूरों ने बखरी की हलवाही नहीं छोड़ी। जयराम दबाव देने नहीं गए। शायद अंदर से वे भी डरे थे कि कहीं बुधई गुस्से में वार न कर दे।

तीन-चार दिनों में यह बात इमिरती की ससुराल तक पहुँच गई। वहाँ उसके सास-ससुर ने इज़्ज़त लुटी इमिरती को अपने घर में आना अपशकुन समझा। आख़िर कुछ तो इमिरती की भी गलती रही होगी वरना वह बूढ़ा इसी को क्यों घसीटता ? आख़िर टोले में तमाम लड़कियाँ हैं—एक से बढ़कर एक सुंदर होंगी। क्या इसकी शरीर सोने की है जो कोई उस पर मचल जाएगा ? आदि। उसके सास-ससुर से उसके गाँववाले तरह-तरह की बातें पूछते। कुछ और अफ़वाहें जोड़ देते कि उसे किसी ने देख लिया वरना पहले की तरह ऐसा कुकर्म चलता रहता।

आख़िर इमिरती के सास-ससुर ने एक दिन संदेश भिजवा ही दिया, "समधी भाई, राम-राम। बड़ों को पैलगी और छोटों को आशीर्वाद। आगे हाल मालूम करना कि आपकी लड़की के साथ जो हुआ, उसे सारी दुनिया जानती है। हम समाज में मुँह दिखाने के काबिल नहीं रह गए। ऐसी हालत में हम उसका गौना नहीं लाएँगे। उसका जुगाड़ कहीं और कर देना..."

ऐसा 'सनेस' पाते ही बुधई के घर 'हहान-खहान' पड़ गया। मानो दूसरा पहाड़ टूट पड़ा हो। शाम होते-होते फिर यह बात पूरे टोले में पहुँच गई। बूढ़े असमंजस में पड़ गए। कुछ नवयुवक फिरंट हो गए। "साला ! गौना कैसे नहीं ले जाएगा ! किसने जाना था कि ऐसा होगा ! यदि उसकी बेटी के साथ ऐसा हो जाता, तो क्या...?"

शाम को पूरे टोले के लोग बुलाए गए। अब बुधई की माँ सक्रिय हो गई। मानो पहली बार उसे इसका एहसास हुआ हो। वह घर-घर जाकर लोगों को बुलाने लगी। उनसे वह अपना दुखड़ा नहीं रोती, बल्कि इमिरती के हक की बात करती। उसका हक कौन छीन रहा है जयराम या उसके सास-ससुर ? वह गाँव के लोगों से ऐसा कहती हुई आगे बढ़ जाती। समूचे गाँव से काफी भीड़ उमड़ आई थी। इस पंचायत में जयराम को भी बुलाया गया। वह बहुत सहमे थे लेकिन पंचायत में न आने की बात कैसे

कहते ? पूरे गाँव-समाज के लोग जुटे थे। अंततः अपने कुछ चेलों के साथ वे भी पंचायत में शरीक हुए।

थोड़ी देर में गहमागहमी शुरू हो गई। ऐसा लगा कि पहले की तरह यह भी टाँय-टाँय फिस हो जाएगी। बुधई बिलकुल चुप रहा जैसे उसे काठ मार गया हो। पाँच पंच चुने गए दोनों पक्षों को मंजूर थे। सवाल-जवाब शुरू हुआ। एक बुजुर्ग पंच ने पूछा, "क्यों जयराम आपने इमिरती के साथ ऐसा सलूक किया था ?"

इस पर जयराम अपना सिर झुका लिए। दुबारा यही सवाल दूसरे पंच ने पूछा। अब अनुत्तर रहना संभव नहीं था। सिर झुकाए हुए जयराम ने कहा, "पंचो ! मेरा पाँव फिसल गया था। मैं गुनहगार हूँ। आप लोग जो चाहें..."

अचानक बुधई की माँ खड़ी हो गई और जयराम की बात काटती हुई बोली, "पंचो ! यह इमिरती की जिंदगी और हक का सवाल है। अब इमिरती को इसी घटना के कारण उसकी ससुरालवालों ने गौना ले जाने से इनकार कर दिया है। इसके लिए भी जयराम जिम्मेदार है। अब वही उसका निर्वाह करें।"

इस पर क्षण-भर को पूरी बैठक खामोश हो गई। सभी आँखें जयराम पर टिक गईं। उन्हें लगा कि वे सैकड़ों आँखों का सामना क्षण-भर भी नहीं कर सकते। अतः सिर झुकाए हुए वे बोले, "पंचो ! एक रास्ता है। इमिरती की शादी दूसरी जगह कर दी जाए। मैं शादी का खर्च उठा लूँगा... ।"

इस प्रस्ताव को कुछ लोग स्वीकार करने के मूड में थे। पंचायत की बेंच के सदस्य भी इस बिंदु पर बँट-से गए। दो पंचों की बिलकुल यही राय थी मानो जयराम ने उनके मुँह से बात छीन ली हो। इसी बीच भीड़ में से एक नवयुवक खड़ा हो गया और कहने लगा, "नहीं, बाबा ! नहीं। इमिरती की दूसरी शादी और कहीं नहीं होगी। आपने उसकी इज़्ज़त लूटी है, तो अब वह आपकी ही घरवाली बनकर रहेगी, दूसरे की नहीं।"

यह सुनते ही पंचायत में कोहराम मच गया। पंचायत में आई भीड़ इसके पक्ष-विपक्ष में बड़बड़ाने लगी। "नहीं, पंचो ! एक ब्राह्मण के घर में इमिरती बहू बनकर कैसे रहेगी ? यह तो धरम-करम के विरुद्ध होगा। क्या ऐसा कभी हुआ है ?" जयराम कह रहे थे कि बीच में वह युवक फिर बोल उठा, "नहीं बाबा ! क्या आपका धरम किसी दलित स्त्री की इज़्ज़त लूटने की इजाजत देता है ? यह गीता के श्लोक में है कि रामायण चौपाई में ? और अब तो प्रजातंत्र का जमाना है—सब बराबर हैं कानून की निगाह में। इमिरती को घरवाली न बनाने पर उसका नतीजा और बुरा होगा। आप भले घर छोड़ दें लेकिन वह घर अब इमिरती का घर है। रामायण-गीता की बात सुनते ही कई लोगों ने 'राम ! राम !' कहना शुरू किया। यह तो अजीब कलयुग है ! द्रौपदी की लाज अब कौन बचाएगा ? ऐसी बातें अधिकांश मुँहों से निकलने लगीं। सारी भीड़ का रुख इमिरती के पक्ष में एकमत-सा होने लगा।

जयराम किंकर्तव्यविमूढ़ हो गए। उन्होंने सपने में भी नहीं सोचा था कि इमिरती को छेड़ने का नतीजा इतना गंभीर होगा। वह कल्पना भी नहीं किए थे कि बुधई की

माँ काली नागिन बनकर फुफकारेगी। वे सिर झुकाए रहे। फिर ना-नुकुर किए। इतने में एक युवक ने उनका हाथ पकड़ लिया। ऐसा लगा कि पुरवइया ने पछुआ बयार को काट दिया है। तीन पंचों ने हवा का रुख पहचान लिया कि इस तूफान में एक चिनगारी से समूचा गाँव भस्म हो सकता है। अतः तीन के बहुमत से पंचों ने फैसला दिया कि इमिरती जयराम की घरवाली के रूप में रहेगी। जयराम और उनके चेले अवाक् ! उन्हें इतने बड़े दंड की आशा नहीं थी। वे सोचे थे कि बहुत होगा, तो भोज-भात करना पड़ेगा या जुर्माने के रूप में हजार-पाँच सौ रुपए देने होंगे। अब जयराम को इमिरती अछूत लगने लगी। वे क्षणभर को सोचने लगे—अब तो कोई 'बड़जात' उनके यहाँ पानी नहीं पिएगा। पर्दे के पीछे छोट जाति की स्त्रियों के साथ भले कुछ हो जाए किंतु खुलेआम एक ही घर में जिंदगी कैसे गुजर सकती है परंतु उनकी और उनके चेलों की आँखें ज़मीन में गड़ी थीं...

भीड़ का मुरझाया चेहरा खिलने लगा। इमिरती को साथ लिए लोग जयराम के घर की तरफ चलने लगे। उन्हें जयराम और उनके चेलों की चिंता नहीं थी और न ऊपर वालों की फिक्र। ऐसा लगता था कि इस टोले की भीड़ ने पहली बार अपनी ताकत पहचानी हो।

# जागो हुआ सबेरा

यह कस्बा इतना बड़ा था कि एक छोर से दूसरे छोर तक पहुँचने में दस गलियाँ पार करनी होतीं और इतना छोटा कि दिन के किसी पहर में कोई छोटी-मोटी घटना भी घटती या घटने की उम्मीद होती, तो बात करंट की तरह घर-घर पहुँच जाती। पिछले दो-तीन दिनों में जन-वितरण प्रणाली की राशन दुकानों पर इतने छापे पड़ रहे थे कि लोगों को आश्चर्य था कि सप्लाई विभागवाले अपने ही पैरों पर कुल्हाड़ी मारने का ऐसा आत्मघाती कार्य कैसे कर रहे हैं। छापामारी, जब्ती तथा आवश्यक वस्तु अधिनियम के तहत मुकदमों का अभियान जारी था लेकिन मुकदमा दर्ज़ होने या दबने की प्रक्रिया अन्य बातों पर निर्भर करती थी। अधिकांश लोग खुश होते, ''अब सेठों को पता चलेगा कितने पानी में हैं'', ''पानी के भीतर मुल्लाजी मछली निगलेंगे, तो एक दिन मछली गले में फँसेगी ही'', ''ई सेठवा सब चीनी-किरासन को बोफोर्स समझ लिया है'', ''एक तो महँगाई खजूर चढ़ी, दूजे कालाबाजारी उसे पतंग बना आसमान पहुँचा रही है'' किस्म-किस्म की प्रतिक्रियाएँ लोग स्वतः करते रहे। छापामारी अभियान से दुकानदारों में भगदड़ मच गई। अधिकांश दुकानें बंद हो गईं। जिन दुकानों से बँधी-बँधाई रकम हर महीने सप्लाई विभाग को जाती है, वे भी सहमे हैं क्योंकि नए एस. डी. ओ. ने सघन छापामारी का आदेश दिया है। ऐसे में भी भगत जी की दुकान पहले की तरह नियमित रूप से खुलती है।

लेकिन दूसरे दिन के छापे से समूचे शहर में खलबली मच गई। सप्लाई इंस्पेक्टरों ने भगत जी के यहाँ भी छापामारी कर दी थी। लोग-बाग उनकी इज़्ज़त करते थे। वे बुद्धिजीवियों की बहसों के केंद्र में होते थे। अभिभावक अपने बाल-बच्चों को भगत जी के आदर्श और त्याग का बहुधा उदाहरण देते थे। फिर भी भगतजी प्रचार और दिखावे में विश्वास नहीं करते थे।

लेकिन भगत जी न तो रजनीश की तरह भगवान थे और न हिमालय के ऋषि, ब्रह्मचारी अथवा शिला के पुजारी। वे एक श्रेष्ठ इनसान थे और इतिहास की रचना में तन-मन-धन से सक्रिय रहे थे। जी नहीं, वे मंत्री नहीं, स्वतंत्रता सेनानी थे। और सबसे खास बात यह थी कि अभी भी वे अपने को सेनानी मानते थे और सफेद अधबहियाँ एवं सफेद तहमद में उत्तर-दक्षिण भारत की मिली-जुली संस्कृति के प्रत्यक्ष प्रतीक प्रतीत होते थे। फिर गले में क्रूस लटकता रहता था जो अधबहियाँ की खुली बटनों के कारण दूर से ही दिखाई देता था। सफेद और बड़ी-बड़ी दाढ़ी-मूँछों से वे फकीर-से लगते थे।

खैर...छापामारी शुरू हुई। देखते-ही-देखते सैकड़ों की भीड़ जुट गई। सामानों की इंवेंटरी (सूची) बनाने के लिए दो स्वतंत्र गवाहों की ज़रूरत थी लेकिन उस भीड़ में से कोई बंदा गवाह बनने को तैयार न था। लोगों के जेहन में कचोट थी। पर भगत जी बिलकुल शांत थे। जब सप्लाई इंस्पेक्टर और मार्केटिंग ऑफिसर के दो-तीन बार कहने पर भी कोई गवाह दुकान पर नहीं आया, तो भगत जी ने भीड़ की ओर मुखातिब होकर कहा, "किशुन और रामेश्वर ! चलो, गवाह बनो।"

तुरंत दोनों ने उनके इस आदेश का अनुपालन किया।

दोनों गवाहों के सामने चीनी-किरासन का स्टॉक रजिस्टर, वितरण पंजी आदि का मिलान किया गया। नोटिस बोर्ड में आज का स्टॉक दर्ज़ नहीं था–पिछले दिन का दर्ज़ था। रामेश्वर ने चीनी तौल दी और किशुन ने किरासन तेल माप दिया। चीनी करीब-करीब ठीक पाई गई लेकिन किरासन तेल सात लीटर कम पाया गया। भगत जी ने लिखित दे दिया कि दिनांक बाईस जनवरी को ग्यारह बजे दिन में किशुन और रामेश्वर के समक्ष उनकी दुकान में मापी करने पर सात लीटर किरासन तेल कम पाया गया। उसी पन्ने पर रामेश्वर और किशुन ने हस्ताक्षर बना दिया। अंत में सप्लाई इंस्पेक्टर और मार्केटिंग ऑफिसर ने हस्ताक्षर कर दिया तथा दोनों प्रतियाँ अपने पास मुहर लगाने के लिए ले लिए। भगत जी ने एक प्रति पाने के लिए ज़्यादा दबाव नहीं डाला क्योंकि सामानों का जिम्मानामा उन्हीं को मिला था। मार्केटिंग ऑफिसर ने चलते-चलते कहा, "भगत जी ! आप निश्चिंत रहिए। इतना तो उड़ेलने में गिर जाता है और कुछ उड़ भी जाता है। इतना डैमेज लिमिट के अंदर ही है। आप पर कोई केस नहीं बनता। लाइसेंस रद्द होने का तो सवाल ही नहीं उठता।"

दूसरे दिन उनके यहाँ कोई नोटिस वगैरह नहीं आई। उनके चेलों ने पता किया–थाने में भी कोई मुकदमा आदि दर्ज़ नहीं हुआ था। बात फैल गई कि भगत जी बेदाग बरी हो गए और अधिकांश लोग खुश हुए कि आख़िर असली सोना सोना होता है। भगत जी कोई नकली चमकौआ गहना थोड़े हैं कि पसीना लगते ही रंग छूट जाएगा। बात आई, गई, हो गई।

चौबीस तारीख को एस. डी. ओ. ऑफिस में एक बैठक थी। पहली बार इस बैठक में अधिकारियों से अधिक कस्बे के कई वार्ड कमिश्नर, विभिन्न पार्टियों के नेता और कुछ बुजुर्ग गण्यमान्य व्यक्ति शरीक थे। बैठक कोई दो घंटे चली और अंत में लोग चाय पीकर चले गए। शाम तक यह बात घर-घर पहुँच गई कि आज एस. डी. ओ. साहब के यहाँ छब्बीस जनवरी समारोह के बावत एक मीटिंग थी और झंडारोहण समारोह के साथ-साथ इस बार सांस्कृतिक कार्यक्रम भी होगा–शाम तीन बजे से। लोग खुश हुए कि बहुत दिनों बाद इस कस्बे में सांस्कृतिक कार्यक्रम हो रहा है। लेकिन यह खुशी क्षणिक थी क्योंकि लोगों को मिनटों में मालूम हो गया कि इस बैठक में भगत जी को नहीं बुलाया गया था। "अंधेर है।" "यह सब क्या हो रहा है" "नोखे की दुलहिन गोड़ में खड़ाऊँ।"

तरह-तरह की प्रतिक्रियाएँ बूढ़ों-जवानों में होने लगीं। कुछ ने क्रोध में कहा, "भगत जी का तिरस्कार होने पर इस कस्बे का कोई आदमी समारोह में भाग नहीं लेगा।"

लेकिन ऐसी बात नहीं थी। कुछ लोग तो श्मशान पर भी बैठकर दही-चूड़ा गपक जाते हैं। खासकर भगत जी की जाति-बिरादरी का टोला चाहता था कि उन्हें बहिष्कृत करना ही अच्छा सबक होगा। वैसे इन लोगों ने उनके यहाँ हुक्का-पानी कई साल पहले से छोड़ दिया है। वे लोग अक्सर कहते, "नरेशवा फकीर नहीं ढोंगी है। अपना स्वारथ साधने के लिए वह बहुरूपिया बन जाता है।" परंतु समूचा कस्बा जानता है कि भगत जी इतने स्वार्थी नहीं हैं। हाँ, सामाजिक रूढ़ियों को तोड़ने के लिए वे हमेशा आगे रहे हैं, चाहे आँधी-तूफान का ही सामना करना पड़े।

कौन नहीं जानता कि इसी कस्बे में 1857 में दो फौजियों–पांडे और अली ने मिलकर बगावत की थी अंग्रेजों के खिलाफ़ और अंग्रेजों को मारने के कारण साथ-साथ शहीद भी हुए थे। इस घटना से भगत जी की पीढ़ी काफी प्रभावित थी। उनके साथ-साथ शिवप्रसाद, सीताराम, चमारी, बौध, गुलजारी, शरीफ वगैरह 'स्वराज कुटी' में जुटते और विचार-विमर्श करके विदेशी कपड़ों का बहिष्कार करना, चरखा कातना, प्रभात फेरी निकालना, शराब की दुकानें बंद कराना आदि कार्यक्रम निर्धारित किए जाते। कपड़ा बुनने का कार्य पटवा और जुलाहे करते। प्रभात फेरी में वे लोग गाते :

*"जागो हुआ सवेरा, भारत जगा रहा है।*
*यह आत्मबल प्रबर्धक शुभकाल जा रहा है।"*

और इस प्रभातफेरी से नवयुवकों में नई स्फूर्ति और ऊर्जा पैदा होती।

एक प्रसंग के दौरान भगत जी ने बताया था कि नवयुवकों को संगठित करने के लिए ग्रीष्मकालीन राजनीतिक विद्यालय चलाया गया था जिसमें समाजवाद की पढ़ाई दो-ढाई माह होती थी। वहाँ इन लोगों के अंदर क्रांतिकारी विचारों का बीज पड़ा। उन्होंने राहुल सांकृत्यायन की पुस्तक 'दर्शन-दिग्दर्शन' का गहरा अध्ययन किया था। भगत जी राहुल और शंकराचार्य दोनों के विचारों से काफी प्रभावित थे। कभी-कभी वे कहते, "दरअसल शंकराचार्य की जीवनी पढ़ने से मृत्यु का भय खत्म हुआ।" यह कथन उनके कार्यों में भी परिलक्षित होता था। समय बीतता गया। नमक आंदोलन के लिए गाँधीजी की दांडी-यात्रा का काफी जोर-शोर था। वे लोग देहातों में जाकर प्रतीक स्वरूप नोनी मिट्टी को पानी में घोलकर आग पर डालते और नमक कानून तोड़ते। परंतु भगत जी के पिता जी किसी भी कीमत पर तमाखू बेचने का पुश्तैनी धंधा चालू रखना चाहते थे और दुकान में बेटे की मदद भी चाहते थे। इसीलिए वे इनसे खफा रहते। औरों से कहते भी, "नरेशवा मतिभ्रष्ट हो गया है। कुछ काम-धाम की बजाय राजनीति करता है। आख़िर राजनीति थोड़े किसी को खाना देगी। फिर नई-नवेली दुल्हन घर छोड़कर नमक कानून तोड़ रहा है, अंधेर है।" फिर भी भगत जी देश की आजादी के आगे गृहस्थ जीवन को महत्त्व नहीं देते थे। इतना ही नहीं उनके पिता

जी उनकी राजनीति से चिढ़कर उन्हें राँची में एक रिश्तेदार की पेट्रोल पंप पर मुनीमी करने के लिए भेज दिए। वहाँ मन न लगने पर वे वहाँ से कानपुर चले गए और वहाँ छह महीने तक एक ठेले पर साबुन वगैरह 'हर माल एक आने' टाइप चीज़ें बेचते रहे। खाने-पीने की व्यवस्था ठीक से न होने के कारण उनका स्वास्थ्य खराब होने लगा और उन्हें तीसरे दर्जे की टी. बी. हो गई। नतीजतन रामकृष्ण मिशन में एक माह तक वे गहन इलाज करवाए और अंततः कुछ ठीक होने पर राजनीति में पुनः सक्रिय हो गए। किंतु शरीर के साथ-साथ उनके घर को भी ग्रहण लग गया। तीन-चार माह के अंदर ही उनके वृद्ध पिता का देहांत हो गया और दुकान का कारोबार चौपट हो गया। आर्थिक स्थिति दयनीय होती गई और समुचित इलाज की व्यवस्था न कर सकने के कारण इनकी पत्नी प्रसव के समय ही गुजर गई। माँ पहले ही मर चुकी थी। सो घर सूना हो गया और अब उन्हें घरवालों का महत्त्व महसूस होने लगा। फिर भी वे विचलित नहीं हुए।

परंतु शारीरिक अस्वस्थता के कारण उनकी खीझ बढ़ती गई और आर्थिक तंगी से स्थिति बदतर हो गई। फलतः वे घर से दो-तीन मील दूर नदी के किनारे घने जंगल में झोंपड़ी बनाकर रहने लगे। धीरे-धीरे उनकी जिंदगी एकाकी हो गई।

एक दिन एक हरिजन महिला कोसलिया उधर से गुजरी और अपना दुख-दर्द उन्हें सुनाने लगी। उसके पति ने उसे इसलिए छोड़ दिया था कि उसे लड़का नहीं पैदा हो रहा था और उसने दूसरी शादी करके कोसलिया को घर से निकाल दिया था। भगत जी का सामाजिक रूढ़ियों से यह सीधा साक्षात्कार था। उन्होंने एक से दो होना बेहतर समझा और समाज की परवाह किए बगैर उस परित्यक्ता से विवाह कर लिया। जैसे गुलाब के पौधे में सुंदर फूल के चारों ओर काँटे होते हैं, उसी प्रकार उनके खानदान-गोतिया लोगों ने इस शादी के कारण उन्हें बहिष्कृत कर दिया हुक्का-पानी से। रात में घर में ढेला मारने से लेकर रास्ता बंद करने तक हर ढंग से उन्हें तंग किया गया। किंतु बिना हार माने वे कोसलिया के साथ समाज से संघर्ष करते रहे। अंत में वे स्वास्थ्य सुधरने से पुनः राजनीतिक जीवन में सक्रिय हो गए। प्रगतिशील नवयुवकों ने उनका साथ दिया और देश की आजादी के साथ-साथ उन्हें भी समाज में विजय मिली। कस्बे के अन्य टोलों में वे काफी लोकप्रिय हुए।

फिर सन् उन्नीस सौ बावन में उस कस्बे में नए एस. डी. ओ. आए। वे ईमानदार और सांस्कृतिक रुचि के आदमी थे। एक कार्यक्रम में भगत जी के हारमोनियम और बाँसुरी-वादन से वे बहुत खुश हुए और उन्हें कंट्रोल के कपड़े आदि का लाइसेंस स्वीकृत कर दिए। तब से उनकी दुकान लगातार चल रही है। समूचा कस्बा जानता है कि यह सिर्फ़ एक दुकान नहीं, बल्कि परिवर्तन की पाठशाला है, जहाँ आस-पास के गाँवों तथा इस कस्बे के युवक आते हैं। लेकिन जब कोई उनसे इस दुकान का ताम-झाम छोड़ने को कहता, तो वे तड़ाक से उत्तर देते हुए कहते, "पेंशन से इस कमरतोड़ महँगाई में पूरा नहीं पड़ता, तो जन-वितरण दुकान चलाना क्या बुरा है ? आख़िर स्वतंत्रता सेनानी

शिवप्रसाद जी की तरह द्वार-द्वार खाने के लिए औरों से कुछ माँग तो नहीं रहा हूँ ? उनके लड़के ज़मीन-जायदाद बेच रहे हैं और वे बेचारा बने भिखारी की-सी जिंदगी जी रहे हैं। कैसी विडंबना है कि वे साठ साल से नमक नहीं खाते हैं लेकिन दूसरों का 'नमक' तो खाते हैं। कम-से-कम मुझे कोई बेचारा तो नहीं कह सकता !'' यह कहते-कहते उनकी आँखें लाल हो जातीं तथा उनके चेहरे की चमक और बढ़ जाती।

धीरे-धीरे भगत जी के शागिर्दों की संख्या बढ़ गई थी। जब प्रगतिशील युवकों की टोलियाँ परिवर्तन के लिए आंदोलन के किसी मसले पर भगत जी से विचार-विमर्श करतीं, तो वे न केवल अपने अनुभवों के आधार पर प्लान बनाते बल्कि उस कार्यक्रम में खुद भी शरीक होते। करीब तीस साल से दुकान चलाने के दौरान उन्होंने सप्लाई विभाग के अधिकारियों और कर्मचारियों को कभी रिश्वत नहीं दी और वे दूसरे दुकानदारों को भी घूस देकर काम करने से रोकते। खासकर इस बात से सप्लाई इंस्पेक्टर वगैरह और जल-भुन जाते। पिछले महीने उन्होंने इसमें एक कड़ी और जोड़ दी—जन-वितरण दुकानदारों का एक संगठन बनाया जिसमें वे सर्वसम्मति से उसके अध्यक्ष चुने गए। तब से किसी दुकानदार के मामले में भगत जी खुद अधिकारियों के पास अपना प्रतिनिधि मंडल लेकर जाते। इससे सप्लाई इंस्पेक्टरों की बँधी- बँधाई मासिक आमदनी बंद हो गई थी और उन लोगों ने इस बूढ़े को सबक सिखाने का प्रण कर लिया था।

आज सुबह के दस बजे थे। भगत जी दुकान में बैठे-बैठे तीन-चार युवकों को जेल-संस्मरण सुना रहे थे कि उस समय कैदियों को कितना प्रताड़ित किया जाता था। मुश्किल से दस मिनट बीता था कि एक वर्दीधारी अचानक अवतरित हुआ और भगत जी की ओर मुखातिब होकर कहा, ''आपको दरोगा जी ने बुलाया है थाने पर।''

''क्या मामला है ?'' उन्होंने पूछा।

''शायद सेवेन ई. सी. का कोई केस है।'' सिपाही ने कहा।

वे खड़े हो गए और उसे घूरते हुए बोले, ''चलो। परतंत्र भारत में कई बरसों तक जेल में रहने का पुराना अभ्यास है। कुछ समय स्वतंत्र भारत की जेल में भी रहकर देख लूँ कि, क्या अंतर है दोनों में।'' ऐसा कहकर वे क्षणभर चुप रहे। फिर अचानक ठठाकर हँसने लगे—''अखिलेश ! अभी तुम लोगों को मैं बता रहा था न। बहुत पहले सन् तीस में थाना और कचहरी जाकर हम लोगों ने यूनियन जैक हटाकर तिरंगा झंडा फहराया था जिसके फलस्वरूप हम सबों को सजा भी हुई थी। आज लंबे अरसे बाद आजाद भारत का थाना देखूँगा,'' कहते हुए वे सिपाही के साथ-साथ चल दिए। उनके पास बैठे नवयुवक अवाक् थे, उन सबों ने विरोध किया एवं बेचैन-गुस्साए हुए वे भी पीछे-पीछे चल दिए।

कुछ ही क्षणों में यह घटना पूरे कस्बे में बिजली की तरह फैल गई। जिसने भी

सुना, थाने की ओर चल दिया। एक-डेढ़ घंटे में पूरा थाना परिसर खचाखच भर गया। थाने के सामने की नाली से काफी बदबू आ रही थी और मच्छरों का झुंड लोगों पर आक्रमण कर रहा था। पर भीड़ बढ़ती ही जा रही थी। लोगों की त्योरियाँ चढ़ी थीं। और मुट्ठियाँ बँधी। भगत जी के चेहरे पर की चमक स्मृति पर जोर देकर मानो कह रही थी, ''जागो हुआ सबेरा...।''

# किसका पाप

भीड़ ऐसे बढ़ती जा रही थी जैसे बाढ़ का पानी। और गर्मी नापने का कोई यंत्र वहाँ नहीं था। टी. बी. इस शहर के तापमान को बताना शायद अपनी तौहीन समझता है। इसीलिए स्टेशन के प्लेटफार्म नं. एक पर काफी ऊँचाई पर टँगा टी. बी. गर्मी के अलावा सब कुछ दिखा रहा था मसलन चाय गोल्डेन हो कि हरी, किस प्रेशर कुकर का खाना मजेदार होता है, किस बूट पॉलिश की चमक से लोग चकाचौंध महसूसते हैं, हाजमे के लिए बना कौन सा चूरन पत्थर को भी पचा देता है, किस स्कूटर से पापा घर आ रहे हैं आदि। पर वह गाड़ी नहीं आ रही है जिसे प्लेटफार्म नं. तीन पर बहुत पहले आ जाना चाहिए था। शुरू-शुरू में तीस मिनट, फिर एक सौ मिनट और अब "तीन सौ मिनट विलंब से आने की सूचना है।" यात्रीगण कृपया ध्यान दें... की घोषणा हो रही है। काउंटर पर तैनात कर्मचारी नोटिस बोर्ड पर एक की जगह बड़ी आसानी से तीन लिख देता है और उसके चेहरे पर शिकन तक नहीं आती लेकिन बाहर खड़े यात्रियों की बेचैनी उनके चेहरों पर उभरे सवालों से परिलक्षित होती है।

गाड़ी के इंतजार के क्रम में कुछ लोग सिर उठा-उठाकर टी. बी. पर प्रचार करते नवाब पटौदी को सजा-सँवरा हुआ देखते हैं और अपने पास वैसा थ्री पीस सूट न होने के कारण मन ही मन 'नवबवा' से चिढ़ते-कुढ़ते हैं। कुछ तो रेखा का चिर यौवन देखकर लार टपका देते हैं। कुछ हेमा मालिनी की नृत्य-कला पर इतना फिदा हैं कि क्षण-भर के लिए भूल गए हैं कि वे किसी प्लेटफॉर्म पर खड़े हैं। लेकिन जैसे ही किसी का कंधा या हाथ उनसे छू जाता है, वे चौंक उठते हैं और अपना सामान हाथ या पैर से छूकर पुनः आश्वस्त होते हैं। क्या जाने कौन जेब या सामान पर आजमाइश करने लगे।

खैर...तीन सौ मिनट भी बीत गए। अब विलंब अनिश्चित हो गया है। केवल यही घोषणा हो रही है कि मगध एक्सप्रेस के तुरंत बाद आठ सौ चालीस डाउन एक्सप्रेस गाड़ी प्लेटफॉर्म नं. तीन पर आएगी किंतु जब आठ सौ चालीस डाउन एक्सप्रेस का ही कोई ठिकाना नहीं है, तो तुरंत शब्द का क्या अर्थ है ? वैसे यह नाम की एक्सप्रेस है। रफ्तार बहुत कम है और अधिकांश छोटे-बड़े स्टेशनों पर रुकती है। जहाँ रुकने का उसका मन नहीं करता, वहाँ लौंडे-लफंगे जंजीर खींचकर या हौज पाइप काटकर रोक लेते हैं गोवा किसी इक्के-ताँगे की घोड़ी हो कि लगाम खींचकर रोक दिया जाए। कोई सरकार को कोस रहा है, कोई रेलवे विभाग के सुस्त एवं भ्रष्ट स्टाफ को, कोई जंजीर

खींचनेवालों को, कोई आतंकवादियों और धरना देने वालों को, कोई नेताओं की चालों को और बचे-खुचे लोग अपनी तकदीर को कोस रहे हैं कि हमारी गाड़ी को ही अनिश्चित रूप से लेट होना था। अधिकांश लोग विलंब से ऊबते-ऊबते लिखित सूचना पर अविश्वास करने लगे हैं। बारी-बारी से कोई-न-कोई पूछताछ काउंटर पर गाड़ियों के आने-जाने के बारे में पूछ रहा है। बगल खड़े लोग जवाब सुन रहे हैं किंतु खुद भी पूछ रहे हैं जैसे अपने कानों और आँखों पर विश्वास ही न हो। पूछताछ के एक काउंटर पर बैठी युवती प्रश्नों की बौछार से झुँझला उठती है। कभी अपना पसीना पोंछने लगती है, कभी टेलीफोन का चोंगा उठाती है, कभी कुछ लिखती है और जब भी मौका मिलता है, वह अपना होंठ चबाने लगती है। पसीने से उसकी बिंदिया की गोलाई फैलती जा रही है और उसे फुर्सत नहीं है कि बाथरूम में जाकर आईने से साक्षात्कार कर ले। कुछ लोगों को पसीने से और श्रम से थका चहचहाता चेहरा भी खूबसूरत लगता है। शायद इसीलिए हर पाँच-दस मिनट पर कुछ लोग उससे गाड़ी के बारे में पूछने में कुछ आनंद पाते हैं।

इसी माहौल में खोमचेवाले पान-बीड़ी-सिगरेट, चाय-वाय, पूड़ी-सब्जी, कंघी-माला-गुड़िया, केले-अमरूद, संतरा-मौसमी आदि लेकर जोर-जोर से आवाज़ लगाते आ-जा रहे हैं। कई लोग खाने-पीने की चीज़ें बेमन से खाते हुए ठोंगे, दोने, छिलके, कुल्हड़ आदि प्लेटफॉर्म या पटरी पर फेंक दे रहे हैं। कुछ बच्चे प्लेटफॉर्म पर ही पेशाब कर रहे हैं। दूसरी तरफ खड़ी गाड़ी की आड़ में बड़े-बूढ़े भी पेशाब कर रहे हैं। कुछ महिलाएँ उनके अंग-प्रदर्शन से खुद लजा रही हैं। बीस वर्षीया नीलम प्लेटफॉर्म नं. तीन पर ही बैठी है। उसने एक कप चाय तक नहीं पी और कई घंटे से प्रतीक्षा कर रही है। वह कभी भगवान को कोसती है, कभी डॉक्टर को कोसती है और कभी अपने बाप की बीमारी को। तीन महीने से उसके पिता राजधानी के सबसे बड़े अस्पताल में भरती हैं लेकिन अभी तक खास फायदा नहीं हुआ है। डॉक्टरों की दवा और फकीरों की दुआ साथ-साथ चल रही है अभी तक कोई 'रिएक्शन' नहीं हुआ है। कुछ लोगों ने सलाह दी थी कि डॉक्टरों के प्राइवेट क्लीनिक में दिखाने से सही दवा मिलेगी मगर प्राइवेट क्लीनिक का हिसाब-किताब दूसरा ही है। नीलम का मास्टर बाप सरकारी अस्पताल का पहाड़ा पढ़ सकता है लेकिन निजी नर्सिंग होम की इकाई-दहाई भी नहीं मालूम। डॉक्टर की बताई बात उसे बार-बार याद आती है कि रीढ़ की हड्डी में पानी भर गया है। आज वह अपने गाँव जा रही है पैसा-कौड़ी, राशन-पानी लाने। जिस किराए के कमरे में वह अपनी माँ के साथ रहती है उसका किराया पंद्रह दिन पहले ही देना था। मकान मालिक बार-बार खिसिया रहा है। उसकी माँ उसे अकेले घर जाने देना नहीं चाहती थी किंतु मजबूरी का नाम महात्मा गाँधी—कोई विकल्प ही नहीं था। उसका बूढ़ा बाप यानी मास्टर जी कुछ प्रगतिशील हैं। फिर भी उनके अंदर भी कुछ शंकाएँ जमाने की बयार की वजह से हैं। जमाने की चौपाइयाँ और शासन के दो टूक दोहे उन्हें अंदर से सिहरा देते थे पर वे अपनी शंका पत्नी के समक्ष प्रकट नहीं करते थे अन्यथा उसका संशय दूना हो जाता और विकट समस्या खड़ी हो जाती।

आख़िर प्रतीक्षा की सुई तेजी से घूमी और गाड़ी हॉर्न देती हुई प्लेटफॉर्म नं. तीन पर आ पहुँची। गाड़ी लेट होने से भीड़ और बढ़ गई थी। इस रेल-पेल में यह अंदाज़ा लगाना मुश्किल था कि कौन किसका अंग किस कारण से स्पर्श कर रहा था। इसकी शिकार होने से नीलम को क्रोध आया किंतु वह कारक को न पहचान सकी। उसके मुँह से सिर्फ़ यही निकला, "देखते नहीं, अंधे हैं क्या ?" ऐसी सामान्य प्रतिक्रिया होने से किसी व्यक्ति विशेष ने जवाब नहीं दिया। दरअसल सबके लिए दी जानेवाली गाली किसी को नहीं लगती।

गाड़ी में घुसने से पूर्व नीलम जिस बेंच पर बैठी थी उससे कुछ दूर नीचे फर्श पर मैला-कुचैला कपड़ा पहने एक महिला काफी देर से बैठी रही थी। वहाँ एक बच्चा रो रहा था वह भूख-प्यास से रो रहा था या दर्द या गर्मी के कारण, यह कहना मुश्किल है। बैठी हुई नीलम के स्मृति-पटल पर बच्चे की रुलाई कौंध-सी जाती। गाड़ी में चढ़ती भीड़ के कारण वह महिला दिखाई नहीं पड़ी। थोड़ी देर में भीड़ के स्थान-ग्रहण करने के बाद नीलम को वह बच्चा फिर रोता हुआ दिखाई पड़ा किंतु वहाँ वह महिला नहीं थी। नीलम का मन करुणा से भर गया। उस बच्चे को देखते-देखते उसकी आँखों से लोर गिरने लगे। वह भले माँ नहीं बनी है, पर माँ का कलेजा तो है उसके पास। आख़िर ममत्व ही नारी को पुरुष की अपेक्षा ज़्यादा सहज और सहृदय बनाता है।

"ऐ लड़की !" खिड़की के बाहर से अचानक एक हवलदार ने आवाज़ दी। नीलम कुतूहलवश अपने चारों ओर देखने लगी कि वह किसको संबोधित कर रहा है।

"अरे तुम्हीं को कह रहा हूँ, सुनती नहीं ?" हवलदार की आवाज़ में कड़क थी।

"मुझे ?" नीलम ने अचकचाकर पूछा।

"हाँ, तुम्हीं को। अपना बच्चा प्लेटफॉर्म पर तुमने क्यों छोड़ दिया ?" ..."नीलम चुप रही। फिर क्रोधित होकर उसने कहा, "यह बिलकुल झूठ है।" "तुम सोचती हो कि तुम ज़्यादा होशियार हो। हाजत में जाओगी, तो चेहरा बिगड़ जाएगा..." हवलदार गुस्से में जाने क्या-क्या बक रहा था। नीलम का चेहरा तनतना उठा। उसके होंठ फड़कने लगे। उसने हवलदार की तरफ गुस्से में देखा किंतु हवलदार की घूरती आँखों का वह सामना न कर सकी। 'हाजत' शब्द उसके कानों में गूँजने लगा। उसने पहली बार अंदर से कमजोरी महसूस की। अब तक वह इंटर तक पढ़ी-लिखी होने के कारण अपने को बोल्ड समझती थी। घर से राजधानी तक अपने पिता की दवाई-दरपस कराने के कारण वह कई जगह आ-जा चुकी थी। गाँववाले उसकी हिम्मत की दाद देते थे। ग्रामीण युवतियों में उसकी प्रेरणा से आत्मविश्वास पैदा हो रहा था। पर आज इज़्ज़त का खयाल करके उसकी बोलती बंद थी। उसने कोशिश करके कहा, "हवलदार साहब ! वह मेरा बच्चा नहीं है। अभी तो मैं अविवाहित हूँ..."

"विवाहित-अविवाहित का पता तो थाने में चल जाएगा। चलो, वहाँ मेडिकल जाँच भी हो जाएगी। आजकल तो कुँवारी लड़कियाँ भी बच्चे जनती हैं और अपना पाप किसी तरीके से छिपा देती हैं। वह बच्चा तुम्हारे पास ही था और तुम वहीं छोड़कर गाड़ी पर

चढ़ गई...'' हवलदार जिरहा कर रहा था।

''हवलदार साहब ! मैं अस्पताल से आ रही हूँ। वहाँ मेरे पिता जी तीन महीने से भरती हैं। मेरे पास अस्पताल के कागजात भी हैं...'' नीलम की आवाज़ में गिड़गिड़ाहट थी। मेडिकल जाँच और थाने की हाजत सुनकर वह काँप रही थी। आए दिन थाने में बलात्कार की खबरें अखबारों में छपती हैं, वह विचार उसके दिमाग में एकाएक कौंधा।

''मैं कुछ भी सुनना नहीं चाहता। अपना 'पाप' उठाओ वरना मेरे साथ थाने चलो,'' अचानक हवलदार बेंत लहराते हुए आदमी से लाठी बन गया। उसकी आँखों से आग बरस रही थी। उसके साथ के सिपाही भी कर्राए जूठन की तरह ऐंठ रहे थे।

पर यात्रियों में ठंडापन था। सभी इसे अपने अंदर की छिपी-दबी कुत्सित भावना से देख रहे थे। वह नीलम का व्यक्तिगत मामला माना जा रहा था। उस डिब्बे में बैठे पढ़े-लिखे लोग अपना चश्मा ठीक कर रहे थे या अखबारों/पत्रिकाओं में नजरें छिपा रहे थे। नीलम किसी की बहन-बेटी नहीं थी। वह एक इनसान नहीं, सिर्फ़ एक नाम थी—एक संबोधन, एक जड़मूर्ति। यात्रियों की वह प्रवृत्ति आम जनता में सामूहिक सरोकारों के प्रति बढ़ती नपुंसकता का सर्वोत्तम उदाहरण थी। कुछ यात्री नीलम को घूर-घूरकर अपराधी की तरह देख रहे थे। किसी ने सच्चाई जानने की कोशिश नहीं की। वे कानाफूसी करने लगे थे, ''चेहरे से नहीं लगती लेकिन है चालू चीज़''...''जवानी में आदमी अंधा हो जाता है''...''आँखों से 'डहपट्ट' लगती है''...''मर्दों का अंकुश न हो, तो बिटिया-बहू नाक कटा लें''...''शहरी लड़कियों का 'पाप' ऐसे ही बाहर निकलता है'' वगैरह-वगैरह। अगल-बगल बैठे बूढ़े लोग ''हे राम ! प्रभु की माया !'' आदि शब्दों का बार-बार उच्चारण कर रहे थे और अपने सिर पर हाथ फेर रहे थे गोवा कोई महायुद्ध छिड़ गया हो।

यह नीलम के बोल्डनेस की अग्निपरीक्षा थी और ऐसा लग रहा था कि कोर्स के बाहर के प्रश्न पूछे गए हैं और वह परीक्षा का बहिष्कार करने में समर्थ नहीं थी। अंततः पुलिस की वर्दी, डंडे की लहरें और कड़कदार शब्दों के आगे वह फेल हो गई। उसने बच्चे को मजबूरन उठा लिया। यह देख कुछ यात्रियों ने ठहाका लगाया। नीलम को लगा कि वह निर्वस्त्र हो गई है और घूरती निगाहों से वह और डरने लगी। उसे लगा चारों ओर कई विषधर फुफकार रहे हैं। उठाने पर मालूम हुआ कि बुशर्ट और हाफ पेंट के पहनावे के बावजूद वह बच्चा नहीं, बच्ची थी। एक मुसीबत और। शायद करेला ऐसे ही नीम पर चढ़ता है। इस लड़की की कौन परवरिश करेगा। दान-दहेज के युग में इसे कौन अपनाएगा।

थोड़ी देर बाद हवलदार की निगाहें प्लेटफॉर्म पर किसी को ढूँढ़ने लगीं। एक मैली-कुचैली औरत को देखकर हवलदार ने हाथ हिलाया। दोनों एक दूसरे से मिले। उस महिला ने हवलदार को रुपयों की गड्डियाँ दीं और हवलदार की बत्तीसी प्लेटफॉर्म पर सबको दिखाई देने लगी। नीलम का सिर चकराने लगा था। उसके मन में विचार आया कि उसे निःसंतान मगरू काका को सौंप देगी। किंतु यदि मगरू काका उसे स्वीकार नहीं

करेंगे, तो क्या होगा ? तो फिर उसे पुल पर से गाड़ी के गुजरते समय नदी में फेंक दे ? यह सोचकर वह सिहर उठती है। उसके मन में एक बार यह भी विचार आया कि लोक-लज्जा के कारण वह बच्चे को गाड़ी में छोड़कर उतर जाएगी। वह भिन्न-भिन्न विचारों में गोते लगा रही थी कि इसी बीच गाड़ी चल दी। वह बच्ची एक स्त्री के अंगों का स्पर्श पाकर चुपा रही थी। कुछ सहयात्रियों का अंधविश्वास पूर्ण विश्वास में बदल रहा था। किंतु छाती टटोलने के बाद भी उसके मुँह में दूध की बूँदें नहीं गईं, तो वह रोने लगी। पहले की रुलाई से उसका गला सूख चुका था। अतः नीलम ने अपने पानी के डिब्बे से थोड़ा पानी निकालकर उसे पिलाया। शायद वह पानी दूध से कम न था। वह चुप हो गई और थोड़ी देर में उसकी आँखें झपने लगीं।

कुछ देर में अगला स्टेशन आ गया और गाड़ी रुक गई। यद्यपि नीलम को वहाँ उतरना नहीं था, फिर भी अपने निर्णय को अंजाम देने के लिए अचानक वह नीचे उतर गई। उतरते समय उसकी आँखें चारों ओर चौकन्ने होकर देख रही थीं। सहयात्रियों में भी जिज्ञासा थी कि वह अपने गंतव्य स्थान पर पहुँच चुकी है अथवा बच्ची को छोड़कर भागने की युक्ति अपना रही है। दो-तीन डिब्बों को छोड़कर वह एक डिब्बे में घुस गई। उसका चेहरा काला पड़ गया था। उसे डर था कि यदि कोई उसके गाँव-जबार का मिल जाएगा, तो उसकी नाक कट जाएगी। उसने सोचा कि अपरिचितों के बीच होनेवाली बदनामी कुछ हद तक बर्दाश्त की जा सकती है, किंतु अपनों के बीच बदनामी होने पर जीना मुहाल हो जाता है। भाई-बंधु, जाति-बिरादरी, गाँव-जबार के सामने वह मुँह दिखाने लायक नहीं रह जाएगी और समाज बिना सच्चाई जाने उसके माँ-बाप के मुँह पर कालिख पोत देगा। वह सोचते-सोचते एक बाथरूम में घुस गई और अंदर से कुंडी लगा दी।

बाथरूम में गंदगी का आलम था। पानी नहीं आने से गंदगी साफ नहीं हुई थी। उसने अपने डिब्बे से थोड़ा पानी निकालकर अपना मुँह धोया और मुँह पोंछकर आईने में चेहरा देखा, तो उसको अपना चेहरा अनजाना-सा लगा। कइयों ने बाथरूम का दरवाजा कई बार खटखटाया लेकिन उसने नहीं खोला। उसके पिता की बीमारी में भी तथा तय शादी कैंसिल हो जाने पर भी उसका चेहरा इतना काला नहीं पड़ा था। उसे मंगली कहकर 'बरिच्छा' (छेंका) लौटाने पर उसने अपनी माँ को ही सांत्वना दी थी, "माँ तब तक मैं बी. ए. कर लूँगी। घबराने की कोई ज़रूरत नहीं।" सचमुच नीलम जरा भी नहीं घबराई थी। किंतु आज की घटना ने उसकी सारी शक्ति चूस ली थी। तब तक गाड़ी पुल पर पहुँच गई। पुल पर गाड़ी की घड़घड़ाहट से उसका दिल धक्-धक् करने लगा या उसकी धड़कन ने गाड़ी की आवाज़ बढ़ा दी यह कहना मुश्किल था। उसके मन में बच्ची को नदी में फेंकने का विचार कौंध गया। उसने बच्ची की ओर देखा। वह सो रही थी। उसने बाथरूम की खिड़की का शीशा खोला। बच्ची को खिड़की के पास ले गई और खिड़की से झाँकने लगी कि कोई देख तो नहीं रहा है। पुल पर गाड़ी की आवाज़ बढ़ने के कारण बच्ची जाग गई और नीलम की आँखों में देखने लगी। नीलम

उससे आँखें नहीं मिला सकी। उसने बच्ची को चूमते हुए गले से लगा लिया। पुल पार करने के बाद हरे वृक्षों का एक घना बाग दिखाई दिया। फिर भी गाड़ी की रफ्तार के साथ उसकी धड़कन तेज थी। चरवाहे अपने जानवरों को वापस घर ले जा रहे थे। कुछ गायें अपने छोटे बछड़ों को दूध पिलाने के लिए आतुर होकर रँभा रही थीं। सूरज के थकने के साथ-साथ गाड़ी एक स्टेशन पर रुकी। नीलम गाड़ी रुकने पर धीरे से बाथरूम से निकली और निकास द्वार के बजाय प्लेटफॉर्म के सबसे अंतिम छोर की तरफ बढ़ने लगी। क्या पता गाँव का कोई आदमी वहाँ मिल जाए। रेल लाइन पार कॉलोनी में जहाँ से वह गुजर रही थी, तीन-चार औरतें नारी-सुलभ प्रवृत्तियों के कारण उससे पूछने लगीं—क्या आपके आदमी ने आपको निकाल दिया है ? कितने महीने का बच्चा है ? आपके साथ आपके 'वो' क्यों नहीं हैं ? जमाना खराब है औरतों को कुसमय में अकेले बाहर नहीं जाना चाहिए आदि। ये सवाल भले ही सवाल थे किंतु उनमें आत्मीयता भी थी। नीलम को लगा कि उसके घावों पर किसी ने मरहम लगा दी है और कोई उसके दुःख दर्द का सुननेवाला है। वह अपनी व्यथा-कथा की परतें प्याज के छिलके की तरह उतारने लगी। औरतों ने उसकी समस्या भाँप ली कि एक कुँवारी लड़की इस बच्ची के साथ घर कैसे जाएगी ? तहाँ खड़ी नेपालिन महिला ने तपाक् से कहा—"तुम जाओ, बिटिया ! इस बच्ची को मुझे दे दो। मैं अपने 'उनसे' कहकर इस बच्ची को बेटी की तरह पालूँगी।"

"दीदी ! आपके एक बच्ची पहले ही है। मेरे तो एक भी औलाद नहीं है। इसे मुझे दे दो..." दूसरी महिला ने नेपालिन से कहा।

यह बात सभी औरतों को जच गई और वह बच्ची को अपनी गोद में ले ली। नीलम के आँसू पुँछ गए। उसे लगा कि उसकी जानेवाली आबरू बच गई है। वह इन महिलाओं का एहसान कैसे चुकाएगी, इसके बारे में वह सोचने लगी। नीलम उस बच्ची को छोड़ते हुए अंदर से थोड़ा बेचैन भी हुई। उस बच्ची ने कुछ ही घंटों में नीलम के हृदय में ममता भर दी थी। नीलम ने जाते हुए उसका माथा चूमा और महिलाओं से हाथ जोड़कर नमस्ते करती हुई अपने गाँव की डगर पकड़ ली।

उस बच्ची को घर लाने पर उस महिला का पति आग बबूला हो गया। शराब के नशे में धुत वह डाँटते हुए बोला, "दूसरी कोख से जन्मी बच्ची को पालने से तुम माँ नहीं बन जाओगी। इससे तुम्हारे बाँझपन का पाप नहीं धुलेगा..." लेकिन पत्नी के बहुत गिड़गिड़ाने पर उसने उसे बेमन से रख लिया।

माँ उस बच्ची की देखभाल करने लगी किंतु तीन माह बाद अचानक वह बीमार पड़ गई। कुछ दवा-दारू हुई, पर वह ठीक नहीं हुई। उसके चिड़चिड़े स्वभाव के कारण पति-पत्नी में कलह पैदा हो गया। दवा में पैसा खर्च होने पर वह बहुत गुस्साता और अपनी पत्नी के मातृत्व को धिक्कारता रहता। उसने एक दिन बच्ची को खाने के लिए पिसा नमक-मिर्च दे दिया। बच्ची ने कुछ खाया और कुछ आँखों में लगा लिया। फिर चिल्लाने लगी। माँ भी दौड़ी और नमक-मिर्च का कटोरा अलग कर पुचकारने लगी।

तब तक पड़ोसी लोग जुट गए थे। सारा वाकया समझ-बूझकर पड़ोसिन नेपालिन क्रोध से उबल पड़ी, "जब तुम्हारा भसोट नहीं था, तो मुझसे तूने बच्ची क्यों ले ली थी ? तुम्हारा शराबी पति आदमी नहीं जानवर है, जानवर। उसे बाप बनना नहीं बदा है और न कन्यादान का पुण्य !" सरापती हुई वह बच्ची का हाथ-मुँह धोने लगी।

सचमुच शराबी नशे में धुत पीछे की नाली के पास गिरा पड़ा था और कीड़े की तरह रेंग रहा था। इसी बीच नेपालिन महिला का पति राजबहादुर आ गया जिसे लोग 'बहादुर' नाम से ही संबोधित करते थे। उसने बच्च को अपनी गोद में लेकर चूमते हुए कहा, "यह भी मेरी बिटिया है। राधा की बहन सराधा (श्रद्धा) ! राधा की तरह उसका भी कन्यादान मैं ही करूँगा। इसे पढ़ाऊँगा-लिखाऊँगा। राधा की कसम ! जब तक बहादुर जिंदा है, इसे कोई तकलीफ नहीं होगी।"

नेपाली परिवार उस सराधा को अपने घर लेकर चला गया। राधा और सराधा साथ-साथ खेलने-खाने लगीं। पति-पत्नी दोनों को बराबर प्यार देने लगे।

कुछ समय बाद मास्टर जी अब ठीक हो गए थे। नीलम अपने माँ-बाप के साथ रेलगाड़ी से घर के लिए रवाना हुई। स्टेशन से उतरने के बाद नीलम ने निकास-द्वार की बजाय पीछे की ओर से ही लाइन पार करने का रास्ता चुना। चलते-चलते पाँव ठिठक जाते। वह एक अजीब तरह की बेचैनी महसूसने लगी। कई स्मृतियाँ उसके अंदर कौंधने लगीं। वह थकावट महसूस करने लगी। शायद कई घंटे तक गाड़ी में बैठे रहने से पाँवों में चिंगुरन और झुनझुनी हो रही थी। उसने बारी-बारी से अपने दोनों पाँव झटके। लेकिन वह दूसरी तरह की थकावट थी। लाइन पार की कॉलोनी में पहुँचते ही नीलम की आँखें उस बच्ची को ढूँढ़ने लगीं। उसने अचानक देखा राधा और सराधा खेल रही थीं। माटी-धूल से दोनों सनी थीं। नीलम ने दौड़कर सराधा को उठा लिया और गर्दा-माटी की परवाह किए बिना वह उसे बेकदर चूमने लगी। उसे दुलारते हुए वह बोली, "पिता जी ! कितनी प्यारी बच्ची है।" कहते हुए वह कभी उसका गाल सँवारती, कभी उसका कोमल हाथ अपनी आँखों पर रखती और फिर चूमने लगी। उसमें प्यार का जुनून अपने चरम पर था। उसकी थकावट गायब हो गई। और उसकी माँ भी उस बच्ची को दुलारने लगी। मास्टर जी सोचने लगे कि शायद नीलम में मातृत्व का विकास हो रहा है। इस वर्ष उसकी शादी करके वे कन्यादान का पुण्य जरूर लेंगे। नीलम के मन में विचार कौंधा कि वह ऐसी कोई जुगुत खोजेगी जिससे उस बच्ची को कभी अपनी पुत्री बना सके। और समाज की बलिवेदी पर अपने अंतस के उमड़ते प्यार की बलि न होने देगी। उसे लगा कि वह हंसों की कतार में उड़ने लगी है। पर दो-चार लोगों के आ जाने पर वह पुनः बेचैनी महसूस करने लगी। तभी नीलम के पिता ने कहा, "बिटिया ! बहुत देर हो रही है। चलो, गाँव में बहुत बच्चे खेलने को मिलेंगे।" ऐसा दुलार रही है, जैसे अपनी कोख से जनी है" उसकी माँ ने हँसते हुए कहा, "हाँ, माँ !" नीलम जोर से चीखी, "यह मेरी बच्ची है..."

"क्या कहा ?" चौंक पड़ी उसकी माँ !

''नीलम, तुम क्या कह रही हो ? उसके प्रगतिशील शिक्षक पिता ने भी सवाल करते हुए उसे घूरा।

''माँ, मैं ठीक कह रही हूँ। यह मेरी बच्ची है। मैंने इसे अपनी कोख से भले नहीं जना है, लेकिन पिछली बार मुझे वह एक 'पाप' के रूप में सौंपी गई थी। इस बच्ची के असली माँ-बाप कौन हैं, मुझे नहीं मालूम। उन लोगों ने पाप किया था कि नहीं, मुझे नहीं मालूम। पर यदि ऐसे संबंधों को समाज पाप की संज्ञा देता है, तो भी ऐसे बच्चों का इसमें क्या कसूर है ? पिता जी आप तो सामाजिक परिवर्तन की शिक्षा देते हैं; आप स्वयं प्रगति और परिवर्तन की सीढ़ियों पर खुद क्यों नहीं चलकर समाज को रास्ता दिखाते। माँ, मैं इसे नहीं छोड़ सकती दूसरों के जिम्मे,'' यह कहती हुई और बच्ची को लेकर चूमती-चाटती हुई नीलम अपने गाँव की ओर तेजी से बढ़ने लगी। उसके माँ-बाप धीरे-धीरे उसके पीछे चलने लगे।

# फरिश्ते

यह बात चारों ओर फैल गई कि नूर गायब हो गया। नूर यानी नूर मोहम्मद यानी महमूदपुर के आरिफ मोहम्मद का आठ साल का छोकरा।

पिछले साल ताज़िया धूम-धाम से निकाला जा रहा था। वाकई वह काफी ऊँचा ताज़िया था। लोग कहते हैं कि वैसा ताज़िया पिछले चालीस वर्षों में नहीं निकला था। जितना ऊँचा, उतना ही खूबसूरत। लोगों ने बड़ी मेहनत की थी उसे सजाने-सँवारने में। लेकिन रास्ते को लेकर बात बिगड़ गई। यानी हाथी निकल गया, 'पूँछ अटक गई' वाला मसला हुआ। महमूदपुर शहर से करीब दो कोस दूर था। पाँच-छह गाँवों से होता हुआ ताज़िया शहर में ले जाया जाना था। आज तक रास्ते को लेकर कभी कोई दंगा-फसाद, झगड़ा-झंझट नहीं हुआ। लेकिन पिछले साल शिला-पूजन के नाम पर एक दबंग दल ने कई हिंदू नवयुवकों को गोलबंद कर लिया था। हर घर से बीस आना दक्षिणा मिलनी थी किंतु अधिकांश लोगों में स्पर्धा थी कि वे अपने पड़ोसियों से अधिक दान दें—यानी यदि वह ग्यारह रुपए देता तो ये इक्कीस रुपए देते, यदि वह इक्कीस रुपए देता तो ये इक्यावन या एक सौ एक रुपए जोश में आकर अवश्य देते। मंदिर-निर्माण जैसा नेक काम करके वे परलोक में अपनी सीट रिजर्व करा रहे थे। आख़िर हमारी परंपरा है कि कर्म करें, फल की चिंता न करें।

आजकल लोग-बाग पढ़े-लिखे हैं। अपनी बुद्धि का इस्तेमाल इतनी बारीकी से करते हैं कि सारा दोषारोपण पेड़-पौधों, पशु-पक्षियों पर करने से नहीं चूकते। इस सिद्धांत के तहत ताज़िए के रूट का सबसे बड़ा अड़ंगा बरगद का पेड़ माना गया। अब, बरगद तो बरगद है। उसे क्या पता था कि सारा दोष उसी के माथे मढ़ा जाएगा। वह तो हर साल आकर्षक ताज़िए को देखकर गद्‌गद होना जानता है, बस। जब से लोगों ने बरगद का नाम बदनाम किया, यह बौखला गया। उसकी चुप्पी से लगता है कि कभी वह उन लोगों को बेनकाब करेगा।

चूँकि ताज़िया बनकर तैयार हो गया था, इसलिए मुसलमान जिद किए हुए थे कि उसे किसी हालत में छोटा नहीं किया जा सकता वरना खुदा नाराज हो जाएगा और जन्नत की जगह जहन्नुम नसीब रसीद होगा। इसके अलावा रास्ता बदलने से कयामत के दिन आ सकते हैं। कुछ मुसलमान युवक कहने लगे कि रास्ते के बरगद की डालें काट दी जाएँ वरना वे ताज़िया नहीं निकालेंगे। दूसरी तरफ कुछ हिंदू नवयुवक कह रहे

थे कि बरगद की डालें कतई न काटी जाएँ बल्कि बगल के खेत से होकर ताज़िया निकाला जाए। इसी पर दोनों पक्ष अड़े थे। यदि इस बार ताज़िया नहीं निकला, तो आनेवाली रामनवमी को महावीर पताका भी नहीं निकलेगा क्योंकि उसके रास्ते में कई मुसलमानों के खेत पड़ते हैं।

इस रस्साकशी से पुलिस-प्रशासन परेशान-सा था। थाना के दारोगा और बी. डी. ओ. सुबह से दो चक्कर लगा चुके थे, लेकिन कोई रास्ता नहीं निकल रहा था। दोनों ने वायरलेस भेजकर एस. डी. ओ. और डी. एस. पी. को सूचना दी कि महमूदपुर गाँव में तनाव है, कि ताज़िया नहीं निकल रहा है, कि साँप मारना और लाठी भी बचाना मुश्किल है अर्थात् उच्चाधिकारियों का निरीक्षण ज़रूरी है वगैरह-वगैरह।

मौके की नजाकत और सरकार के गृह विभाग के आदेश को देखते हुए दोनों अधिकारी दूसरे दिन सुबह महमूदपुर पहुँच गए। बिना किसी सूचना के भीड़ भी जुट गई। साहब लोग बरगद तक गए। वहाँ बरगद के पेड़ के नीचे हनुमान की मूर्ति जड़कर बनाई गई थी और एक लाल पताका गड़ा हुआ था। मुसलमान चकित थे कि पहले तो वहाँ कोई मूर्ति नहीं थी और न पताका ही। वहाँ पहुँचते ही डी. एस. पी. ने हनुमान की मूर्ति को प्रणाम किया। एस. डी. ओ. ने पूछताछ की और आश्वस्त होकर बोले–शिवजी पीपल के पेड़ में वास करते हैं, ऐसी किंवदंती मैंने सुनी है, लेकिन हनुमान जी के बरगद में रहने की बात मैंने कभी नहीं सुनी, देखने की बात तो दूर रही। मेरी राय में बरगद की एक डाल काटने से कोई धर्म खतरे में नहीं पड़ेगा। आख़िर मैं भी हिंदू हूँ लेकिन हिंदू या मुसलमान होने से पहले हर आदमी इनसान होता है।

इतना सुनते ही मुसलमानों के मुरझाए चेहरे खिलने-से लगे। अपने अब्बू जान को मुसकराता देख नूर भी मुसकराने लगा। उसे लगा कि उसके गाँव का खूबसूरत ताज़िया जरूर निकलेगा। लेकिन हिंदुओं में चुप्पी छा गई। एस. डी. ओ. मुसलमानों के हित की बातें कर रहे हैं, यह सोचकर उन लोगों ने अपनी असहमति जताई। फिर डी. एस. पी. ने खँखारकर थूक निगलते हुए कहा–साहब, एक रास्ता और है। सारी भीड़ की आँखें उन पर टिक गईं। अपने उम्रदराज होने के नाते अनुभव का ताना-बाना बुनते हुए उन्होंने कहा, "दरअसल, सवाल ताज़िए की ऊँचाई का है। रास्ता वही रह सकता है, यदि बरगद के नीचे जानेवाले रास्ते पर पाँच-छः फीट सीढ़ीनुमा गड्ढा खोद दिया जाए। इससे हिंदुओं की भावनाओं को ठेस भी नहीं पहुँचेगी और काम भी हो जाएगा..."

इतना सुनते ही एक आवाज़ आई, "बोलो बजरंग बली की जय।" दूसरी आवाज़, "डी. एस. पी. साहब जिंदाबाद।" ऐसा लगा कि टी. वी. पर रामायण सीरियल शुरू हो गया है। लेकिन यह प्रस्ताव न तो मुसलमानों को अच्छा लगा और न एस. डी. ओ. को। एस. डी. ओ. साहब सोचने लगे कि यदि लोगों को मालूम हो जाए कि प्रशासन-पुलिस में मतभेद है, तो विधि-व्यवस्था गड़बड़ हो सकती है। समझाने-बुझाने पर बुजुर्ग मुसलमानों ने यह प्रस्ताव मान लिया लेकिन जवानों के गले यह बात नहीं उतर रही थी। लेकिन दारोगा और डी. एस. पी. की ऐंठी मूँछों और वर्दी में लगे स्टारों की चुनौती

के आगे उन लोगों ने घुटने टेक दिए।

खैर...दूसरी बेला धूमधाम से ताज़िया निकाला गया। देखने और आनंद लेने में हिंदू-मुस्लिम सभी शामिल थे। आरिफ मोहम्मद के साथ उनका इकलौता बेटा नूर भी था। बूढ़े, बच्चे, जवान—सभी शामिल थे। अंततः वह ताज़िया मड़हरा होते हुए शहर पहुँच गया।

शहर में कई दर्ज़न ताज़िए आए थे। काफी शानदार मेला लगा हुआ था। बच्चों के बदन पर नए कपड़े दिखाई देते थे। कोई पिपिहरी बजा रहा था, कोई लेमनचूस खा रहा था। कुछ बच्चे मिट्टी के खिलौने लिए हुए थे। नूर ने अपने अब्बू से जिद करके एक घोड़ा खरीद लिया था। सारे ताज़िए आ जाने से पुलिस-प्रशासन ने थोड़ी राहत की साँस ली। सुबह से बिना खाए-पिए ड्यूटी पर तैनात सिपाही अपनी टोपी उतार-उतारकर चाय-नाश्ता करने लगे। महमूदपुर के ताज़िए के पास खड़े एक छोकरे ने मुँह में मच्छर घुस जाने के कारण खँखारकर थूका परंतु उलटी हवा के कारण वह थूक ताज़िए पर पड़ गया। बगल खड़े सिपाही को यह अच्छा न लगा। उसने उसको तीन-चार थप्पड़ रसीद कर दिए। बच्चा रोते हुए भागा। उस लड़के की गोल जालीदार टोपी से लग रहा था कि वह किसी मुस्लिम परिवार का है। परंतु अफ़वाह फैली कि वह काफ़िर है और एक गहरी साजिश के तहत उससे ऐसा कराया गया। अफ़वाहों का जोर बढ़ता गया। बारूद हवा से पैदा होने लगे। वर्दियाँ जीपों का हार्न बजाती हुई दिखाई दीं। अंधाधुंध फायरिंग हुई। छत पर से तमाशा देखनेवालों में कई जख़्मी हुए। कई गोली से मरे, कुछ गोली के डर से।

तत्पश्चात् पुलिस ने दोनों समुदायों के पचास-पचास लोगों को गिरफ्तार किया। कुछ को दरवाजे तोड़कर पकड़ा गया, तो दूसरों को दुकान से खींचा गया। कुछ मरीजों की दवा खरीद रहे थे, तो कुछ बाजार में साग-सब्जी। लेकिन पुलिस जिसे आसानी से पकड़ सकी, उसमें उसने कोई कोर-कसर नहीं छोड़ी।

बारूद की आवाज़ स्टेशन रोड तक पीछा करती रही, जहाँ आरिफ अपने नूर के लिए जलेबी खरीद रहे थे। भीड़ ने आरिफ और नूर का साथ छुड़ा दिया। इस भीड़ का मुकाबला न नूर कर सकता था और न उसका घोड़ा। वह एक हाथ में घोड़ा और दूसरे हाथ में जलेबी लिए दौड़ रहा था लेकिन धक्का-मुक्की से उसकी जलेबी नाली में गिर पड़ी और घोड़ा सड़क पर गिर गया। नूर को एक लंबे अरसे बाद जलेबी मिली थी और सवारी करने का घोड़ा भी, लेकिन नूर इन्हें भूलता हुआ भागता रहा। कुछ लोग स्टेशन की तरफ भाग रहे थे। नूर भी उधर ही चला गया।

रेलवे स्टेशन पर खड़ी गाड़ी में भीड़ घुसती गई, जब तक गाड़ी चल न दी। नूर भी किसी तरह अंदर घुस गया। अचानक गार्ड ने हरी झंडी दी और गाड़ी चीखती-कराहती हुई चल दी। ऐसा लगा कि गाड़ी भी बारूद से घायल हो गई है।

नूर पहली बार रेलगाड़ी में चढ़ा था। उसे पहले रेलगाड़ी गुजरते देखकर बहुत अच्छा लगता था। उसका भी अरमान था कि एक दिन अपने अब्बू-अम्मी के साथ सैर करने

रेलगाड़ी से जाएगा। लेकिन उस दिन उसे रेलगाड़ी की यात्रा अच्छी नहीं लग रही थी। बैठने की बात तो दूर, खड़े होने की भी जगह नहीं थी। उसे भीड़ के सारे चेहरे धुएँ से पुते लग रहे थे। वह बहुत सहमा हुआ था। एक सीट के नीचे कुछ बक्से-गठरियाँ रखी थीं। दूसरी सीट के नीचे आधी जगह खाली थी। नूर लोगों की टाँगों के बीच से गुजरता हुआ सीट के नीचे लेट गया। वह सोच रहा था कि जैसे ही वह अपने अब्बू को देखेगा, उन्हें पहचान लेगा। और जोर से चिल्लाकर उसकी बाँहों में समा जाएगा।

दूसरी तरफ आरिफ खोजते-खोजते निराश हो चुका था। वह बस-अड्डे की तरफ कई घंटे खोजता रहा। 'नूर-नूर' कहकर वह इतनी बार चिल्लाया था कि बगल की नहर से लेकर बड़े-बड़े भवनों तक उसकी प्रतिध्वनि गूँज रही थी। उसे लगा कि काफ़िरों ने उसके बेटे को भी शायद नहीं बख्शा। किंतु वह मजहबी आदमी था। उसे लग रहा था कि जब उसने किसी का कुछ भी नहीं बिगाड़ा है, तो खुदा उसके बेटे को जरूर सही सलामत रखेगा। पर इस आशा का प्रकाश नफरत के धुएँ से धूमिल हो रहा था। वह अपने गाँव के उस दबंग दल को गालियाँ देने लगा जिन्होंने ताज़िया के रास्ते में अड़ंगा लगाया था। उसका दिल कह रहा था कि यदि सामने आ जाएँ तो वह उनका खून पी जाएगा। आख़िर उन्हीं लोगों की साजिश से दंगा भड़का था। दंगा न भड़कता तो उसकी इकलौती संतान खोती ही नहीं। 'या खुदा' 'या अल्लाह' शब्द उसके मुँह से बार-बार निकल रहे थे। उसने गाँव से राजधानी तक के पीरों की मज़ारों पर चादरें चढ़ाने की मन्नतें मानीं लेकिन रेलगाड़ी पर मन्नत की ब्रेक फेल हो रही थी...।

नूर सीट के नीचे लेटा थर-थर काँप रहा था। अगले स्टेशन पर कुछ और सवारियाँ चढ़ीं। वह उन्हें टुकुर-टुकुर देखता रहा कि कहीं रेगिस्तान में एक बूँद की तरह अब्बू आ जाएँ। वह किसी के चेहरे पर टकटकी लगाता, तो दूसरे के पैर की बनावट पर।

थोड़ी देर में टी. टी. आया और टिकट चेक करने लगा। भीड़ के अधिकांश लोगों के पास टिकट नहीं थे। नूर टिकट टी. टी. को देखकर और घबरा गया। उसे न केवल पसीना छूट गया बल्कि उसकी नई चड्ढी भी पेशाब होने से खराब हो गई थी। फिर उसकी बूँदें उसके कुर्ते पर भी दाग दे गईं। उसे क्षण भर को लगा कि उसके अब्बू अचानक वहाँ आकर टिकट के पैसे दे देंगे। सवारियों ने दंगे की घटना बताकर दया की भीख माँगी। पर टी. टी. ने दंगे की बात अनसुनी कर दी। सिर खुजलाते हुए उसने कहा, "आप लोगों को चोट-चपेट नहीं लगा है। खून-खराबा भी नहीं दिखाई देता। दंगे के नाम पर लोग टिकट नहीं लेंगे, तो भारत सरकार का भट्ठा ही बैठ जाएगा। रेल का इंजन दया और दुआ से नहीं, बिजली और डीजल से चलता है। बिजली-डीजल आदि दंगे के नाम पर फ्री नहीं मिलता।"

किंतु सवारियाँ विवश थीं। उनके बहुत चिरौरी-विनती करने पर वह थोड़ा पसीजते हुए बोला, "यह गाड़ी हावड़ा से चली है। अधिक-से-अधिक मैं इतनी मुरव्वत कर सकता हूँ कि आप लोगों का टिकट पटना से बना दूँ।" वैसे ये यात्री पटना से बाद के स्टेशन पर चढ़े थे। लेकिन किसी ने प्रत्युत्तर नहीं दिया। क्या फायदा जिस यात्री ने टिकट के

पूरे पैसे दिए, उनका उसने टिकट बना दिया परंतु उस पर क्या राशि या स्थान लिखा था, यह पढ़ना नामुमकिन था। जिन लोगों के पास कम पैसे थे, उसे जेब में रखते हुए टी. टी. ने कहा, ''आप लोग यहीं बैठे रहिए। मैं मुगलसराय में कुछ व्यवस्था कर दूँगा।'' कहते हुए वह टी. टी. अदृश्य हो गया।

नूर टी. टी. के चंगुल से भले बच गया लेकिन उसकी आँखें यह दृश्य बर्दाश्त नहीं कर पा रही थीं। उसे दंगा का अर्थ भीड़ की भगदड़ ही मालूम था। टी. टी. ने खून-खराबा, चोट-चपेट की भी बात की थी। वह अपने अब्बू के लिए चिंतित हो उठा। आरिफ अब बूढ़ा हो गया है। वह न तो तेज भाग सकता है और न लाठी-भाला का वार सह सकता है। काश, उसके अब्बू इसी गाड़ी में चढ़ गए होते। शहर का घिनौना दृश्य उसकी आँखों में छा गया। उसकी आँखें धुँधला-सी गईं। केवल कानों से वह सुनता रहा। उसे अब्बू और अम्मी की तरह अपने घोड़े की याद आ रही थी। वह सोचने लगा कि यदि उसका घोड़ा असली होता, तो वह उस पर अपने अब्बू को बिठाकर भाग निकलता। उसकी आँखों से आँसू टपकने लगे। वह जोर से रोना चाहता था लेकिन डर था कि कहीं टी. टी. आकर पकड़ न ले। सो डर से उसे फिर पेशाब हो गई। पहली पेशाब को कुछ तो उसकी चड्ढी ने सोख लिया था और कुछ सीट के नीचे की जगह ने। दुबारा पेशाब सोखने की ताकत चड्ढी में नहीं थी। इसलिए पेशाब बहकर गठरी तक पहुँची। गठरी का आधा भाग भीग गया।

थोड़ी देर में मुगलसराय स्टेशन आ गया। अधिकांश यात्री उतरने लगे। एक बूढ़ा सीट के नीचे से अपनी गठरी निकालने लगा। गठरी निकाली तो वह भीगी हुई थी। वह आश्चर्य में पड़ गया कि गठरी में तेल-घी भी नहीं था और न पानी-वानी ही अड़ाया था। बगल बैठे दूसरे सवारी ने मजाकिया लहज़े में कहा, ''अरे कोई ससुरा मूत तो नहीं दिया।'' इतना सुनते ही बूढ़े ने गठरी का निचला भाग सूँघा और बदबू से उसका मुखड़ा विकृत हो गया। उसने सीट के नीचे झाँका, ''अरे ससुर ! तू उहाँ छिपे हो। ई तुम्हारे बाप की कमाई थी जो हग-मूत रहे हो।'' उसने अपने सोंटे से उसके पेट में चार-पाँच हूरा मारा। नूर कराह उठा। साथी बूढ़ा ताव दे रहा था, ''ऐसा मारो कि वह मूतना बंद कर दे। इसका तो अंग ही तोड़ दो, तो इसका होश ठिकाने आ जाएगा।'' ताव में आकर उसने तीन-चार हूरा निशाना लेकर मारा और घिनी-घिनी गाली देते हुए गठरी लेकर नीचे उतर गया। दर्द से नूर सिसकता रहा। उसकी आँखों से आँसू पेशाब के रूप में जल्दी-जल्दी निकलते जा रहे थे।

कई यात्रियों के उतरने से आधा डिब्बा खाली हो गया। नूर के ऊपर और बगल की सीटें भी खाली थीं। लेकिन बाहर आने की उसकी हिम्मत नहीं हो रही थी। पेशाब की बदबू से उसे अपने-आप से घृणा होने लगी। भीड़ के छँटने से सन्नाटा हो गया था। नूर को भीड़ से नफरत हो गई थी। उसे यह सूनापन कुछ अच्छा लगा।

थोड़ी देर में एक वृद्ध दंपति उस डिब्बे में घुसे और सीट खाली देखकर बैठ गए। उसी सीट के सामनेवाली सीट के नीचे नूर लेटा हुआ था। बूढ़ा सामने की सीट के नीचे

अपनी गठरी घुसेड़ने लगा तो गठरी पीछे ठीक से नहीं जा सकी। उसने झाँका, तो एक लड़का लेटा हुआ दिखाई पड़ा। उस वृद्ध पुरुष ने उसका हाथ पकड़कर उसे बाहर निकाला। नूर की चड्ढी अभी भी भीगी हुई थी परंतु उसके चेहरे का नूर धुँधलाने पर भी स्पष्ट दिखाई दे रहा था। बूढ़े को दया आ गई। उसने अपना गमछा देते हुए कहा, ''बेटा, चड्ढी उतारकर इसे लपेट लो।'' नूर चुपचाप खड़ा रहा। गाड़ी के सबसे आख़िर में प्लेटफॉर्म से थोड़ा पहले होने के नाते इस डिब्बे में सवारियाँ नहीं आ रही थीं। नूर पर सोंटा वाले बूढ़े का भूत सवार था। लेकिन जब इस बूढ़े ने उसके कंधे पर हाथ रखते हुए पुचकारा तो उसे अपने अब्बू की याद आ गई। उसे लगा कि उसकी आँखें क्षण भर के लिए मात्र दो गड्ढे हैं। फिर आश्वस्त होकर उसने कपड़ा बदल लिया। यह बूढ़े को अच्छा लगा। बुढ़िया ने गठरी से दो केले निकालकर उसे दिए। पेट की आग के कारण उसने तुरंत खा लिया। बुढ़िया को लगा कि वह लड़का किसी कारणवश घर से भागा होगा। इसी लहज़े में उसने पूछा, ''बेटवा तोहार नाम का है ?''

''नूर,'' उसने तपाक् से कहा।

''नूर नहीं, कोहिनूर है।'' बूढ़े से नहीं रहा गया।

''तुम्हारे बाबू क्या करते हैं ?'' बूढ़े ने पूछा।

''कुछ नहीं, घर पर थोड़ा कपड़ा बुनते हैं।''

''और अम्मा ?''

''वह अक्सर बीमार रहती हैं। हकीम के यहाँ उनका इलाज चल रहा है।''

''तो तुम अपने अब्बा को छोड़कर क्यों भाग आए ?''

नूर चुप रहा। फिर सिसकने लगा। इसके आगे वह कुछ न कह सका। वृद्ध दंपति सोचने लगे कि शायद उसके माँ-बाप बिछुड़ गए हैं और अभी वह अकेला है। तभी बुढ़िया ने कहा, ''केतना नीक होनहार देखात है अपने घर लेहे चला।''

''तुमने मेरे मन की बात कह दी। अब तो हमें आग देनेवाला मिल गया है,'' बूढ़े ने कहा।

थोड़ी देर में वहाँ एक समोसेवाला आवाज़ देता हुआ आया। बूढ़े ने अपने कोहिनूर के लिए चार समोसे खरीद लिए।

''ई तो हमरे काशी बनारस के तीरथ का फल है जो गंगा मइया घर पहुँचे के पहले दिही हैं।'' बुढ़िया इस प्रसंग को और आगे बढ़ाना चाहती थी।

''अच्छा, अब चुप रहो। सवारियाँ आ रही हैं। कोई कुछ समझ लेगा तो लफड़ा हो जाएगा।'' बूढ़े ने धीरे से कहा।

फिर कुछ सवारियाँ उस डिब्बे में चढ़ीं। तब तक गार्ड ने हरी बत्ती दिखा दी और गाड़ी सीटी देती हुई चल दी।

तीसरे स्टाप पर उनका स्टेशन आ गया। तीनों वहाँ उतर गए। रात के करीब नौ बज गए थे। छोटा-सा स्टेशन दिन भर की थकावट से झपकी ले रहा था। ये तीनों भी प्लेटफॉर्म पर पड़े रहे। जब कोई उनके पास से गुजरता, बूढ़े को लगता कि कहीं वह

कोहिनूर को खोजने तो नहीं आया है। उसे नींद नहीं आ रही थी। वह सोच रहा था कि कहीं कोई सिपाही बच्चे के बारे में सवाल-जवाब करने लगेगा तो मामला बिगड़ जाएगा। लेकिन बुढ़िया अपने चादर पर लेटी हुई सो गई थी। उसका दायाँ हाथ कोहिनूर के पेट पर था। शायद लंबे अरसे बाद वह गहरी नींद में सोई थी और आज न केवल सपने देख रही थी, बल्कि सपने को गोद में लिए थी। सुबह होने पर वे लोग अपने गाँव बेनीपुर के लिए इक्के से चल दिए।

उनके घर पहुँचते ही सारा बेनीपुर उनके दरवाजे पर आ पहुँचा। बच्चे को देखकर सभी आश्चर्यचकित थे। तरह-तरह की प्रतिक्रियाएँ हो रही थीं। कोई कहता भगाकर लाया होगा, ''अरे खरीद लिया होगा, कलियुग में सब चलता है'', ''जादू-मंत्र से वश में करा लिया होगा'' वगैरह-वगैरह। लोगों की प्रतिक्रियाएँ सुन-भाँपकर बूढ़े ने दूसरे दिन थाने में इत्तला दे दी। रहने की समस्या देखते हुए थानेदार ने बच्चे को वहीं रहने का हुक्म दिया।

दूसरे दिन नूर अपने दरवाजे के सामने अमरूद के पेड़ के नीचे बैठा था कि तीन-चार बच्चे और आ गए। थोड़ी चुप्पी के बाद दोनों तरफ से मुसकराहट का आदान-प्रदान हुआ। फिर नूर भी उन्हीं बच्चों के साथ खेलने लगा। उसे जम्हाई आई, तो उसने अपने मुँह पर पंजा रखते हुए 'या खुदा' 'या अल्लाह' कहा। उन बच्चों के लिए ये शब्द नए थे, इसलिए कुछ अटपटे लगे। संयोग से किसी बच्चे ने कहा कि आज शुक्रवार है। नूर को नमाज की याद आई। उसने अपने साथियों से कहा कि उसे नमाज अदा करनी है। यह शब्द भी उन बच्चों को खटका।

अगले दिन इन बच्चों के मार्फत यह बात सारे गाँव में फैल गई कि वह बच्चा मुसलमान का है। लेकिन इसे कौन कहे। एक-दो बुजुर्गों ने यह बात उस बूढ़े से कही, ''भाई मूलचंद ! हर कौम-धरम का अपना उसूल होता है। मुसलमान का बच्चा एक हिंदू के घर में रहेगा, तो बेधरम होना पड़ेगा। तुम्हें बच्चा चाहिए तो हम दूसरा बच्चा देते हैं...।''

मूलचंद ने बात बीच में काट दी, ''दुलार भाई, अपने गाँव में कितने ठाकुर चमारों की बहू-बेटियों को रखैल बनाकर रखे हैं, यह बात आपसे छिपी नहीं है। लेकिन उनसे कोई बेधरम की बात नहीं कहता। हमारे लिए यह इनसान का बच्चा है, न मुसलमान का, न हिंदू का।''

इस ललकारते जवाब से दुलारसिंह मूँछें लटकाए अपने घर की तरफ चल दिए। फिर किसी ने खास-विरोध मुँह पर नहीं किया। भले चोरी-छिपे ग्रामीण उन्हें कोसते रहे। हुक्का-पानी छोड़ने की बात कहते रहे। मूलचंद इससे तनिक भी विचलित नहीं हुए। वे रोजाना भगवान् से प्रार्थना करते थे कोई उस बच्चे को लेने न आए लेकिन उन्होंने यह सोच लिया था कि यदि उसका बाप आ जाएगा, तो उसे उसकी अमानत लौटा देंगे। आख़िर जिंदगी उधार से नहीं चल सकती।

मूलचंद ने करीब पंद्रह दिनों तक इंतजार किया कि कोई आ जाए। गाँव में जब

भी कोई अजनबी उन्हें दिखाई देता, तब वे बेहद चिंतित हो जाते। उन्हें लगता कि कहीं वह बच्चे को लेने तो नहीं आया है। वे अक्सर उसका परिचय पूछते, बेनीपुर में उसके आने का मकसद क्या है ? कब तक रहेगा ? आदि।

उधर बुढ़िया को कोहिनूर की चहल-पहल ने यह सब सोचने-विचारने का मौका ही नहीं दिया। पहले वह उसे अपनी चारपाई पर लेकर सोती थी और सारी रात उसका हाथ कोहिनूर के पेट पर होता था। कुछ दिनों के बाद उसने सोते कोहिनूर को चूमा था। उसे बहुत अच्छा लगा। इतना कोमल गाल। उसे मातृत्व का अनुभव पहली बार हुआ। तब से वह उसे रोजाना चार-पाँच बार चूमती है। उसे तेल-कंघी करने के बाद माथे के कोने में काजल लगाना नहीं भूलती। कल तो वह स्नेह और ममता की पराकाष्ठा पर पहुँच गई। कोहिनूर खा-पीकर सो गया था। मूलचंद भी अपनी दालान में सोने चले गए थे। बुढ़िया अपने बेटे की चारपाई पर लेट गई और अपना दूध कोहिनूर के मुँह में डाल दिया। कोहिनूर सो रहा था, उसे कुछ पता न चला। फिर अचानक उसने करवट बदली और उसका मुँह खुल गया। खुले मुँह में दूध का चुचका मांस पाकर उसने किचकिचाकर दाँत से काट लिया। बुढ़िया को दर्द हुआ लेकिन वह नहीं चिल्लाई। उसे यह दर्द बहुत अच्छा लगा। वह सोचने लगी—काश, ऐसा दर्द उसे पहले भी हुआ होता। उसकी आँखों में खुशी के आँसू आ गए। लालटेन की लौ सूरज के प्रकाश से कम नहीं थी। आख़िर अंधकार को चीरने के लिए लालटेन की लौ ही पर्याप्त है।

सुबह बुढ़िया ने सारी दास्तान मूलचंद को सुना दी। उसका हौसला बुलंद हो गया। वह बच्चे को लेकर गाँव के स्कूल में चला गया। हेडमास्टर ने पूछा, ''बच्चे का नाम''

''कोहिनूर चंद ?''

''पिता का नाम !''

''...''

''पिता का नाम बताइए।''

'मूलचंद।' मूँछ पर ताव देते हुए मूलचंद ने कहा।

मास्टरजी ने पहाड़ा वगैरह पूछने के बाद उसे कक्षा दो में भरती कर लिया। दूसरे दिन मूलचंद ने कॉपी-किताब खरीद दी और कोहिनूर नियमित रूप से स्कूल जाने लगा।

कोहिनूर की वजह से इस घर में चहल-पहल हो गई थी। बच्चे खेलने-कूदने के बहाने वहाँ आते। बूढ़े-बुढ़िया पहले बच्चों के हल्ला करने पर चिल्लाते रहते थे। अब उन्हें शोरगुल भी अच्छा लगता। बुढ़िया सारे बच्चों को किस्से सुनाने लगती और कभी-कभी उसमें कोहिनूर और अपना प्रसंग जोड़ देती। कोहिनूर कहने लगता, ''अरे माँ, यह भी कोई किस्सा है। यह तो मेरी-तुम्हारी बात है।'' फिर जोर का ठहाका लगता और मूलचंद बीच में टपक पड़ते।

खुशी के दिन जल्दी-जल्दी बीत रहे थे। एक दिन बूढ़ा-बुढ़िया बातचीत कर रहे थे। मूलचंद कुछ आध्यात्मिक लहज़े में बोल रहे थे कि आदमी तो माटी का पुतला है, ''सब यहीं धरा रह जाएगा जब छोड़ चलेगा बंजारा।'' अचानक बुढ़िया ने कहा,

''लेकिन दुनिया छोड़ने से पहले जो हो सके। किसी को दे देना चाहिए, जो उसकी बढ़ोतरी करे, कुल का नाम करे।''

बस क्या था। दूसरे दिन मूलचंद कोहिनूर को लेकर तहसील चला गया और वकील से सलाह लेकर अपना घर-दुआर, खेती-बारी कोहिनूर के नाम लिख दिया।

लेकिन यह क्या, दूसरे दिन बेनीपुर गाँव के ही उजागिर सिंह ने मूलचंद को बताया कि एक आदमी अपने बेटे की खोज में कल मखदूमपुर आया था। वहाँ के मुसलमानों ने बता दिया एक लड़का बेनीपुर में मूलचंद के यहाँ है। हो सकता है, वह ढूँढ़ते हुए आज यहाँ आ जाए। यह बात बुढ़िया ने भी सुन ली वह बेचैन हो उठी। उसे लगा कि उसकी बारी-फुलवारी उजड़नेवाली है। उसका माथा चकरा गया, जैसे किसी ने उसका आँचल काट लिया हो। तब से वह बार-बार कोहिनूर को देखकर रोती रही है। कई बार उसे खाना खिलाया, गुड़-लाई दी, मेहमानी के लिए रखे सारे बतासे भी दे दिए, उसका 'धराऊ' कपड़ा भी पहना दिया।

मूलचंद से न रहा गया। वे मखदूमपुर के लिए रवाना हो गए। यही कोई तीन-चार कोस दूरी थी। पहले वे कई बार पैदल जा चुके थे, लेकिन अब 'पौरुख' नहीं रहा। सो वे इक्के से चल दिए।

मखदूमपुर के शमशेर मियाँ से मूलचंद का परिचय था। पहले वे नहीं गए। दुआ-सलाम के बाद मूलचंद ने पूछा, ''शमशेर भाई ! सुना है कोई आदमी अपने खोए बच्चे को ढूँढ़ने इस गाँव में आया है। एक बच्चा हमारे यहाँ है। यदि उसका हो तो पहचानकर ले ले। हमें कोई इतराज नहीं। जहाँ का अन्न बदा होगा, वहीं नसीब होगा।''

शमशेर ने कहा, ''ठीक कहते हो मूलचंद भाई। कल एक आरिफ मियाँ आया था। वैसे वह मेंहदीगंज में एक बारात में आया था बिहार से। वहीं कुछ 'कनभन किया' उसे मालूम हुआ सो मखदूमपुर आ गया। आपने उस लड़के के नाम घर-ज़मीन लिखा दिया, इससे बढ़कर इनसानियत और क्या हो सकती है। माना कि शहरों में आए दिन दंगे भड़क रहे हैं और फिरकापरस्त ताकतें हावी हो रही हैं, लेकिन अपने गाँवों में तो अमन-चैन है। आरिफ मियाँ आपके बारे में जानकर निहायत खुश है और आज सुबह बेनीपुर गया है।''

फिर मूलचंद दबे पाँव वहाँ से लौट पड़े। वह सोच रहा था कि उसका जल्दी घर पहुँचना बहुत ज़रूरी है वरना शायद बुढ़िया कोहिनूर को न जाने दे।

पूछते-पूछते आरिफ मियाँ मूलचंद के घर पहुँच गए थे। उन्होंने लड़के को देखा। उसका पहनावा बदल चुका था। लेकिन पहचानने में देर नहीं लगी। आरिफ ने दौड़कर उसे अपनी गोद में ले लिया, फिर आँखों पर उसका हाथ लगा लिया। उसकी आँखों से आँसू झरने लगे। तभी किसी बच्चे ने अंदर आकर उसकी माँ को इसकी सूचना दी। माँ ने दरवाजे से झाँका। उन्हें शंका हुई कि कोहिनूर का बाप आ गया है। यह सोचने लगी कि अब कोहिनूर उनकी गोद से छिन जाएगा, लेकिन वे अपने से बेटे को अलग रखकर कैसे जी पाएगी। उसके भीतर यह द्वंद्व चल रहा था कि अचानक वह चौखट

पर गिर पड़ी।

कुछ ही देर में मूलचंद पहुँच गए। उन्हें सारी बात मालूम हुई। पत्नी की हालत देखकर वे सांत्वना देने लगे, "देखो भाई ! दुनिया क्षणभंगुर है। समझो कि कोहिनूर एक साल के लिए ही हमारा बेटा था। तुम जब-जब कहोगी, तब-तब मैं तुम्हें उसके पास ले चलूँगा। सोच लो कि बेटा परदेश में है...!" इतना कहकर मूलचंद दूसरे कमरे में चले गए। उनका दिल आँसुओं की धारा के रूप में प्रकट हो रहा था। उन्होंने किसी तरह अपने को काबू में किया। आँसू पोंछ लिए और पुनः पत्नी के पास जाकर समझाने लगे।

अब तक रात हो चुकी थी। इतनी रात में बच्चे को लेकर बाहर निकलना ठीक नहीं था। आरिफ ने एक बार जाने का प्रस्ताव रखा, परंतु मूलचंद ने उसका हाथ पकड़ लिया, "कैसी बात करते हैं ? अँधेरे में चलना खतरे से खाली नहीं। यह तो कोहिनूर का घर है, आज रात रुकिए। हम लोग कोहिनूर को अंतिम बार दुलार लेंगे। फिर कब मुलाकात होगी, कौन जाने ?" कहते-कहते उनकी आँखें भर आईं। आरिफ की आँखों ने प्रत्युत्तर दिया और वे रुकने को तैयार हो गए।

तब तक गाँव के कई लोग जुट गए थे। कुछ तो खुश थे कि वह लड़का यहाँ से चला जाएगा। दुलार सिंह किसी से कह रहे थे, "मैं तो पहले ही कह रहा था कि उस बच्चे का गुजारा इस घर में नहीं होना चाहिए। मूलचंद ने भले अपना घर-बार उसके नाम लिख दिया लेकिन मुसलमान मुसलमान होता है।"

खाने-पीने के बाद आरिफ मियाँ सोने के लिए चारपाई पर लेट गए। वे करवटें बदलते रहे लेकिन नींद नहीं आई। वे सोचने लगे कि उनका उजड़ा घर नूर के जाने से बस जाएगा लेकिन मूलचंद का बसा घर उजड़ जाएगा। आख़िर मूलचंद ने तो दंगा नहीं करवाया था। भला हो ऐसे इनसान का। फिर नूर का स्वास्थ्य, खान-पान, प्यार-दुलार देखकर उन्हें लगा कि कोई हिंदू एक मुसलमान के बच्चे को ऐसे पालेगा ? इतना तो वह भी नहीं कर सकते।

दूसरी तरफ मूलचंद और उसकी पत्नी उदासी से घिरे थे। मूलचंद अब भी उन्हें समझा-बुझा रहे थे। आज तरह-तरह के पकवान बने थे–सिवईं भी, खीर थी। लेकिन उस दंपति से कुछ भी न खाया गया। कोहिनूर भरपेट खाकर सो रहा था। उसे नहीं मालूम कि कल उसे यह घर छोड़ना पड़ेगा, कि फिर उसका नाम कोहिनूर से नूर हो जाएगा, कि उसे पिता के बजाय अब्बू के साथ रहना होगा...वगैरह ! मूलचंद और उनकी पत्नी रात भर उलझन में पड़े रहे। माँ अपने बेटे को रात में सात-आठ बार देखने गई। सोते कोहिनूर का माथा चूमती रही और उसका दायाँ हाथ अपने सीने पर रखे रही। उसका आँचल बार-बार गीला हो रहा था।

धीरे-धीरे अंधकार छँट रहा था। कौवे पेड़ों पर से बोलने लगे थे। मूलचंद का दिल धक्-धक् कर रहा था। एक बार वे कोहिनूर को देखने गए। फिर आरिफ की चारपाई की तरफ चले गए। यह क्या ? आरिफ अपनी चारपाई पर नहीं था। मूलचंद को याद आया कि कल तरह-तरह के पकवान बने थे। शायद अपच होने से वह जल्दी मैदान

गए हों। वे तालाब की ओर निकल पड़े। लेकिन घंटे पर ढूँढ़ने के बाद भी उनका पता न चला। वे चिंतित होने लगे कि कहीं किसी ने आरिफ भाई के साथ बदसलूकी तो नहीं की। फिर वे चारपाई पर बिछी दरी-चादर समेटने लगे। उसके नीचे उन्हें कागज का एक टुकड़ा मिला। वे पढ़ने लगे, ''मूलचंद भाई, मुझे पूरा यकीन है कि कोहिनूर यहीं सुरक्षित रह सकता है, मेरी झोंपड़ी में नहीं। उसकी अम्मी भी गुजर चुकी हैं। अब तीसरी शादी करने को मेरी उम्र नहीं रही। मैं थोड़े दिनों का मेहमान हूँ। मैं खुद यहीं आकर कोहिनूर को देख लिया करूँगा। खुदा की कसम। आप दोनों प्राणी इनसान के रूप में फरिश्ते हैं। अल्लाह आपको बरक्कत दे। खुदा हाफिज–आरिफ मोहम्मद।'' तब तक उगते सूरज की लालिमा मूलचंद के घर की मुँडेर तक पहुँच गई थी।

# ज़मीन

टटराडीह ! न टटरा, न डीह ! वहाँ शहीदों के जीवंत इतिहास के बावजूद दस-बारह वर्ष पहले किसी त्योहार पर जुलूस निकालने के रास्ते को लेकर हिंदू-मुस्लिम दंगे बड़े पैमाने पर हुए थे। वहाँ के खैर के वन बहुत प्रसिद्ध रहे हैं और पाँच वर्ष पूर्व एक ही परिवार के यहाँ छापामारी करने पर चार करोड़ का कत्था-बिस्किट बरामद किया गया था और अभियुक्तों को सुप्रीम कोर्ट से भी जमानत नहीं मिली थी। और तभी से ब्लैक डायमंड की तर्ज पर कत्थे को 'ब्राउन डायमंड' के नाम से जाना जाने लगा। जहाँ पिछले दो-तीन वर्षों से मजदूरों के शोषण के खिलाफ़ आवाज़ उठानी शुरू की, तो उन्हें 'नक्सलाइट' की संज्ञा दी गई और तथाकथित मुठभेड़ें भी हो चुकी थीं। यह मानकर कि सीमावर्ती जिलों से खदेड़े गए अपराधी इन क्षेत्रों के घने जंगलों में शरण लेते हैं, अर्धसैनिक बल, गुजरात सशस्त्र पुलिस आदि की कंपनियाँ तैनात कर दी गई थीं (गुजरात पुलिस के आने का कारण गुजरात में पुलिस विद्रोह करनेवालों को गुजरात से बाहर भेजना भी था—एक पंथ दो काज) ऐसा गाँव—जहाँ आजादी के चार दशकों के बावजूद न्यूनतम मजदूरी हवाई महल का सपना है, जहाँ बरसात के मौसम में कुछ गाँव द्वीप बन जाते हैं, जहाँ सड़कें सामूहिक बलात्कार से अधमरी हो गई हैं, जहाँ वन और वनपदार्थों पर वहाँ के लोगों की जगह वन विभाग के पदाधिकारीगण और ठेकेदार काबिज हैं, जहाँ पीने के लिए कुएँ कम, नाले ज़्यादा हैं तथा जहाँ गरीबी और अशिक्षा एक-दूसरे से गला रेतनेवाली प्रतिस्पर्धा कर रही है...

उसी टटराडीह में एस. डी. ओ. के कार्यालय के समक्ष उपस्थित लोगों में अब बुढ़िया का नंबर आया क्योंकि अर्दली ने जोर से 'मौसमात लौटनी' कहकर पुकारा था। मुलाकाती रजिस्टर में दर्ज़ था—नाम, पता, समस्या एवं हस्ताक्षर या ठप्पा।

ऑफिस के बाहर लगे प्लेट से साफ जाहिर था कि एस. डी. ओ. साहब सप्ताह में दो दिन—सोमवार और शुक्रवार—मुलाकातियों से बेझिझक मिलते हैं, इत्मीनान से उनका दुःख-दर्द सुनते हैं और उचित कार्रवाई करते हैं। इसीलिए दोनों दिन बेइंतहा भीड़ होती और कभी-कभी जो समस्याएँ उनके अधिकार-क्षेत्र से बाहर थीं, उनके बारे में भी लोग दरख़ास्त लेकर पहुँच जाते गोया ओझा-सोखा की भभूत या फकीर की दुआ हो।

हाँ, तो मौसम्मात लौटनी को अर्दली ने सहारा देकर अंदर साहब के पास पहुँचाया। सूखते आँसुओं को आँचल में पोंछती हुई बुढ़िया बताने लगी, ''सरकार ! रमना ने मुझे

बहुत मारा-पीटा और मेरे सिर का बाल भी काट लिया। वह मुझे डाइन कहता है और जिस किसी का नुकसान होता है उसके लिए मुझे ही दोषी ठहराता है। मैं 'पाहनिन' हूँ और ग्राम-देवता की पूजा बरसों से कर रही हूँ, लेकिन वह चार-छह लफंगों के साथ मुझे बहुत तंग करता है और मुझे हटाकर खुद 'पाहन' बन गया है–अपनी मरजी से, अपने स्वारथ से...

सचमुच छोटा नागपुर में तांत्रिक पूजा-पाठ की प्रथा कुछ ज़्यादा ही प्रचलित है और भूत-प्रेत, डाइन मानने में यह इलाका भारत के किसी भी इलाके से पिछड़ा नहीं है। आर्थिक रूप से पिछड़ने की बात ही अलग है। यहाँ 'पाहन' बनने से गाँव के जिस किसी को भूत-प्रेत, डाइन-जिन आदि लगने की शंका होती है उससे चढ़ाया लेकर उसे पाहन ही शांत करने का प्रयास करता है (या स्वांग रचता है)।

खैर...जो भी हो। उस बुढ़िया का एक हाथ गंदे घरेलू पट्टीनुमा चिथड़े से बँधा था, यद्यपि उस पर खून के धब्बे नहीं थे। लेकिन उसके दूसरे हाथ में कटे बालों को देखकर और बेतरतीब मूड़े गए सिर को देखकर साहब आश्वस्त हो गए कि वास्तव में बुढ़िया घोर संकट में है और निकट भविष्य में उसके जान-माल को खतरा है क्योंकि इस दशा में कभी भी अप्रिय घटना घट सकती है। फिर भी उन्होंने पूछा, ''आप थाने क्यों नहीं गईं ! पहले तो रपट वहीं लिखानी होगी।''

''साहब ! मेरे पास थाने जाने की न तो ताकत है और न रुपैया। बिना कुछ लिए कोनो नहीं सुनता,'' बुढ़िया ने जवाब दिया।

यह सुनकर उन्हें कष्ट हुआ और तथ्य से रू-ब-रू भी हुए कि मीटिंग में तो थाना प्रभारी ऐसे डींग हाँकता है, जैसे उसके यहाँ पूरा अमन-चैन है और पत्ता खटकने पर भी वह उसे सत्यापित कर लेता है। फिर भी वे उसे आश्वासन दिए, ''मैं आपको पुर्जे पर लिखकर देता हूँ, उसे दारोगा को दे दीजिए और वह केस दर्ज़ करके उस पर कार्रवाई करेंगे।'' लेकिन इसका कोई असर नहीं हुआ। वह सिर्फ़ यही बार-बार कहती रही, ''हुज़ूर की कलम में बहुत ताकत है। आप अपने कुछ कर दीजिए।''

अंततः उन्होंने उसकी दरख़ास्त लेकर उस पर दफा 107 की कार्रवाई शुरू कर दी और एक सप्ताह के बाद पड़ने वाली चौदह तारीख तय करके उस दिन कचहरी आने को कहा।

चूँकि वह गाँव टटराडीह से नजदीक था इसलिए नोटिस का तामिला चौथे दिन हो गया। साहब ने प्यादे को बुलाकर नोटिस तामील करने का हुक्म उसी दिन दे दिया था, वरना दो-चार हफ्ता तो उसी में लगता। पेशकार कुछ दिन नोटिस को दबाए रखता और जब किसी के आने की उम्मीद न होती, तो निराश होकर दो सप्ताह बाद प्यादे को थमा देता बेमन से। फिर प्यादे को मौका मिलता। वह भी एकाध हफ्ता इंतजार करता कि कोई आए। फिर कुछ मिलने पर ही गाँव जाता। अगर एक तरफ कोई बड़ी पार्टी होती, तो उसके भेंट सहित अनुरोध करने पर वह नोटिस की पीठ पर लिख देता, ''पहुँचने पर फलाँ गैरहाजिर थे। गाँव का कोई आदमी गवाह बनने से इनकार कर दिया सो उसके

दरवाजे पर नोटिस साट दिया'' अथवा–''नोटिस लेने से इनकार किए...''

खैर...नोटिस पाने के बाद रमना और उसका पूरा परिवार परेशान था। उसकी पत्नी और दो बेटों तथा दो बेटियों पर भी नोटिस थी। उसमें तीन संतानें बिलकुल नाबालिग थीं। सबसे छोटी बिटिया तो पाँच साल की थी...रात-भर उन लोगों को नींद नहीं आई। उस समय तो उनका पार्टी नेता भी राँची गया था, एस. ई. सी. में मजदूरों की हड़ताल में पार्टी के बुलावे पर। आज दोपहर को ही घर के तीन आदमियों के सड़क पर काम करने की मजदूरी में कुल पचास रुपए मिले थे जिसमें से तीस रुपए का उसने दाना-पानी ले लिया था। शेष बीस रुपए में कचहरी ! ना, ना कचहरी तो बड़े-बड़ों को पानी पिला देती है, फिर उसकी क्या बिसात ? नोटिस भी तो शाम को मिली, वरना वह अनाज न खरीदता। उसे प्यादे ने सिर्फ़ इतना बताया कि मोसम्मात लौटनी बनाम रमना भुइयाँ वगैरह का मुकदमा है दफा 107 का, एस. डी. ओ. साहब के कोर्ट में। तारीख चौदह है इसी महीने में। आज से तीन दिन बाद। रमना के लाख चिरौरी-विनती करने पर भी प्यादा नहीं बता सका कि मामला आख़िर क्या है ? वह कैसे पढ़े–नोटिस तो अंग्रेजी में है...

गाँव के पढ़े-लिखे लोगों से तीन-चार बार पूछकर जब रमना आश्वस्त हो गया कि आज ही चौदह तारीख है, तो वह कचहरी के लिए बीस रुपया लेकर चल पड़ा। अरई से टटराडीह यही कोई चार मील दूर है, फिर भी वह पाँच बजे सुबह ही निकल पड़ा। उसने सोचा कि कस्बे के शुरू में ही मिश्रा वकील का घर है, सो उन्हीं से मामले पर बातचीत करके समझ-बूझकर उन्हीं को वकील रख लेगा। घबराए रहने के कारण रास्ते में दो-तीन बार वह 'आड़' (मेड़) पर से फिसल गया था।

वकील साहब से उसने दुआ-सलाम की और यह जानकर चित्त थोड़ा स्थिर हुआ कि अभी तक उनके यहाँ और कोई मुवक्किल नहीं आया है। फिर उसने नोटिस दिखाई। वकील साहब नोटिस देखकर मन-ही-मन खुश थे कि कोई गंभीर मामला नहीं है, लेकिन ऊपर से ऐसे भाव बनाए, गोया दफा तीन सौ दो का केस हो ! वे कहने लगे, ''तुम भी सुने होगे कि नए हाकिम बहुत कड़े हैं। उस पर मोसम्मात लौटनी की विधवा और बूढ़ी बेसहारा होने का फायदा भी मिलेगा। फिर तुम लोगों ने उसे खूब मारा-पीटा, बाल भी काट लिया और जान से मारने का प्रयास अभी कर रहे हो।''

''वकील साहब ! हम लोगों ने ऐसा कुछ नहीं किया है। वह 'पाहनिन' बनकर सबको धोखा देती है, इसीलिए हम लोगों ने ठगने का विरोध किया था, बस ! हम लोग तो रोज मजूरी करके ही खाते हैं उस पर भी दो जून की रोटी नहीं मिलती...'' रमना ने कहा। ''देखो भाई ! यहाँ सच-सच बता दो, यह अदालत नहीं है। मुझे सफाई मत दो। उसका कटा बाल तो हाकिम ने स्वयं देखा था अपनी आँखों से। फिर उसके हाथ में पट्टी बँधी होने की बात भी इस नोटिस में लिखी है।'' वकील साहब ने अपने मुवक्किल से जिरह की।

''वकील साहब ! यह सब मनगढ़ंत है। यह सब मुखिया की करतूत है। उसने

ज़मीन के मामले को लेकर हम गरीब मजदूरों को बिना मतलब केस में फँसाया है... ।'' रमना बता ही रहा था कि वकील साहब ने दूसरा सवाल किया, ''आपके बच्चे और पत्नी कहाँ हैं। उनके नाम भी तो नोटिस है।''

''वकील साहब ! वे सब यहाँ आते तो दिन भर की मजूरी डाँड़ जाती और शाम को...'' रमना आगे नहीं कह सका। इस पर वकील साहब ने बिगड़कर कहा, ''तुम लोग कचहरी नहीं समझते। वहाँ कानून किसी को नहीं छोड़ता। कहीं हाकिम वारंट इसू कर देंगे तो फिर जेल जाओगे। जब नोटिस ले लिया, तो अदालत में हाजिर होना बहुत ज़रूरी है, समझे।''

रमना की समझ में सिर्फ़ यही आया कि उसकी पत्नी और बच्चे अगली तारीख पर हाजिर नहीं होंगे, तो गड़बड़ हो सकता है। वह घबरा गया। वह सोच रहा था कि यदि वकील साहब को बीस रुपए नकद नारायण देकर बोहनी कराएगा, तो शायद उनका माथा ठीक हो जाए। तभी वकील साहब ने पूछा, ''अच्छा, बतावा डेट लेबा कि तारीख ?''

रमना ने माथा ठोंका कि इस उमर में भी उसे डेट-फेट तक नहीं मालूम और एक बुढ़िया लौटनी है कि मुखिया जायसवाल के यहाँ जाते-जाते सब जान गई है, तभी तो यह सब किया है। फिर वह सोचने लगा कि वकील को और अदालत में तो मुवक्किल को हर क्षण कुछ-न-कुछ देना पड़ता है, लेकिन यह तो लेने के लिए कह रहा है ! फिर प्यादे ने तारीख बताई थी। डेट के बारे में वह भी ससुरा कुछ नहीं बोला। जब उससे नहीं रहा गया, तो उसने प्यादे को एक मोटी-सी गाली अपने मन में दी और 'जो हुजूर उचित समझें' कहकर अपना भार हलका किया।

तब वकील साहब के नेत्र-संकेत से उनके ताइद ने अपना यह फर्ज समझा कि रमना को सब कुछ समझा दे। आख़िर ताइद होता किसलिए है। अंग्रेजी में तो पहले उसे 'टाउट' ही कहते थे।

''डेट के लिए सौ रुपए और तारीख के लिए पचास रुपए लगते हैं,'' ताइद ने मुंशीगीरी की। यह सुनकर रमना सोचने लगा कि तब तो डेट कोई स्टैंडर्ड चीज़ है, बाटा और टाटा की तरह। तारीख तो घिसी-पिटी घटिया बाजार की चीज़ लगती है—बनिए की हल्दी-मिर्च की तरह ! और बाटा-टाटा महँगा होने से टिकाऊ माना जाता है। फिर भी अपनी औकात आँककर उसने तारीख को ही मजबूरन पसंद किया और साग-सब्जी की तरह कुछ कम करने का मोल-तोल शुरू करता, इसके पहले ही मुंशी ने डाँट पिला ही दी। उसने बीस का नोट वकील साहब को देते हुए शेष अगली तारीख को देने के लिए वादा किया, तो वकील साहब गरम हो गए। फिर मुंशी ने बीच में पड़कर एक मौका देने को कहा। समय पर पहुँचकर रमना ने उस दिन हाजिरी दे दी थी। कोर्ट के एक चपरासी ने जोर से आवाज़ लगाई, ''मोसम्मात लौटनी...मोसम्मात लौटनी बनाम रमना वगैरह...मोसम्मात लौटनी बनाम रमना हाजिर हो...ओ... ।''

थोड़ी देर में कचहरी खचाखच भर गई। काले कोट और गाउन में वकील साहबान

आगे की बेंचों पर बैठ गए और पीछे दरवाजे के बरामदे तक सिर ही सिर नजर आ रहे थे।

नंबर आने पर साहब ने सभी प्रतिवादियों के बारे में पूछा जिन्हें नोटिस दी गई थी। लेकिन रमना ने दोनों हाथ ऐसे उठाए थे मानो गोवर्धन उठाया हो। फिर वादी के वकील माधव बाबू ने कहना शुरू किया, "हुजूर ! जिन लोगों को कानून और अदालत से भी डर न हो उससे गाँव के लोग कितना डरते होंगे इसका अंदाज़ योरऑनर ही लगा सकते हैं। इससे साफ जाहिर है कि अभी इन लोगों ने मोसम्मात लौटनी का बाल ही काटा है, सिर-पैर तोड़ा है, तो कभी भी जान से मार सकते हैं। उस बेचारी को यदि इस न्याय-मंदिर में न्याय नहीं मिला, तो वह अनाथ इस दुनिया से चल बसेगी...।"

इस पर वकील मिश्रा ने जवाब दिया, "हुजूर ! रमना के तीन नाबालिग बच्चों पर भी नोटिस हो गई है, उसकी पत्नी पर भी नोटिस हो गई है और यह इतना सीधा-सादा मामला नहीं है जितना मेरे लायक दोस्त अदालत को गुमराह करके बताना चाहते हैं। इसके पीछे ज़मीन की लड़ाई है। बरसों से उस गाँव में सामंत, जुल्मी और शोषक जमींदारों के खिलाफ़ गरीब हरिजन मजदूरों का संघर्ष न्यूनतम मजदूरी और उनकी मौरूसी जायदाद के नाज़ायज़ रूप से हड़पने के कारण चल रहा है। मोसम्मात लौटनी को जमींदारों ने अपना ढाल बनाया है क्योंकि उसका लड़का मुखिया का 'बराहिल' है और अपने स्वार्थ के लिए मो. लौटनी को यह ढोंग करना पड़ रहा है।..."

साहब ने एक बार रमना की ओर देखा, तो उसकी गरीबी उसके कुर्ते के झरोखों से साफ झाँक रही थी। उसका मासूम चेहरा समय और परिश्रम की झुर्रियों से ऐसा दब गया था कि उम्र को आँकना मुश्किल हो रहा था। अतः अगली तारीख को 'लास्ट चांस' कहकर उन्हें फुर्सत दी गई कि उसी दिन बालिग-नाबालिग का निर्णय बच्चों को देखकर किया जाएगा। पर ज्यों ही उन्होंने मामले को पेचीदा देखकर उसकी जाँच खुद करने के लिए कहा, वैसे ही वादी वकील ने कहा, "योरऑनर ! आप अपनी व्यस्तता से जाँच के लिए समय नहीं निकाल पाएँगे शायद, इसीलिए यदि किसी मजिस्ट्रेट को जाँच के लिए दे दिया जाए, तो जल्दी होगी।"

लेकिन साहब ने जाने क्या सोचकर अपनी जाँच की तारीख निर्धारित कर दी।

आज जाँच की तारीख थी, इसलिए साहब ऑफिस के समय से पहले ही तैयार हो गए थे। जाने के पहले अखबार आ गया, तो उलट-पुलटकर देखने लगे। फिर जल्दी से चौथा पृष्ठ पलटे जहाँ स्थानीय समाचार छपते थे। टटराडीह का एक छोटा-सा समाचार था, "विश्रामपुर में सड़क बनने में घपला।" वे पूरा समाचार पढ़ गए कि रामपुर-विश्रामपुर सड़क में मरे पत्थर लगाए जा रहे हैं जिससे स्थानीय जनता में रोष व्याप्त है। अतः उन्होंने ड्राइवर से थर्ड ऑफिसर को तुरंत लेकर आने को कहा।

एस. डी. ओ. साहब ने थर्ड ऑफिसर को इटखोरी भेजकर शाम तक जाँच कर

लौटने को कहा—इस आदेश के साथ कि, "यदि सचमुच मरे पत्थर लगाए गए हों, तो काम बंद करा दीजिएगा।"

खुद अरई पहुँच गए। दोनों तरफ काफी संख्या में लोग जुट गए थे। मोसम्मात लौटनी के वकील साहब भी पहले से विराजमान थे। साहब ने वकील साहब को लोगों के कह लेने के बाद ही अपनी बात कहने के लिए मौका दिया।

एस. डी. ओ. साहब ने रमना के बजाय तीन-चार बुजुर्गों को दोनों तरफ से छाँटकर एक-एक बात पूछनी शुरू की। लोगों ने जो घटना का इतिहास बताया, वह इस प्रकार है :

मुखिया रामप्रसाद जायसवाल के पिता तिलकू सेठ एक मशहूर साहूकार थे जिनके यहाँ लोग जेवर, खेत आदि रेहन रखते थे। वे सूद पर सूद लादते जाते और मजबूर लोग जेवर, खेत आदि नहीं छुड़ा पाते। अंततः उसका कागज-पत्र बनवाते, इकरारनामा करवाकर बाद में बिक्रीवाला भी कागज बनवा लेते।

पिता के मरने के बाद रामप्रसाद ने कारोबार सँभाल लिया। चूँकि वे लोग टटराडीह कस्बे के रहनेवाले थे, इसलिए वहाँ से चार मील दूर खेती-बारी की देखरेख स्वयं करना संभव नहीं था। इसलिए उसने वहाँ एक 'भंडार' बनाया जिसमें अनाज मड़ाई के बाद रखा जाता और फिर टटराडीह या गया मंडी में बिकने जाता। उस भंडार में उसके घर का कोई नहीं रहता था, सिवाय रमेसर महतो के, जो अरई का था और मुखिया का 'बराहिल' था। रमेसर महतो एक हल का किसान था लेकिन उसके तीन जवान बेटे, पत्नी, पतोहू और खुद इतना परिश्रम करते कि उसका अपना खेत कम पड़ जाता। इन दो तथ्यों को देखकर ही रमेसर महतो को रामप्रसाद जायसवाल ने अपना 'बराहिल' बना लिया था, जो धीरे-धीरे पूरी व्यवस्था करते-करते स्वयं को भी मालिक समझ लिया था। जब उसे कोई बराहिल के बजाय मैनेजर कहता तो वह उतना ही खुश होता जितना हवलदार—दारोगा कहने पर।

धीरे-धीरे रामप्रसाद की धाक जम गई। वह स्थानीय नेता-सा बन गया। पढ़ाई-लिखाई तो ज़्यादा की नहीं, बपौती धंधा सँभालने के लिए उसके तीन लड़के थे ही। सो नेतागिरी के सिवाय बचा ही क्या था ? उधर धंधे को चलाने और बेहतर बनाने के लिए वही एक रास्ता सस्ता, सुंदर और टिकाऊ था।

फिर किसी तरह पंचायत-सेवक, ग्राम पंचायत पर्यवेक्षक और बी. डी. ओ. से मिलकर उसने अपना नाम अरई पंचायत की निर्वाचन सूची में दर्ज़ करा लिया। निर्वाचन कार्यालय के पास न तो कोई आपत्ति किसी ने की और न उसे ही गरज़ थी कि वह सबकी तहकीकात गहराई से करे। आख़िर कुआँ प्यासे के पास क्यों जाए !

इसके बाद पंचायत का चुनाव हुआ, तो वह मुखिया का चुनाव अरई से जीत गया। अरई के लोग यह सोच भी नहीं सकते थे कि वह जीत जाएगा। तब से मुखिया के इशारे पर रमेसर भी शोषण करने लगा मानो सारे रेहन रखे जेवर या खेत उसे भी हिस्से में मिलेंगे। सो वह भी हरिजनों को निम्नदृष्टि से देखता और कम मजदूरी भी देता।

जब बुआई शुरू होती, तो दस-बारह हल जबर्दस्ती मुखिया के खेत में चलाना पड़ता छोटे किसानों को और उसकी कुछ भी मजदूरी नहीं मिलती। जो माँगने की हिम्मत करता, उसे गाँव के सार्वजनिक तालाब से सिंचाई भी नहीं करने दी जाती और अंचल कार्यालय से लगान वसूली में कड़ाई करके बदला ले लिया जाता—राजस्व कर्मचारी से मिलकर।

लेकिन पिछले साल से हवा कुछ बदली है। मजदूरों ने एक सभा करके अपना दुःख-दर्द एक दूसरे को सुनाया। अरई का ही झब्बर भुइयाँ राँची में पंडरा में, जहाँ अनाजों की बड़ी मंडी है—बाजार समिति की दुकानें हैं, मोटिया मजदूर का काम बरसों से कर रहा है। वहाँ मजदूरी बढ़ाने के लिए मोटिया भी अनिश्चितकालीन हड़ताल कर देते हैं, जिसका असर बड़े जिलों के अलावा टटराडीह जैसे कस्बों में भी स्पष्ट रूप से पड़ता है। झब्बर वहाँ इसकी नीति और सिद्धांत समझ गया था। हाँ, उसने ही उसका प्रयोग अरई में पिछले साल किया था।

पिछले साल मजदूरों ने तय कर लिया था कि वे मुखिया के खेत में काम नहीं करेंगे और न बाहरी मजदूरों को अरई में घुसने देंगे। यह प्रयोग काफी हद तक सफल रहा। मुखिया की फसल आधी-तिहाई बर्बाद हो गई। आख़िर रमेसर महतो का परिवार कब तक कटनी करता, फिर बरसात हो गई और काफी धान नष्ट हो गया।

लेकिन आगे बहुत गड़बड़ हो गई। झब्बर के बूढ़े बाप कब्बर को एक रात बदमाशों ने जान से मार दिया। केस-मुकदमा हुआ। पुलिस-मजिस्ट्रेट आए लेकिन कोई गिरफ्तारी आज तक नहीं हुई। हरिजनों में निराशा व्याप्त हो गई और लगा कि सब कुछ राख हो जाएगा—कब्बर की लाश के साथ।

परंतु कुछ दिनों बाद झब्बर ने अपने को सँभाला। अपने ग्रामीण भाइयों को सँभाला और कब्बर के नाम पर 'शहीद समाधि' की स्थापना की गई। मजदूरों में फिर से जोश आ गया। अब लोग और गंभीर तथा जुझारू हो गए। सबने खुले आम प्रतिज्ञा की कि वे अपनी ज़मीन वापस लेकर रहेंगे, "अगर मरेंगे तो धरती पर, अगर जिएँगे तो धरती पर।"

और तब मुखिया को इस 'मजदूर मोर्चा' से पछाड़ खानी पड़ी। वे कचहरी में भी नहीं जा सकते थे क्योंकि उनके बिक्री के—वालों में कइयों के फर्जी दस्तखत हैं—जो दस्तखत करते थे उनका ठप्पा है और जो अगूँठा छाप थे, उनके दस्तखत हैं। फिर वह गैरमजरूआ ज़मीन में से भी बीस बीघा दबा लिए हैं नाज़ायज़ ढंग से। कर्मचारी की मिलीभगत से 1977 में वह रसीद अपने नाम कटवा लिए। और उसके पहले उस ज़मीन पर किसी की रसीद ही नहीं कटती थी। वह ज़मीन अरई के हरिजनों को सरकार से बंदोबस्त होनेवाली थी लेकिन उसकी जगह गलत खाता-प्लाट की ज़मीन का पर्चा सन् उन्नीस सौ सतहत्तर में हरिजनों को दिया गया जिसका कहीं कोई नामोनिशान तक नहीं है, इस मौजा-पंचायत में।

तब से मुखिया अरई नहीं आता। मजदूर मोर्चा भी बढ़ता जा रहा है। रमेसर महतो की ढाल आख़िर कब तक मुखिया को काम देगी। मोसम्मात लौटनी को रमेसर ने

जबर्दस्ती कचहरी भेजा था उसकी इच्छा के विरुद्ध। वह बार-बार ऊपरवाले से डरने और नीचेवालों से लजाने की बात कहती रही थी।

एस. डी. ओ. साहब के पूछने पर लौटनी ने हामी भरी। उन्होंने हरिजनों के बाप-दादों के नाम बहुत पहले की कटी रसीदें देखीं। कुछ गवाहों का हस्ताक्षर–ठप्पा लिया और सोचते-विचारते वापस लौट गए। उनके आवास पर पहुँचने के पहले ही थर्ड ऑफिसर जाँच करके वापस आ चुके थे। उन्होंने पूछा, ''किस ठेकेदार की बदमाशी है ?''

''सर ! रामप्रसाद जायसवाल मुखिया का लड़का विनोद ही उस सड़क का कांट्रैक्टर है। वास्तव में मरे पत्थर लगाए जा रहे हैं। मैंने आदेशानुसार कार्य बंद करा दिया। और सर ! वहाँ मजदूरों को न्यूनतम मजदूरी भी नहीं मिल रही है...'' थर्ड ऑफिसर ने विस्तार से बताया।

दूसरे दिन एस. डी. ओ. साहब जिला मुख्यालय मीटिंग में चले गए। सेकंड ऑफिसर के पास मजदूर मोर्चा के कुछ कार्यकर्त्ताओं ने एक लाल पर्चा दिया जिसमें चौदह तारीख को टटराडीह में 'सामंती जुल्म के खिलाफ़ प्रदर्शन' था।

सेकंड ऑफिसर ने डी. एस. पी. और थाना को आवश्यक बंदोबस्त करने के लिए लिख दिया संवेदनशील चौकी/गलियों में मजिस्ट्रेट और सशस्त्र पुलिस बल की प्रतिनियुक्ति कर दी गई।

परंतु प्रदर्शन के एक दिन पूर्व गुप्त रिपोर्ट मिली कि मुखिया का गुट भी उसी दिन प्रदर्शन करनेवाला है। संभवतः मुठभेड़ करने का इरादा है क्योंकि मजदूर मोर्चा के पर्चे में ग्यारह बजे दिन में प्रदर्शन करने की बात लिखी थी और इसीलिए मुखिया के 'किसान मोर्चा' ने वही समय अपने लिए भी चुना था।

जब एस. डी. ओ. साहब को इसकी जानकारी हुई, तो उन्होंने मोर्चा के सचिव को समय बदलने के लिए कहा और वे लोग समझाने-बुझाने पर मान गए।

आज जयमंगल चौक, नादिर अली चौक, अंबेदकर चौक आदि संवेदनशील स्थानों पर स्टेटिक मजिस्ट्रेट और सशस्त्र पुलिस बल सुबह छह बजे से ही तैनात हैं। इसके अलावा रामनारायण रोड, राजेंद्र रोड, गाँधी पथ, नागार्जुन पथ आदि पर पैट्रोलिंग पार्टियाँ गश्त कर रही हैं। विधि-व्यवस्था के वरीय प्रभारी सेकंड ऑफिसर बनाए गए हैं, सो उनकी लाल बत्ती की गाड़ी कभी-कभी मुआयना करने शहर की ओर जाती रहती है।

करीब साढ़े दस बजे मुखिया अपने बीस-पच्चीस समर्थकों के साथ जयमंगल पांडे चौक से जुलूस लेकर चले आ रहे थे–कचहरी की तरफ। नारे की मुर्दानगी से लगता था कि समर्थक नहीं, किराए के टट्टू हैं, जो पैसे पर लट्टू हैं। कोटा पूरा करने के लिए वे लोग एक-दो नारे बेमन से लगा रहे थे, ''संघर्ष नहीं यह स्वार्थ है, मजदूरों को धिक्कार है'' इस नारे का उच्चारण मुखिया के साथ के कुछ मजदूर पंद्रह रुपए के चलते मंत्रों

की तरह बार-बार रुक-रुककर कर रहे थे। फिर "ज़मीन से फौरन हटाना होगा, वरना गोली खाना होगा", "अरई में अंधेर करो मत, वरना अरवल बन जाएगा" आदि शाब्दिक पटाखे इस कदर छूट रहे थे कि आपस में गड्‌मड्‌ हो गए थे। एक बार तो आवाज़ आई "अरई से अंधेर हटा तो फौरन...गोली...खाना होगा।"

फिर उन लोगों ने अपना बारह पन्नों का ज्ञापन दिया जिसमें मुखिया की अरई स्थित चालीस बीघा ज़मीन की हरिजनों द्वारा नाज़ायज़ हड़पने की बात मुख्य थी। शेष लौटनी के से मामले थे। साहब के विस्तार से पूछने पर कि अब तक उन्होंने केस क्यों नहीं किया, कब से वे बेदखल हैं आदि के उत्तर में कभी वे उसके तीन-चार वर्षों से परती पड़े रहने की बात कहते तो कभी कहते कि पिछले साल भदईं लगाए थे जिसे हरिजनों ने बर्बाद कर दिया। कागजात बाद में दिखाने का वे वादा किए। कुछ देर में जाँच कर आवश्यक कार्रवाई करने का आश्वासन पाकर वे लोग वापस चले गए।

करीब डेढ़-दो घंटे बाद दूसरा जुलूस कचहरी में आया। एक हजार की संख्या का दावा उसके नेताओं ने किया था, परंतु गुप्त रिपोर्ट के अनुसार सात सौ की भीड़ थी। फिर भी पहले जुलूस की संख्या का कई गुना। लोगों के हाथ में एक-एक लाल झंडी भी थी—कोई कपड़े की, कोई कागज की। उन्होंने 'इंक्लाब जिंदाबाद' से शुरू किया फिर 'शहीद झब्बर अमर रहे', 'जो हमसे टकराएगा चूर-चूर हो जाएगा', 'स्वार्थ नहीं संघर्ष है, मजदूरों का उत्कर्ष है', 'अरवल नहीं यह अरई है, जमींदार की गिरती पगड़ी है',. ..आदि तमाम नारे ध्वनि-प्रतिध्वनि कर रहे थे। फिर उन्होंने 'हम होंगे कामयाब एक दिन...' का क्रांतिकारी गीत गाया और तीन लोग ज्ञापन देने चले गए।

ज्ञापन में मात्र पाँच प्वाइंट थे। पहला प्वाइंट था कि अरई की बीस एकड़ गैरमजरुआ ज़मीन मुखिया रामप्रसाद जायसवाल से मुक्त करके हरिजनों में बाँटी जाए।

दूसरे, अरई में मुखिया ने जिन गरीबों की करीब बीस एकड़ ज़मीन रेहन रखी थी, उसे नाज़ायज़ रूप से सूदखोरी की बदौलत वे हड़प लिए, वह संबंधित रैयतों को वापस की जाए और मुखिया पर धोखाधड़ी आदि का मुकदमा चलाया जाए।

तीसरे, मुखिया रामप्रसाद जायसवाल जन्मजात टटराडीह कस्बे का निवासी है। उसके पिता तिलकू सेठ मशहूर साहूकार थे—टटराडीह के और अभी भी उसकी पत्नी और लड़कों के नाम वहाँ नगरपालिका के वार्ड नं. 2 में दर्ज़ हैं परंतु उसने अपना नाम अरई पंचायत की निर्वाचन सूची में मुखिया बनने के स्वार्थवश गलत ढंग से दर्ज़ कराया है, उसकी जाँच कर उसका नाम अरई पंचायत से हटाया जाए।

चौथे, मुखिया के विरुद्ध चार वर्षों से चल रहे न्यूनतम मजदूरी के सात केसों का निस्तार शीघ्र किया जाए और अनावश्यक रूप से साक्ष्य के नाम पर विलंब न किया जाए।

और अंतिम प्वाइंट था कि मुखिया की शह पर अरई के गरीब हरिजन-मजदूरों पर उनके बराहिल रमेसर महतो और मो. लौटनी द्वारा दायर किए गए झूठे मुकदमों को जाँच कर खारिज किया जाए।

और अंत में नोट को रेखांकित करते हुए लिखा गया था, ''यदि हमारी इन पाँच जायज़ माँगों पर एक माह में आवश्यक कार्रवाई न की गई, तो मजदूर मोर्चा द्वारा सक्रिय आंदोलन चलाया जाएगा जिसकी पूरी जिम्मेदारी प्रशासन की होगी।''

फिर वे लोग ज्ञापन देकर 'गुलमिया अब हम नहीं वजइबो अजदिया हमरा के भावेले...' गाते हुए चले गए।

एस. डी. ओ. साहब अपने बँगले पर आए परंतु बेचैन थे। सारी रात वे करवटें बदलते रहे। अरई का निदान सोचते रहे। मुखिया की ऊपर तक की पहुँच सोचकर एकाध बार विचलित हो जाते। वे सोचने लगते कि पिछले स्थान पर भी उन्हें पूरी अवधि तक नहीं रहने दिया गया। सिर्फ़ छह महीने में उनका स्थानांतरण टटराडीह के लिए हो गया था। वहाँ भी कुछ नेताओं पर की गई कार्रवाई ही स्थानांतरण का कारण थी। यह सही है कि इस मुखिया की जान-पहचान, हित-नात, उठना-बैठना पटना में कुछ मंत्रियों के यहाँ है। वह कभी भी उनका सहारा ले सकता है। फिर आजकल यह भी तो परंपरा है कि जो ईमानदार अधिकारी सीधे नहीं मानते, उसके खिलाफ़ चार-छह दरख़ास्त ऊपर से नीचे तक ठोंक दी जाती है। और पहली प्रति राष्ट्रपति या प्रधानमंत्री से शुरू होती है। कहीं-न-कहीं से कुछ-न-कुछ जाँच-पड़ताल होगी ही और इससे उन्हें मानसिक तनाव तो होगा ही। फिर जाँच न भी हुई, तो कम-से-कम चार-छह विभागों के अधिकारियों और मंत्रियों की नजरों में उनकी छवि धूमिल हो सकती है क्योंकि बार-बार दर्पण में देखने से चेहरा बदलता-सा लगता है। किसी सच्चे अधिकारी के लिए नाम या छवि ही उसकी सबसे कीमती धरोहर है। इसके अतिरिक्त झूठे मुकदमों में फँसाना सबसे आसान है। थाने में रपट दर्ज़ भले न हो, इधर-उधर थोड़ी दौड़-धूप करने पर कोर्ट में कंप्लेंट केस हो जाता है। किसी वकील की मार्फत। फिर अखबारों में कहीं छप गया कि 'एस. डी. ओ. के विरुद्ध बलात्कार मुकदमा दर्ज़' तो केस भले बिलकुल झूठा हो, लेकिन बाहर के हजारों पाठकों के लिए तो वह एक सच्ची खबर है। फिर बाद में उसका खंडन अखबार के ऐसे कोने में छपता है, कि संपादक के सिवा शायद ही किसी की नजर पड़े उस पर। फिर संपादक महोदय ज़्यादा उदार और नेकदिल होंगे, तभी वह खंडन भी छपेगा, वरना छोटे-मोटे कस्बों के ऐसे अधिकारियों की कौन सुननेवाला है ?

इतने से भी यह नहीं अघाएगा, तो दो-चार अपराधी पीछे लगा देगा। अक्सर टटराडीह के जंगली इलाकों से गुजरना पड़ता है। पिछले वर्ष जंगल के मोड़ पर वन संरक्षक को अपराधियों ने लूटा था और इस वर्ष डी. एफ. ओ. और बी. डी. ओ. को। उन दोनों को तो पीटा भी था। आख़िर कत्थे के नाजायज़ धंधे में इस मुखिया के लड़के भी तो शामिल रहते हैं। पिछले साल एक तो रँगे हाथ पकड़ा भी गया था...

परंतु थोड़ी देर में जागृत होकर वे सोचते-से लगते—नहीं-नहीं, चाहे जो हो, मुखिया को ज़मीन छोड़ना ही होगा। कल वे खुद अंचल ऑफिस जाकर खाता-खतियान, बुझारत पंजी, जमाबंदी पंजी वगैरह देखकर इसकी गहराई से तहकीकात करेंगे। आख़िर सरकार उन्हें गरीबों की मदद के लिए ही पदस्थापित करती है। स्थानांतरण से डरकर सरकारी

नौकरी नहीं की जा सकती। स्थानांतरण से कुछ परेशानियाँ भले हों, लेकिन दंड नहीं माना जाता।

दूसरे दिन वे क्षेत्र में भ्रमण-निरीक्षण करने गए जहाँ स्कूल-भवन, पंचायत-भवन और जलधारा के तहत कूप निर्माण की कई योजनाएँ चालू थीं। यद्यपि 'डिस्टर्ब्ड एरिया' कहकर उच्चाधिकारी उधर कम ही जाते, लेकिन उन्हें इसकी कोई चिंता न थी। उनका मानना था कि लोगों की समस्याएँ प्रत्यक्ष रूप से न जानने पर वे और अधिक गंभीर हो जाएँगी।

शाम को लौटे तो देखा कि उनके बँगले पर थर्ड ऑफिसर एक कागज का पुलिंदा लेकर पहले से ही बैठे थे। एस. डी. ओ. साहब ने उनसे पूछा, "कहिए जनाब ! खैरियत तो है ?"

फिर थर्ड ऑफिसर ने कागज दिखाते हुए कहा, "सर ! विश्रामपुर-रामपुर सड़क के निर्माण का जो कार्य घटिया होने के कारण रोक दिया गया था, उसे क्वालिटी कंट्रोल विंग ने 'क्लीन चिट' दे दी है और अभ्युक्ति कॉलम में 'क्वालिटी अप टू द मार्क' लिखा गया है।" वह सुनते ही एस. डी. ओ. साहब एकाएक गंभीर हो गए। वे कुर्सी पर से उठ खड़े हुए और दस फिट की दूरी में आने-जाने लगे। वे कागज के टुकड़े को ऐसे घूरने लगे गोया उनकी आस्था का डेथ वारंट हो। फिर उचककर बोले, "हाँ मिस्टर दास ! इंजीनियर-इंजीनियर मौसेरे भाई होते हैं। लेकिन हम अरई को अरवल कतई नहीं बनने देंगे। कम वेट एंड सी।"

वे सारी रात बेचैन रहे। अपनी पत्नी से बार-बार इस प्रकरण का उल्लेख करते। पत्नी अपने अंदर की परेशानी चेहरे पर नहीं आने देतीं बल्कि उन्हें सांत्वना देतीं।

सुबह करीब नौ बजे थे कि फोन की घंटी घनघनाने लगी। उनका नौकर रसोई में काम कर रहा था, तो उन्होंने ही चोंगा उठा लिया, "कौन ?"

"एस. डी. ओ. साहब ?"

"जी हाँ, आप कौन ?"

"मैं विधायक बी. डी. सिंह बोल रहा हूँ। भाई, काहे तंग कर रहे हैं मुखिया जायसवाल को ? बेचारे बड़े सज्जन आदमी हैं। रामप्रसाद बाबू अपनी पार्टी के पुराने कार्यकर्त्ता हैं। मगर आज घबराए हुए यहीं बैठे हैं। वे कहते हैं कि आपके रहने से उनका जीना दूभर हो जाएगा। लेकिन मैंने सोचा कि बात बढ़ने के पहले मैं आपसे ही बात कर लूँ। बताइए न क्या करूँ ! परसों कैबिनेट की बैठक है,..." राजधानी से आती आवाज़ में वहाँ के हवा-पानी की बू सूँघकर एस. डी. ओ. साहब ने चोंगा पटक दिया। दो दिनों तक वे बेचैन रहे किंतु अपने इरादे से नहीं डिगे। उन्होंने मुखिया का नाम अरई पंचायत की निर्वाचन सूची से काटने का आदेश पारित कर दिया। रमना के खिलाफ़ झूठे मुकदमे को खारिज कर दिया और गैर-मजरुआ ज़मीन पर मुखिया के नाम खुली जमाबंदी रद्द कर दी।

यह तो जल में रहकर मगर से बैर था।

आज बुधवार है। कक्षा दो में पढ़ती बिटिया के स्कूल में नेहरू शताब्दी समारोह है। इसलिए वह खूब सज-धज रही है और चाय का प्याला लाती हुई वह बोली, ''पापा ! चाचा नेहरू की याद में आज से मेरे 'अपने उत्सव' शुरू होगा। खूब मजा आएगा इस हफ्ते।''

''प्राची ! लगता है उत्सव अपना नहीं गैरों का है। अब दूसरे स्कूल में नाम लिखाना होगा...'' अखबार में अपने ट्रांसफर की खबर पढ़ते हुए वे बोले–मुँह से कम, आँखों से ज़्यादा। उनके होंठ फड़क रहे थे और दाएँ हाथ की अँगुलियाँ मुट्ठी की शक्ल ले रही थीं।

# आँचल

गाँव—मधुवन मौजा उजियारपुर।

थाना—महमूदपुर।

तौजी नं. तेरह। खाता नं. तीन सौ।

खेसरा नं. चार सौ नौ।

रैयत का नाम—रामकली।

''पति का नाम...?''

''पति का नाम बताइए ?''

''...।'' गर्मी काफी थी और मुहर्रिर काम जल्द निपटाना चाहता था, इसलिए इस बुजुर्ग महिला की चुप्पी पर वह तनिक गुस्से में आ गया। महिला बुजुर्ग न होती तब वह अपना गुस्सा ज़्यादा रोबीले अंदाज़ में दागता लेकिन रहम करता हुआ बोला, ''मैं आपके पति का नाम पूछ रहा हूँ।''

और इस बात की चुप्पी पर मोहर्रिर थकान महसूस करने लगा। कानूनगो की ओर मुखातिब होकर बोला—लीजिए साहब, प्रथम ग्रासे मक्षिका पातः। शुरुआत ही खिचखिच से हुई।

''तो फिर पिता का नाम बताइए ?'' कानूनगो ने बात दूसरी तरफ मोड़ दी। उसने गौर किया कि महिला की माँग में सिंदूर नहीं है और इसके साथ ही उसके मन में यह विचार आया कि शायद विधवा हो और पति का नाम लेना उसे कष्टप्रद महसूस हो रहा हो।

''...''

''तो ठीक है, मत बताइए। हमारे पास इतना समय नहीं है। हम यह खाता-खेसरा बिहार सरकार के नाम दर्ज़ कर देते हैं,'' अमीन की आवाज़ में झुँझलाहट थी और आक्रोश भी।

और सचमुच मोहर्रिर ने खाता नं. तीन सौ, खेसरा नं. चार सौ नौ बिहार सरकार के खाते में दर्ज़ कर दिया। कैफियत कॉलम में लिखा-बकब्जे रामकली।

सर्वे बंदोबस्त विभाग का दस्ता था जो सर्वे के सिलसिले में अभिलेख अद्यतन करने के सिलसिले में घर-घर जाकर भू-अभिलेख-संबंधी मामलों की जाँच कर रहा था। दस्ते ने दूसरे घर के दरवाजे पर दस्तक दी।

मोहर्रिर लिखने लगा—गाँव मधुवन, मौजा उजियारपुर। थाना—महमूदपुर। नाम—मरियम, मोसम्मात मरियम। जौजे...

"..."

"बताइए, नहीं तो यह भी बिहार सरकार के खाते में दर्ज़ हो जाएगा।" अमीन ने गुस्से में कहा।

लेकिन चुप्पी बरकरार रही। उसकी आँखें भर आईं। और चुप्पी का मतलब बिहार सरकार को एक खाते का और फायदा हुआ।

धीरे-धीरे पूरी टीम सारे गाँव में घूम-घूमकर नापी-जोखी, जाँच-पड़ताल करती रही। कहीं लाल झंडी गाड़ी जाती और जंजीर की सीध लेकर नापी होती, कहीं एक मानक लाठा ज़मीन पर चलाया जाता था। प्लेन टेबल पद्धति से नक्शे पर रकबा मिलान किया जाता। ज़मीन पर मुरब्बा निकाला जाता। लेकिन 'घर-घर देखा, एक ही लेखा' वाली कहावत चरितार्थ सिद्ध हुई। जब पति या पिता का नाम बताने को कहा जाता, तो लोग अपना सिर नीचे झुका लेते और मौन हो जाते। सर्वे बंदोबस्त विभाग के स्टाफ इस पर खफा हो जाते और खानापूरी के दौरान उन सभी खातों पर बिहार सरकार इंदराज कर देते।

कानूनगो को यह गाँव अजूबा लगा। पूरे गाँव में कोई मर्द अभिभावक नजर नहीं आया। इधर के गाँवों में यह अक्सर देखा जाता है कि मर्द कम रहते हैं क्योंकि ज़्यादातर लोग बगल की सीमेंट फैक्ट्री में काम करते हैं। किंतु एक भी अभिभावक मर्द का न होना अजीब बात लगी। गाँव में मर्द नजर नहीं आते थे लेकिन कागजात पर तो रहने चाहिए थे। कागजात में भी महिलाओं के ही नाम दर्ज़ हैं। आख़िर माजरा क्या है। उसने सुना था कि केरल के मालावार क्षेत्र और असम के कुछ जिलों में मातृसत्तात्मक रिवाज है। लेकिन यह तो सूबे बिहार का गाँव है।

शाम को सभी स्टाफ कैंप में वापस आ गए थे। कैंप प्रभारी तंबू के अंदर बैठे अपना काम कर रहे थे। सबके पहुँचने पर चाय बनाई गई और सभी चाय पीने लगे। अमीन ने चाय पीते-पीते कहा, "साहब ! आज तो आप बहुत खुश होंगे। आज बिहार सरकार के नाम पर ही सारे-के-सारे खाते खुले हैं..."

"यही स्थिति रही तो चारों ओर सरकार-ही-सरकार नजर आएगी।" कानूनगो ने कहा।

"आख़िर माजरा क्या है ?" प्रभारी ने पूछा।

"सर, मधुवन में कोई मर्द नजर ही नहीं आता। औरतें ही औरतें भरी पड़ी हैं। बच्चे भी हैं। लेकिन कोई पति या पिता का नाम ही नहीं बताता—गोया सभी विधवा या कुँवारी हों। तब भी उनका कोई बाप तो रहा ही होगा।" अमीन ने कहा।

"आप लोगों ने कितने लोगों से बातचीत की ?"

"सर, हम लोग पूरे गाँव में घर-घर गए। लेकिन सब पर चुप्पी छाई है। कोई कागज भी नहीं है उन लोगों के पास। ज़्यादा कुरेदने पर उनकी आँखें नम हो जाती हैं और

हमारे सवालों का जवाब वे सिर्फ़ आँसुओं में देने लगती हैं। फिर ज़्यादा विस्तार से पूछने पर कोई हमें गलत भी समझ सकता है।'' मोहर्रिर ने कहा।

युवावस्था में कविताएँ लिखनेवाला कैंप प्रभारी बेचैन हो गया। उसे लगा कि इन बेनामी औरतों-बच्चों के इर्द-गिर्द जरूर कोई कहानी होगी। उसे अपने गाँव की पुजारिन की याद आ गई जिसके अपूर्व सौंदर्य और अविवाहित जीवन को लेकर लोग तरह-तरह की कहानियाँ कहते थे। क्या पता ऐसी ही पुजारिनों से भरा हो, यह गाँव। इन अमीन-मोहर्रिरों का क्या ? ठीक से पूछा भी तो नहीं होगा। ठीक से पूछने पर वे क्या नहीं बतलातीं सब कुछ !

बाकी लोग खाना बनाने में व्यस्त हो गए, तो वह उस गाँव का पुराना सर्वे खतियान वगैरह निकालने लगा। जिन तौजी नंबरों और खातों की बात हो रही थी, वे जमींदार गुमान सिंह वल्द मोछिंदर सिंह के नाम दर्ज़ थे। उन्होंने उसकी वंशावली उठाकर देखी, तो उसमें खासा बड़ा परिवार है—गुमान सिंह के छः लड़के और उन सबके दो-दो, तीन-तीन लड़के हैं और अभी जिंदा हैं। यानी ये खाते नाबल्द नहीं हैं, तो रामकली या मरियम कहाँ से आ गईं ? वह सारी रात सोचता-विचारता रहा। बीच-बीच में बड़े साहब की सख्ती भी नजर आने लगती। बड़े साहब किसी भी समय औचक निरीक्षण कर सकते हैं और सबको लेने-के-देने पड़ जाएँगे। उन्हें ऐसा लगता कि उनका शिविर-घर गिर रहा है और वे उसमें दब रहे हैं। एक बार वह चिल्लाए भी। बाहर उठकर देखा तो कुछ नहीं—सिवाय अँधेरे के। उन्हें लगा कि रात बहत्तर घंटे की हो गई है।

दूसरे दिन प्रभारी खुद मधुवन के लिए चल पड़ा और बाकी स्टाफ को बगल के गाँव में भेज दिया।

गाँव सचमुच मधुवन था। पेड़-बागों और फूल-पत्तियों से भरा था गाँव। एक किनारे एक सुंदर-सा भरपूर प्रवाहवाला नाला था, जो गाँव के आँचल या चुनरी की तरह प्रतीत होता था। प्रभारी को युवावस्था में लिखी गई अपनी ही कविता की एक पंक्ति याद हो आई और मन अगर की बत्तियों जैसी सुगंध से भर गया।

गाँव पहुँचने पर जिस पहले घर पर उसने दस्तक दी, एक बुजुर्ग और तीखे नक्शवाली महिला निकली। कानूनगो ने इतने विस्तार से मरियम का परिचय दिया था कि उसे यह समझते देर न लगी कि निश्चय ही यही मरियम है। उसे एक बार फिर अपने गाँव की पुजारिन याद आ गई। अपने को जब्त रखते हुए उसने पूछा, ''माँ जी ! क्या मधुवन गाँव यही है ?''

''माँ ! ! ! यह साहबनुमा आदमी माँ बोलता है। या अल्ला ! यह क्या सुन रही हूँ ?'' भावावेग से वह इस कदर भर गई कि उसकी आँखों से खुशी के आँसू निकल पड़े। भावाद्रेक भरी आवाज़ में उसने कहा, ''हाँ, बेटे ! बदनाम मधुवन यही है।''

''माँ जी, बदनाम क्यों ?''

''छोड़ो बेटे ! अपनी ही कब्र खोदने से क्या फायदा ?''

''माँ जी ! मुझे एक गिलास पानी पिला सकती हैं ?''

मरियम ने आँखें फाड़कर इस साहबनुमा आदमी को देखा। उसे लगा कहीं कोई फरिश्ता तो ज़मीन पर नहीं उतर आया है ? पहले माँ कहा। अब पानी माँग रहा है। मेरे घर का पानी पिएगा ? वह बाहर-भीतर से गलबला गई। "पिला सकती हूँ बेटे ! लेकिन मुझ नाचीज़ के हाथ का पानी पियोगे ? क्या आप हमारे बारे में कुछ जाने बिना ही पानी पी लोगे ?" मरियम ने साहस कर पूछा।

"नहीं माँ जी, पानी पीने के लिए बर्तन के बारे में जानने की क्या ज़रूरत है ? आख़िर सारा पानी तो धरती से ही निकलता है ?" यह सुनकर मरियम का चेहरा खिल गया। या मौला ! किस फरिश्ते को मेरे घर भेज दिया। वह सोचते-सोचते अंदर चली गई। साठ-सत्तर साल की उमर में पहली बार किसी ने इतनी मृदुता से बात की थी। इतना सम्मान दिया था। वह अंदर से बहुत खुश थी कि उसे एक अपरिचित ने प्यार से माँ कहा और उसके आचरण की परवाह किए बिना उससे बेटे-सा व्यवहार कर रहा है। वह सोचने लगी कि दुनिया विचित्र है। कल सर्वे-फर्वे के लोग आए और बिना हकीकत जाने-समझे सारा गाँव सरकार के नाम लिखकर चले गए। भला किस तेवर में सवाल पूछते थे लोग। बताओ शौहर का नाम। बताओ पति का नाम। नहीं तो ज़मीन सरकार के नाम लिख देंगे। उन भले लोगों को क्या मालूम कि हमारी कहानी क्या है ? पचास-साठ वर्षों से हम लोग यहाँ रह रहे हैं और उनकी आँखें फूटी थीं कि कलम की एक नोंक से सब कुछ सरकारमय हो गया। एक वह भी आदमी है जिसकी जुबान में शहद है। माँ-माँ कहता है, तो नीयत भी साफ होगी। सोचते-सोचते उसने भंडारे के अंदर रखी पिटारी से मिश्री निकाली और एक प्लेट में रखकर पानी के साथ दरवाजे पर आ गई।

जैसे-जैसे वह मेहमान मिश्री खाकर पानी पी रहा था, मरियम का दिल जुड़ा रहा था। प्रभारी की समझ में नहीं आ रहा था कि बात कैसे शुरू की जाए, कहीं वह बुरा मान गई, तो क्या होगा ! उसे यह भी चिंता सता रही थी कि सही परिचय न बताने पर संदेह का माहौल बन जाएगा और सच्चाई जानना असंभव हो जाएगा। अतः उसने अपना परिचय दे दिया कि वह सर्वे विभाग का कैंप प्रभारी है। आश्वस्त भी किया कि उन लोगों की ज़मीन सरकार के खाते में नहीं जाएगी किंतु सच्चाई मालूम होने पर ही उन लोगों के नाम खाता खुल सकता है।

"तो यहाँ एक माँ-बेटे में बात होगी न ?" मरियम ने पूछा।

"बेशक !" प्रभारी ने कहा और एक बार फिर गौर से बुजुर्ग मरियम को देखा। झुर्रियों की लिपि में उसके चेहरे पर उसका जो इतिहास अंकित था, उसे एक बार उसने पढ़ने की भी कोशिश की।

मरियम ने जो व्यथा-कथा बताई, वह इस प्रकार है—गुमान सिंह उस इलाके के जमींदार थे। माँ-बाप की इकलौती संतान, बड़े बाप के बिगड़े पूत। मधुवन पर उनकी खास दृष्टि रहती थी। मजदूरों और गरीब किसानों के बेटी-बहुएँ उनकी शिकार होने लगीं। जिसे वे ज़्यादा चाहते थे, उसे अपनी रखैल बना लेते थे और उसके नाम कुछ जगह-ज़मीन देकर घर बनवा देते थे। इन महिलाओं को उनकी जाति-बिरादरी ने भी

हुक्का-पानी से वंचित कर दिया। धीरे-धीरे उनकी रखैलों की संख्या बढ़ती गई और उनकी तरफ से देख-रेख बिलकुल घटती गई। ज़ायज़ तौर पर भी गुमान सिंह की तीन बीवियाँ थीं। जिनसे आधा दर्ज़न बेटे और उतनी ही बेटियाँ थीं। बेटों के सयाने होते ही उन पर अंकुश बढ़ने लगा और मधुवन अपावन बनने लगा। इस मधुवन में भी गुमान सिंह के कीड़ों की भरपूर तादाद थी। समय के साथ ये कीड़े तितलियों और टिड्डों में तब्दील होते गए।

इन्हीं दिनों बगल में सीमेंट फैक्ट्री चालू हुई। तब यह गाँव फैक्ट्री के हाकिमों और कर्मचारियों के आकर्षण का केंद्र बना। टिड्डों को हाकिमों के घर झाड़-बर्तन करने की नौकरियाँ मिल गईं और शेष पूरा गाँव तितलियों का गाँव रह गया। फैक्ट्री के कर्मचारी और मजदूर गाँव में पसरने लगे और तितलियों के पर कतरने लगे। गाँव, अनाज, कपड़े, रेडियो से भरता गया और उसी तादाद में नई तितलियाँ और टिड्डे बढ़ते गए। गाँव का स्वर्ण युग था वह क्योंकि किसी को दाना-पानी की कमी नहीं थी, कपड़े-लत्ते की कमी नहीं थी। गाँव को इससे ज़्यादा क्या चाहिए।

लेकिन इस सुख पर आख़िर ग्रहण लग गया। सीमेंट फैक्ट्री के हाकिम और मजदूर अपने-अपने स्वार्थ में लिप्त होते गए। यूनियन की माँगें रबड़ की तरह बढ़ती गईं, हड़तालें होती गईं और प्रबंधन कैंची की तरह उनके पर कतरता गया। दोनों की रस्साकशी के कारण मजदूरों की रबड़ टोलियाँ उनके आकार से बड़ी होती गईं और प्रबंधन ने पखने काटते-काटते थक जाने के बाद फैक्ट्री में तालाबंदी की घोषणा कर दी। घोषणा होते ही यूनियन के नेता ने घुटने टेक दिए। दोनों पक्षों में समझौता हुआ और एक महीने बाद फिर चालू हो गई। मजदूरों में खुशी की लहर दौड़ गई। तितलियों के पंख चटख हुए। गाँव में फिर नई जिंदगी आई।

किंतु कुछ समय के बाद एक बार फिर संकट उठा। इस बार हड़ताल नहीं हुई। कुछ नेता और अधिकारी मिलकर फैक्ट्री से आए दिन कई ट्रक सीमेंट बाहर निकाल देते जिसका कोई हिसाब-किताब नहीं होता। कुछ पुर्जे और मशीनें भी फैक्ट्री से बाहर चली गईं। आख़िर सरकारी फैक्ट्री के सामानों की सुरक्षा की इतनी फिक्र किसको थी। एक महीने में सीमेंट उत्पादन दो हजार मीट्रिक टन प्रतिदिन से घटकर तीन सौ मीट्रिक टन हो गया और फिर तालाबंदी हो गई। हलाल होते बकरे की तरह मजदूरों ने बहुत हाथ-पैर पटका किंतु इस बार ताला बंद हुआ, तो हमेशा-हमेशा के लिए।

अब तो यह समय था कि जिनके कारण कभी गाँव आबाद रहता था वही दाने-दाने को मोहताज हो गए। कीड़ों की मौत मरने लगे। खबर आने लगी कि फैक्ट्री के कॉलोनी क्षेत्र में ही तितलियों की भरमार हो गई है। फिर गाँव की इन तितलियों को कौन पूछे। हाकिमों और कर्मचारियों के वेतन जब बंद हुए, तब वे नौकर क्या रखते ? सारे टिड्डे गाँव आ गए और रौरव नरक बन गया है। और इन्हीं दिनों मुक्ति संदेश लेकर छंगू गाँव आया। वह फैक्ट्री के कॉलोनी क्षेत्र में ही रहता था और वहाँ से तितलियों की एक खेप बड़े शहर में पहुँचाकर आया था। बड़े शहर में तितलियों की माँग थी। गाँव की

सारी युवा तितलियाँ शहर जाने को तैयार हो गईं। एक दिन ऐसी सारी तितलियों को लेकर छंगू शहर चला गया।

वह पाँचवाँ दिन था जब तितलियों को लालबत्ती क्षेत्र में प्रवेश मिल गया।

लालबत्ती क्षेत्र से घुसते ही सबसे बड़ा फर्क यह आया कि इन अनाम तितलियों के नए नाम रखे गए। ऐसे नाम जिनसे इन्हें मार्केट मिल सके, बाजार चल सके। जैसे किसी पेय का नाम लिम्का या कैंपा लोगों का सुरूर या मूड देखकर रखा जाता है उसी तरह इन तितलियों के गुणवाचक नाम रखे गए, जैसे—मछली, कोयल, बत्तख, मैना... आदि। एक प्रबंधक तो ऐसा था जिसने अपने संस्थान में खादी बोर्ड का साइनबोर्ड लगा रखा था। साइनबोर्ड में मँझोले अक्षरों में 'शुद्ध ग्रामीण वस्तुएँ' लिखा था। उस प्रबंधक ने अपेक्षाकृत किशोर तितलियों को चुन लिया और उनके नाम रखे असली, चंदा, मलका आदि। इस खादी बोर्ड में खद्दरदारी लोग ही ज़्यादा आते थे और अपेक्षाकृत ऊँचा दाम देते थे। बड़े शहर में धीरे-धीरे टिड्डों की भी माँग बढ़ती गई। ये टिड्डे वहाँ जाकर होटलों, रेस्तराँ या घरों में काम करते और शहर का सुख बढ़ाते। गाँव धीरे-धीरे खाली होने लगा।

अगले हफ्ते से गाँव में डाकिया दिखाई देने लगा। भेजनेवाले नाम मछली रानी, कोयल कुमारी, बत्तख देवी या मैना देवी होता। गाँव में फिर एक बार ताजगी आई। घुप्प अँधेरे के बीच अचानक थोड़ा उजाला हो गया था। यद्यपि हर उजाले की तरह इस उजाले के पीछे की कालिख की मोटी पर्त थी लेकिन वह पर्दे के भीतर थी।

इस गाँव में मनीऑर्डर और चिट्ठियाँ लगातार आती हैं। इन चिट्ठियों में अक्सर लिखा रहता है कि गुड्डी की उम्र पंद्रह वर्ष हो रही है, उसे जल्दी भेज दो। बिट्टो के लिए जुगाड़ हो गया है, जल्दी भेज दो। इस बार आऊँगी तो सिम्मी को साथ ले जाऊँगी, उसकी माँग है। और हर महीने गाँव से कोई-न-कोई सयानी होती तितली बड़े शहर के लिए प्रस्थान कर जाती है और अपनी माँ, चाची, बड़ी बहन की राह पकड़ लेती है।

इसी बीच वहाँ आठ वर्षीय रहीम दौड़ता हुआ आया...दादी ! डाकिया आया, दादी ! डाकिया आया है। और डाकिया आ ही गया मनीऑर्डर लेकर। मरियम ने आवाज़ दी शंकर ! डाकिया बाबू के लिए एक पान लाना।

शंकर ने डाकिया को पान लाकर दिया। तब तक डाकिया मरियम का ठप्पा ले चुका था। कैंप प्रभारी ने गवाही भी बना दी थी। उसके बाद डाकिए ने एक सौ नब्बे रुपए दे दिए। कैंप प्रभारी को दस रुपया कमीशन काटना बुरा लगा। उसने मरियम की ओर देखा किंतु मरियम ने चुप रहने का संकेत दिया। डाकिए के जाने के बाद मरियम ने कहा—पहले एक-दो बार मैंने भी कमीशन नहीं दिया था। फिर डाकिए ने मेरा मनीऑर्डर और रजिस्ट्री मेरे न मिलने के कारण दिखाकर दो-तीन बार लौटा दिया था। तब से मैंने भी पानी के भीतर मछली निगलना मंजूर कर लिया।

''माँ जी ! एक बात और पूछूँ,'' प्रभारी ने कहा। मरियम ने स्वीकृति में सिर हिला दिया।

''आपके यहाँ रहीम और शंकर दो बच्चे हैं। क्या दोनों आपके ही नाती-पोते हैं।''

"हाँ बेटा ! रहीम का बाप एक मुसलमान था और शंकर का बाप एक हिंदू। हम इसका भरसक खयाल रखते हैं और खुदा कसम, हम ईमान के पक्के होते हैं..." कहते-कहते लंबी साँस लेकर मरियम चुप हो गई।

उसकी गंभीर मुद्रा को देखने से प्रभारी ने महसूस किया कि उसने उसकी दुखती रग पर हाथ रख दिया है।

थोड़ी देर तक दोनों तरफ खामोशी थी। प्रभारी ने अपराधी की-सी मुद्रा में मरियम की ओर निहारा। मरियम की आँखों के लोर उसके गालों पर लुढ़क न पड़ें, इस खयाल से उसने अपने आँचल से उन्हें पोंछ लिया। फिर संयत होकर अपनी राम कहानी बेटे को सुनाने लगी।

"बेटे ! एक खास समय के बाद बड़े शहर से ये तितलियाँ खारिज कर दी जाती हैं और तब उनमें से अनेक गाँव लौट आती हैं। आज पूरा गाँव सिर्फ़ इन्हीं खारिज तितलियों से भरा है। अपने साथ वे बीमारियाँ लाती हैं और लाती हैं यादों का अंतहीन सिलसिला।"

अपनी कहानी खत्म कर मरियम ने साहब से कहा—इसीलिए तो पहले ही पूछा था— साहब, हमारे यहाँ का पानी पीजिएगा ! आपने कहा था सारा पानी तो धरती से ही निकलता है। हमारा पानी पीकर खुद को अपावन मत समझना साहब !

साहब नाखून से ज़मीन पर लकीरें बनाता चुपचाप सब सुनता रहा।

मरियम ने फिर पूछा, "अच्छा बताओ साहब, हमारे दुःख का यह सिलसिला कभी बंद भी होगा ?"

साहब कुछ नहीं बोला। केवल उसकी आँखें छलछला आईं। बूँदें गालों तक ढुलक आईं।

मरियम ने अपने आँचल से उसके लोर पोंछते हुए कहा, "इस आँचल से अपावन मत होना, साहब। तुमने माँ कहा है और इसलिए आँचल से आँसू पोंछने का अधिकार भी दे दिया है। हमारे दुःख देखकर तुम जैसे साहबों की आँखों में जब आँसू आ जाते हैं, तब इसका मतलब है, हमारे दुःख का अब अंत होना ही है।"

# हिंदुस्तनवा

अल्फ्रेड पार्क में जिस दिन चंद्रशेखर आजाद को गोली मारी गई, उस दिन चंद्रशेखर आजाद तो शहीद हो गए किंतु युवा पृथ्वीराज, पृथ्वीराज 'आजाद' हो गए। पढ़ने में वे अव्वल थे। चंद्रशेखर आजाद की शहादत ने उन्हें अंदर से काफी झकझोर दिया और अपनी सारी महत्त्वाकांक्षाओं को भारतमाता के चरणों में समर्पित कर वे आजादी की लड़ाई में कूद पड़े।

यही कोई सन् चालीस के आस-पास उन्हें एक पुत्र पैदा हुआ। उनके एक रिश्तेदार ने उनसे मजाक करते हुए बेटे को, 'हिंदुस्तान' कहकर पुकारा। बाद में उसे सब इसी नाम से पुकारने लगे। हिंदुस्तान—जिसके अस्तित्व के लिए लड़ाई लड़ी जा रही थी। कहीं-न-कहीं नामकरण में आजादी का आंदोलन परोक्ष रूप से प्रभावी कारक था। आजादी की लड़ाई गर्मी में कुएँ की तरह गहराती जा रही थी लेकिन पृथ्वीराज आजाद जरा भी विचलित नहीं हुए और न स्वतंत्रता संग्राम से मुँह मोड़े। सन् बयालीस के 'भारत छोड़ो' आंदोलन में जब वे जेल में थे, उन्हें वहीं सूचना मिली कि उनको एक पुत्री पैदा हुई है। जिसका नाम उन्होंने 'पुरवा' रखा। समय बीतता गया और दूसरी पुत्री का जन्म हुआ जिसका नामकरण उनकी माँ ने हँसी-हँसी में 'पछुआ' रख दिया।

लेकिन पृथ्वीराज आजाद बच्चों के लाड़-प्यार में उलझकर अपना मिशन नहीं भूले। उन्होंने कई बार रेल पटरियाँ उड़ाई थीं, विदेशी कपड़ों की होली जलाई थी और लगान-वसूली रोकने का सक्रिय प्रचार किया था। पृथ्वीराज को तरह-तरह की यातनाएँ भी भुगतनी पड़ीं तथा कई बार जेल भी गए। किंतु जब देश आजाद हुआ तो उनकी खुशी का ठिकाना नहीं था। उसी साल उन्हें एक और पुत्र पैदा हुआ। गाँव की महिलाएँ सोहर से ज़्यादा देशभक्ति के गीत गा रही थीं। उस बच्चे का नाम स्वयं उन्होंने 'भारत' रखा—कहीं-न-कहीं भारत को तुरंत प्राप्त आजादी का इस नामकरण पर प्रभाव था। बाद के वर्षों में पृथ्वीराज आजाद राजनीतिक रूप से उतना सक्रिय नहीं रहे और न पदलोलुपता के शिकार ही हुए। आजादी की लड़ाई को उन्होंने अपना कर्तव्य माना था, न कि एक साधन। उन्हें ऐसा एहसास होता था कि उनका महत्त्वपूर्ण मिशन पूरा हो गया है और अपने देश के कौन लोग शासन चलाएँगे, यह उतनी चिंता की बात नहीं रही।

बाद के वर्षों में उन्हें दो और पुत्रियाँ—उत्तरा और दक्षिणा—पैदा हुईं और एक पुत्र भी जिसका नाम भारत ने 'इंडिया' रख दिया।

शुरू-शुरू में हिंदुस्तान अकेली संतान होने के नाते घर-परिवार के सभी लोगों का प्यार-स्नेह पाता था। उसके दादा-दादी उसे विशेष स्नेह देते। दादा स्वयं एक विद्यालय के शिक्षक थे। उस समय की शिक्षा उपनिवेशवादी थी किंतु भाषा और गणित में तब के विद्यार्थी अव्वल रहते थे। उसने मन लगाकर पढ़ाई की और दादा ने एक ट्यूटर से भी बढ़कर ध्यान दिया। नतीजतन वह मैट्रिक में विशेष योग्यता के साथ प्रथम श्रेणी में प्रथम पास हुआ। उसकी पढ़ाई की रुचि को देखते हुए घरवालों ने उसे कॉलेज की पढ़ाई की स्वीकृति दे दी। कुछ समय बाद दादा रिटायर हो गए और पेंशन तथा छोटी खेती-बारी से पूरी गृहस्थी सँभालनी थी। कॉलेज की पढ़ाई का खर्च अलग ही था। धीरे-धीरे पढ़ाई का खर्च बढ़ता गया और घर की हालत बिगड़ती गई। पृथ्वीराज आजाद ने आजादी का झंडा जरूर थामा था किंतु घर की गाड़ी 'नारे और आंदोलन' की सफलता पर ही नहीं चल सकती थी। नियमित आय का कोई स्रोत नहीं था। पृथ्वीराज आजाद न किसी सरकारी नौकरी के लिए योग्य थे और न पूँजी के बिना कोई व्यवसाय ही हो सकता था। जो थोड़ी-बहुत खेती थी, उसमें उन्नत किस्म के बीज, खाद आदि की व्यवस्था नहीं थी। यानि शुद्ध पारंपरिक खेती जिसकी पैदावार बहुत मामूली होती थी। अंग्रेजों ने अपने मकसद से पंजाब और यू. पी. (यूनाइटेड प्रॉविंसेज) में नहर सिंचाई की व्यवस्था जरूर की थी, किंतु शाहपुर में खेतों की सिंचाई कुएँ और तालाब से ही होती थी। नतीजा यह हुआ कि हिंदुस्तनवा को कॉलेज की पढ़ाई बीच में ही छोड़नी पड़ी। उसी साल भारत ने मैट्रिक की परीक्षा द्वितीय श्रेणी में पास कर ली थी। किंतु आर्थिक संकट के कारण भारत की पढ़ाई में भी व्यवधान हो गया। उसके लिए मैट्रिक ही बहुत था। उसकी माँ ने सांत्वना देते हुए कहा, ''बेटा ! जिसके भाग्य में जो लिखा होता है, वह उतना ही पढ़ता-लिखता है—गुड़ खानेवाले को गुड़ और चीनी खानेवाले को चीनी मिल जाती है।'' उसे यह उत्तर भाग्यवादी और नाकाफी लगा। उसने सोचा कि वह तड़ से कह दे कि क्या वह सौतेला बेटा है जो उसे आगे नहीं पढ़ा सकते, और क्या पड़ोस के बच्चों के सोने की सींग-पूँछ है ? किंतु दूसरे ही क्षण उसे याद आया कि घर की माली-हालत ठीक नहीं है। किसी तरह खाने को मिल जाता है, यही बहुत है। आख़िर बाहरी आमदनी का कोई स्रोत तो है नहीं। पढ़ाई के लिए मुँह में 'खोंचा' नहीं दिया जा सकता। सो भारत की पढ़ाई मैट्रिक के बाद रोक दी गई। और भारत ने इस भाग्यवाद की स्थिति को अस्वीकार करते हुए भी घर की परिस्थिति को स्वीकार कर लिया।

हिंदुस्तान भारत की पढ़ाई बंद होने पर बेचैन हो गया। वह ट्यूशन तलाशने कस्बे तक गया। एक दिन पड़ोसी गाँव के स्टेशन मास्टर ने उन्हें अपने बच्चों के लिए ट्यूटर रख लिया। हिंदुस्तान को महीने में डेढ़ सौ रुपए मिलते जिसे पाने के लिए पूरे परिवार की आँखें महीने-भर दिन में भी सपने देखती थीं। हिंदुस्तान घर-गृहस्थी का सारा काम करता था। भारत भी थोड़ा-बहुत हाथ बँटा लेता था। इंडिया ने भी कुछ समय बाद मैट्रिक पास कर लिया।

संक्षेप में, घर की हालत इस काबिल नहीं थी कि इंडिया को कॉलेज में पढ़ाया जा

सके फिर भी उसका अरमान सँजोने के लिए हिंदुस्तान ने कमर कस ली थी और उसका दाखिला कॉमर्स कॉलेज में करा दिया। एक बार किताबों के खरीदने और फीस देने के लिए इंडिया घर पर मचलाया था और सुबह उसे रुपया देना था। उसने जिद की थी कि चाहे जहाँ से हो सके, उसे रुपया मिलना ही चाहिए। वह बीच में अपनी पढ़ाई नहीं छोड़ सकता। सारी रात घर में उदासी छा गई थी। पृथ्वीराज और उनकी पत्नी एक-दूसरे का मुँह ताक रहे थे। इंडिया की माँ किंकर्तव्यविमूढ़ खड़ी थी। थोड़ी देर में सास ने बड़ी बहू को एक कोठरी में ले जाकर कुछ फुसुर-फुसुर बातें कीं और उसका फल यह हुआ कि इंडिया की माँ अपनी 'पाजेब' अपनी देह से उतारकर सास के हाथ में रख दी थी। उसके दादा उसे लेकर सोनार के यहाँ चले गए थे और रात में ही गिरवी रखकर कुछ रुपए ले आए थे। इंडिया रात-भर खर्राटे भरता रहा लेकिन हिंदुस्तान और भारत को इसकी पूरी खबर थी। हिंदुस्तान का माथा चकरा रहा था। उसका मन हुआ कि वह कह दे कि माँ के गहने बेचकर पढ़ने से क्या लाभ, लेकिन वह उसे शब्दों में नहीं कह पा रहा था। शायद उसे आभास था कि इंडिया उसकी बातें स्वभाववश और छोटा होने के नाते बर्दाश्त नहीं करेगा–उल्टे उसी का पानी उतार लेगा।

समय घिसटता गया। इंडिया ने स्नातक डिग्री हासिल कर ली। घर के लोग खुश हुए और सोचने लगे कि अब उसे कोई नौकरी मिल जाएगी और घर का दुःख-दलिद्दर दूर हो जाएगा किंतु इंडिया की महत्त्वाकांक्षाएँ और बढ़ती गईं। उसने पढ़ाई जारी करने का निर्णय लिया, जबकि घरवालों ने साफ मना कर दिया था। फिर भी उसने अपने बल पर यह निर्णय ले लिया। शीघ्र ही एक प्रतियोगिता में जीतने के कारण संयोग से उसे वजीफा भी मिल गया।

पिछले वर्ष घरवालों की खुशी का ठिकाना न रहा, जब इंडिया को एक प्राइवेट फैक्ट्री में मैनेजर की नौकरी मिल गई। घरवालों को लगा, जैसे पहली बार दूध देती गाय दरवाजे पर अपने आप आ गई हो। किंतु इंडिया को घर की ज़्यादा चिंता नहीं थी। घरवालों के बार-बार कहने-सुनने पर वह थोड़ा-बहुत पैसा अपने घर पर भेज देता। अभी भी उसे किसी महान् उद्‌देश्य की प्राप्ति की आकांक्षा थी। कुछ समय बाद उसकी शादी एक बड़े घर में हो गई। शादी में उसने घरवालों को बुलाना मुनासिब नहीं समझा। उसके ससुर को एक मात्र लड़की थी, तो उसकी सारी जायदाद का वारिस इंडिया ही हो गया। धीरे-धीरे वह उन्नति करता गया किंतु उसका फायदा उसके परिवार को नहीं मिला।

घर में दो सयानी लड़कियाँ अविवाहित बची थीं। दो को पहले ही खेत बेचकर 'निपटा' दिया था। उन्हें देखकर उनकी माँ को शरम आती थी। आख़िर उसकी शादी इस उम्र के काफी पहले ही हो गई थी। उसे पुरानी बातें याद आतीं कि कन्या के रजस्वला होने के पहले ही कन्यादान कर देना चाहिए। माँ का वश चलता तो इन सबकी भी शादी बहुत पहले ही कर दी होती। खैर–शादी तो करनी ही थी। घर की खस्ता हालत के कारण इन लड़कियों की शादियाँ साल-दर-साल गरीब घरों में येन-केन प्रकारेण कर दी गईं और यह नहीं देखा गया कि उनके पति उन्हें ठीक से कमाकर खिला सकते

हैं या नहीं। उम्र में वे उनके बाप लगते हैं या छोटे भाई। गुलाब के फूल बेल के काँटों के साथ कैसे खिलेंगे वगैरह-वगैरह।

इन शादियों में कई खेत बिक गए थे और कुछ रेहन पर रख दिए गए थे। अब बहुत कम खेत बचे थे।

खाने-पीने का समुचित इंतजाम न होने और हाड़-तोड़ परिश्रम के कारण हिंदुस्तान का स्वास्थ्य निरंतर गिरता गया। उसे दमा के मर्ज ने अपने काबू में ले लिया। पढ़ाई और कमाई का असर अन्य क्षेत्रों में जो भी हो, किंतु यह किसी के नाम पर कैसा प्रभाव डालता है, इसका उदाहरण हिंदुस्तान था। गाँव के छोटे-बड़े उसे हिंदुस्तान की बजाय 'हिंदुस्तनवा' कहने लगे। गाँववालों की कोई बात नहीं, धीरे-धीरे घर और रिश्तेवाले भी हिंदुस्तनवा कहकर ही पुकारने लगे। दूसरी तरफ इंडिया को उसकी सोसायटीवाले मिस्टर इंडिया कहते-कहते नहीं अघाते। कहने को अभी संयुक्त परिवार था किंतु इंडिया साल-दो साल में कभी-कभार ही भूले-भटके घर आता था। एक बार पृथ्वीराज ने हिंदुस्तनवा को चपरासी-वपरासी की नौकरी दिलाने की बात इंडिया को पत्र में लिखी, "यह तो तुम्हारे बाएँ हाथ का खेल है। बड़े-बड़े लोगों के साथ तुम्हारा उठना-बैठना है..." किंतु इंडिया ने इसे अपनी तौहीन समझी और उसने चिट्ठी-चौपाती देना भी बंद कर दिया। मनीऑर्डर आना तो पहले ही बंद हो चुका था।

किंतु उस दिन इस घर में दुबारा खुशी का ठिकाना नहीं था जब भारत की नौकरी क्लर्क के रूप में लग गई। वैसे भारत मैट्रिक पास था ही किंतु कम जगह और भारी तादाद में दरख़ास्त पड़ने पर पृथ्वीराज ने अपने मित्र प्रमुख गोविंद सिंह से मदद ली और सिद्ध हो गया कि प्रमुख की पैरवी सरकते-ढीले पाजामे में नाड़े की तरह काम आई।

और इसे संयोग ही कहेंगे कि भारत की पोस्टिंग उसी ब्लॉक में हो गई जिसके प्रमुख राम गोविंद सिंह थे। धीरे-धीरे ब्लॉक के अधिकारी और स्टाफ जान गए कि भारत के पिता और प्रमुख बहुत गहरे दोस्त हैं। शायद यह खबर सबसे पहले भारत ने ही कर्मचारियों को दी थी और उसका लाभ भी उसे मिलने लगा। बी. डी. ओ. ने प्रमुख का नजदीकी समझकर उसे थोड़ी तरजीह दी कि कहीं वह उसकी पोल प्रमुख से न खोल दे। दूसरी तरफ भारत भी कुछ दिनों में संगति के प्रभाव से होशियार हो गया और इस जान-पहचान का नाजायज़ फायदा उठाने लगा। चाहे आई. आर. डी. पी. हो या कोई रोजगार योजना, उसमें उसने अपना हिस्सा लेने का जुगाड़ फिट कर लिया। भूखा गीध कब्र से भी हाड़-मांस निकाल लेता है।

भारत ने तीन-चार साल तक घर की गाड़ी सँभाली। किंतु जेब की गर्मी से उसमें भी परिवर्तन दृष्टिगोचर होने लगे। वह पत्नी को अपने पास सरकारी आवास में रखने लगा और 'खर्चा' की बात आने पर अपने खर्च की चर्चा करने लगता। फिर वह चार-छह माह बीतने पर ही घर जाता और थोड़ा पैसा-कौड़ी देकर अपना पिंड छुड़ा लेता। खैर– गाँववाले उसे शाबाशी देते कि दादा-दादी का श्राद्ध तो उसी ने किया था। इंडिया तो उसमें शरीक भी नहीं हुआ, मदद करने की कौन कहे।

अब हिंदुस्तनवा को पूरी गृहस्थी अकेले सँभालनी पड़ी। पृथ्वीराज का 'जाङर' कम हो गया था। हिंदुस्तनवा ने ही हल की मुठिया पहले से ही सँभाली थी। निराई-गुड़ाई, बुआई-सिंचाई आदि सब उसी के जिम्मे था। उस पर भी शायद ही कभी कलेवा मिलता हो। फिर भी अपने चलते कभी उसने आलस्य नहीं किया और अपनी ताकत भर जी-जान से खेती में लगा रहता। घर पर दुआर-गोबर से लेकर सानी-पानी तक वही करता। जगह-जगह पब्लिक स्कूल का बोर्ड प्राइवेट लोग टाँगकर नई शिक्षा-पद्धति कायम कर रहे थे। बच्चों के अभिभावक ए, बी, सी, डी और वन, टू, थ्री का ताना-बाना देखकर आकर्षित होते और नर्सरी स्कूलों में बच्चों का दाखिला कराते। इससे भी संतुष्टि न होती तो नर्सरी टीचरों से ही ट्यूशन पढ़वाते। नया कोर्स और नए टीचर का जमाना आ गया। गुरु जी की जगह टीचर और शिष्यों की जगह स्टूडेंट छा गए। चारों ओर जगमगाहट थी, प्रकाश नहीं। ऐसे में हिंदुस्तनवा 'आउटडेटेड' हो गया क्योंकि वह अंग्रेजी माध्यम से नहीं पढ़ा था। सो दो जून की रोटी नसीब न होने से अड़ोस-पड़ोस में मजदूरी करने में हिंदुस्तनवा न शर्माता।

एक दिन पृथ्वीराज अपने दरवाजे पर खाट पर बैठे थे कि उनके पास अचानक डाकिया आया और एक लिफाफा देकर चला गया। पृथ्वीराज उसे पढ़ने लगे, "पापा, हम सब मजे में हैं। कल ही हमने एक जूता बनानेवाली फैक्ट्री खरीद ली है। उसमें तकरीबन पचास मजदूर हैं। घर पर 'मैड्स' और 'सासा' बिलकुल ठीक हैं। माता जी को नमस्ते कहना। पत्र का जवाब दे देना। आपका–इंडिया !" एक साँस में पढ़ने पर उनकी आँखों को विश्वास नहीं हुआ। उन्होंने उसे दुबारा पढ़ा और उन्हें लगा, जैसे एक जूता उनके सिर पर आ गिरा हो। वे अपना सिर सहलाने लगे फिर इत्मीनान होकर कुछ देर बाद घर के अंदर गए और बोले, "सुनती हो, तुम्हारा इंडिया एक फैक्ट्री का मालिक बन गया है..."

"अच्छा ! लेकिन हम लोगों के लिए क्या लिखा है ?"

"कुछ भेजा भी है कि सिर्फ़ पट्टी पढ़ा दी है," बीच में ही हिंदुस्तनवा बोल पड़ा।

"हाँ, हाँ, तुमको नमस्ते लिखा है। और मैड्स व सासा सकुशल हैं–"

"ये मैड्स और सासा क्या है ?" पत्नी ने पूछा।

"अरे नहीं जानती ? अपनी पत्नी मधु को वह प्यार से मैड्स कहता है और शशांक को सासा। अब जमाना बदल रहा है, समझी कुछ ?"

"क्या समझूँ ? एक ओर उसका भाई और बाप मजूर बन गए हैं और दूसरी ओर वह मालिक बन गया है। क्या यह उसकी तरक्की है ? भाई-पट्टीदार होते हैं, तो कम-से-कम माई-बाप के लिए ही कुछ करता। तब जानती उसकी तरक्की। वह महलों में मौज करे और हम सब झोंपड़ी में मरें–इसका 'नियाव' भगवान करेंगे..." कहते-कहते वह रोने लगी। बहुत दिनों के दर्द की भड़ास आज निकल ही गई। वह अपनी जीभ को कोसने लगी कि कैसे उसने अनजाने शाप दे दिया। लेकिन मजबूर भी थी। अब उसे वापस कैसे ले। फिर उसने अस्त होते सूर्य की ओर आँचल की कोर पकड़कर कहा,

"सूरज देवता ! हम चाहे जैसे जिएँ पर इंडिया को सही-सलामत रखना। एक ही माटी में कभी फूल तो कभी काँटे उगते हैं।"

कई महीनों से भारत के यहाँ से मनीऑर्डर नहीं आया था। भारत का कोई पत्र भी नहीं आ रहा था और न वह एक साल से घर ही आया था। पृथ्वीराज से नहीं रहा गया। अतः उन्होंने उसके पास जाने का निर्णय ले लिया। पहुँचने पर पहले दिन उसका सत्कार हुआ। वे पोते-पोतियों के साथ खेलते रहे। दूसरे दिन भारत देर से वापस आया और सीधे अपने कमरे में चला गया। उसकी पत्नी ने अपने बच्चों को पहले ही हिदायत दे दी थी कि परीक्षा होनेवाली है, इसलिए दादा के साथ खेलने में समय न गँवाएँ। तीसरे दिन भारत को जल्दी ऑफिस जाना था। उसके जाने के बाद उसकी 'खुर्रहट' पत्नी बच्चों के बहाने पृथ्वीराज को ओट से सुनाकर ताना देने लगती, "लोग खाने के लिए चले आते हैं। हिंदुस्तनवा घर बैठे खा रहा है। पुरखों की कमाई पर ऐश करना किसी-किसी को ही बदा होता है। अब तो उसकी चाँदी है कि पुरखों की बाजू पर उसका बेटा नौकरी भी पा जाएगा। हमारे तो जैसे किसी बिल से आए हैं, उनको पूछनेवाला कोई भी नहीं..."

इस व्यंग्य और उलाहना को पृथ्वीराज न बर्दाश्त करते हुए भी प्रतिकार नहीं कर पाए। उसे सीने के दर्द की तरह झेलना उनकी नियति थी। फिर भी वहाँ और ज़्यादा रुकने की उनकी शक्ति न थी। वे वापस लौट आए, बिना भारत से मिले हुए।

समय बीतता गया। लंबे अरसे बाद तीनों भाई एक साथ मिले थे। साथ में पृथ्वीराज भी थे और वही इस मुलाकात के एकमात्र कारण थे। वैसे इस मुलाकात के लिए सरकार को भी श्रेय दिया जा सकता है। यदि सरकार ने यह अखिल भारतीय स्वतंत्रता सेनानी समारोह न किया होता, तो शायद ही चारों जन मिलते। फिर यदि दिल्ली में यह समारोह न होता, तो भी मिलना मुश्किल था। दिल्ली में समारोह होने से इसका खूब धुआँ-धार प्रचार हुआ—रेडियो, टी. वी., अखबार आदि माध्यमों से। कहते हैं कि प्रधानमंत्री ने सभी मुखियों/सरपंचों/प्रधानों को भी पत्र लिखा था कि वे अपने-अपने क्षेत्र के स्वतंत्रता सेनानियों को इस समारोह में भिजवाएँ। मुखियों और सरपंचों में वह पत्र मिलते ही खुशी की लहर दौड़ गई थी गोया उन्हें पद्मश्री की उपाधि मिल गई हो। वैसे कुछ लोगों में कानाफूसी भी हो रही थी कि साढ़े चार साल तक किसी ने नहीं पूछा और अब 'त्योहार' के पहले कैसे उनकी याद आ गई ?

वैसे पृथ्वीराज का शारीरिक स्वास्थ्य अनुकूल नहीं था फिर भी वे हिंदुस्तनवा के सहारे समारोह में शामिल होने आ गए थे। वे पहली बार राजधानी आए थे। उन्हें राजधानी किसी दुल्हन की तरह सजी मिली। सड़कें काफी चौड़ी, साफ-सुथरी और बिना गड्ढों की थीं। वे जिस गाँव में रहते हैं वहाँ से जिला-तहसील तक वे कई बार घूम चुके हैं, लेकिन कहीं भी ऐसी सड़कें नहीं मिलीं जिनमें चिकनाहट और चमक साथ-साथ हो।

उन्हें झुँझलाहट हुई कि इस देश में सड़कों की चौड़ाई और रूप-रंग तीन किस्म के हैं। गाँवों में वही 'छौड़' और कच्ची सड़कें बाबा आदम के जमाने से हैं, ब्लॉक से जिला तक की सड़कें काली जरूर हैं किंतु छोटे-बड़े गड्ढों के कारण उन पर रास्ता खोजना मुश्किल हो जाता है और राजधानी की सड़कों पर अपना मुँह अनायास देखा जा सकता है। सोचते-सोचते वाकई वे अपना मुँह सड़क के आईने में देखने लगे—दाढ़ी बढ़ी हुई और चेहरे की चुचकी हुई झुर्रीदार चमड़ी। लेकिन दूसरे ही क्षण उन्हें संतोष हुआ कि ये आजाद भारत की राजधानी की सड़कें हैं। अंग्रेजों के जमाने से बेहतर काम होना अच्छा है। आख़िर इसीलिए सब लोग संघर्ष किए थे कि अपने देश का धन अपने देश में ही खर्च हो—यहाँ की संपत्ति अंग्रेज किसी कीमत पर विदेश न ले जाएँ।

समारोह में पृथ्वीराज के परिचित कई पुराने चेहरे दिखाई दिए। सफेद टोपी और जवाहिर जाकिट पहने चेहरे संघर्ष के जीवंत प्रतीक होते थे। कई परिचितों से उनका दरश-परस हुआ, बोल-बतकही हुई। 'दांडी मार्च' से 'भारत छोड़ो' आंदोलन, 'कर हटाओ' से 'सामाजिक सुधार संघर्ष' तक की स्मृतियाँ ताजा हो गईं। चर्चा को आगे बढ़ाते हुए मौलवी फखरुद्दीन कहने लगे, "लेकिन अब तो और उलझन हो गई है। तुम तो जानते हो पृथ्वीराज, भारत-पाक बँटवारे में मैंने अपना वतन नहीं छोड़ा लेकिन मेरी औलादों ने मेरी एक न सुनी। वे सब-के-सब पाकिस्तान चले गए। हम दोनों मियाँ-बीवी बुढ़ापे की सेवा के लिए तरस रहे हैं। वैसे वे सब खत देते रहते हैं, और कभी-कभार आ भी जाते हैं, किंतु महज सैर करने के लिए। यहाँ तो हिंदू-मुस्लिम का मसला है, वहाँ तो मुसलमान में ही छत्तीस कौमें हैं—पंजाबी मुसलमान, पख्तूनी मुसलमान, बिहारी मुसलमान, बंगाली मुसलमान, सिंधी-बलूची सिया-सुन्नी वगैरह-वगैरह। पिछली बार सिंध में दंगे हुए, तो मेरा एक पोता फिरकापरस्तों का शिकार हो गया। उसकी कपड़े की दुकान जला दी गई। मैं उन लोगों को जाने से रोक रहा था, लेकिन वे सब नहीं रुके। आख़िर फिरकापरस्त ताकतें सब जगह हैं। अब वे पाकिस्तान से भागकर कहाँ जाएँगे ? चाहे तालीम हो या नौकरी-पेशा, वहाँ औरतों के साथ भेदभाव किया जाता है। मजहब के नाम पर सियासत अपना उल्लू सीधा कर रही है। वैसे मुझे खास तकलीफ नहीं है, पेंशन और खेती-बारी से काम चल जाता है, लेकिन बुढ़ापा तो खुद एक तकलीफ ही है।"

यह कहते-कहते मौलवी की आँखें भर आईं। पृथ्वीराज की समझ में नहीं आ रहा था कि वे अपनी व्यथा किस ढंग से कहें—आख़िर उनकी संतानें इसी मुल्क में हैं, फिर भी मौलवी से ज़्यादा दुर्गति हो रही है। उनका मन हुआ कि एक बार वे 'भोंकार' मारकर रोएँ और सारा दर्द आँसुओं से बहा दें किंतु उन्होंने अपने को सँभाला। फिर मन को बोध देने के लिए सोचने लगे कि आख़िर मरेंगे तो आजाद भारत में—अपने वतन में। यह तो मनुष्य का स्वभाव ही है कि वह वही देखता-सुनता और सोचता है, जो वह देखना, सुनना और सोचना चाहता है।

अचानक पृथ्वीराज की निगाह बगल बैठे 'इंडिया' पर चली गई। इंडिया कुछ देर

से बात करने का मौका खोज रहा था। उसने अपनी तरफ नजर पड़ते ही बात शुरू कर दी, ''पापा जी ! आप लोगों ने इस देश के लिए इतनी बड़ी लड़ाई लड़ी। फिर भी अपने देश में विदेशी फर्में और मल्टीनेशनल एजेंसियाँ तरह-तरह के सामान महँगी दरों पर बेच रही हैं और अपने देश का उद्योग काफी पिछड़ रहा है। एक्जाम्पुल के तौर पर जूते का उद्योग ही लीजिए। एक्सपोर्ट प्रोमोशन काफी न होने और बैंकों से कम ब्याज पर ऋण न मिलने के कारण ही अभी भी बाटा का बोल-बाला है। छोटे-छोटे कारीगरों और उद्योगपतियों का भविष्य अंधकार में है जिससे जूते भी महँगे बिक रहे हैं और बेरोज़गारी भी बढ़ रही है। आप लोग इस मैटर को पी. एम. की नोटिस में लाइए, वरना आप लोगों का स्वराज्य का सपना सपना ही रह जाएगा...''

''नालायक ! चले जाओ मेरी आँखों के सामने से। तुम अपने घर के कुत्ते पर हजार रुपए हर महीने खर्च करते हो किंतु भाई-बहन को पढ़ा भी नहीं सके। मेरे लिए स्वराज्य पर भाषण देने आए हो। तुम्हारे जैसे खुदगर्ज ही जिम्मेदार हैं इस देश की मिट्टी पलीद करने के लिए। हवाई जहाजों में उड़ते-उड़ते तुम्हारी सोच और करनी भी हवाई हो गई है...'' उनका रक्तचाप काफी बढ़ गया था। वे हरी घास पर ही लुढ़क गए। हिंदुस्तनवा अपने गमछे से हवा करने लगा और मन-ही-मन इंडिया को कोसने लगा। इंडिया ने तुरंत वहाँ से प्रस्थान कर दिया।

वहाँ से जाने के बाद इंडिया स्वागत समिति के सचिव से मिला। वह भी उसका सदस्य था। उसने भी एक लाख रुपए बतौर चंदा दिया था। लेकिन उसने इतना ध्यान नहीं दिया कि वह राशि पार्टी के चंदे में जा रही है या राजकोष में। इतनी छोटी-मोटी राशि के लिए उसने विस्तार से जानने की ज़रूरत नहीं समझी थी। आख़िर चंदे के जरिए कितने अधिकारियों-मंत्रियों से जान-पहचान हो गई थी और यही जान-पहचान उसकी फाइलों को त्वरित गति से निपटाने में सहायक होती रही है।

उधर हिंदुस्तनवा द्वारा हवा करने तथा पानी का छींटा देने से पृथ्वीराज की दशा अनुकूल होती गई। मौलवी फखरुद्दीन ने कोई पुराना प्रसंग छेड़ दिया। थोड़ी देर में फिर पृथ्वीराज की नसों में जवानी का खून दौड़ने लगा था। वे अपने को तरोताजा महसूस करने लगे। अचानक उन्होंने भारत से बड़े पोते की पढ़ाई के बारे पूछा। भारत कहने लगा, ''पिताजी, आपके आशीर्वाद से उसने इंटर फर्स्ट क्लास पास कर लिया था लेकिन इंजीनियरिंग में अंग्रेजी में टेस्ट होने के नाते छँट गया। उसकी अंग्रेजी कुछ कमजोर है और पूरा प्रश्नपत्र अंग्रेजी में ही आया था। जिसका उत्तर भी अंग्रेजी में ही लिखना था मानो इमारतें और पुल अंग्रेजी में ही बनाए जाते हैं। ये अंग्रेजी एवं शहरी पृष्ठभूमिवाले वैज्ञानिक और इंजीनियर गाँव की समस्याओं का वैज्ञानिक हल नहीं खोज सकते..''

''तो तुम्हें कौन पैसे की कमी थी ? कोई ट्यूशन लगवा देते। उसी स्कूल के अंग्रेजी मास्टर से ट्यूशन पढ़वाते एकाध महीना।'' बेटे की बात काटते हुए उन्होंने कहा।

''आप ठीक कहते हैं पिता जी ! इस बार कुछ तंगी थी। बच्चों ने बहुत जिद की, तो कलर टी. वी. लेनी पड़ी। बड़ा अच्छा प्रोग्राम आता है। देशभक्ति के गीत और भजन

से लेकर देशी-विदेशी खेल तक। पिछले महीने 'गाँधी' फिल्म भी आई थी। गाँधी का रोल किसी अंग्रेज ने किया है किंतु है लाजवाब। हो सके तो उसे जरूर देख लेना, पिता जी ! लेकिन अंग्रेज चले गए और अंग्रेजी छोड़ गए। यह अंग्रेजी ससुरी न मुझे आती थी और न मेरी औलाद को आती है। अच्छा, पिता जी ! एक बात पूछूँ।''

पृथ्वीराज अचानक चौकन्ने हो गए। वे सोच रहे थे कि जिस फिल्मी गाँधी की वह बात कर रहा है, उसे देखने की क्या ज़रूरत ? जब स्वयं गाँधी से उनकी मुलाकात हुई है और उनके साथ काम करने का मौका मिला है। सो अकबकाकर वे कहने लगे, ''कहो, बेटा, क्या बात है ?''

''पिता जी, आप लोगों से प्रधानमंत्री पूछेंगे कि आजकल की व्यवस्था में क्या सुधार होना चाहिए, तो आप लोग अपना पहला सुझाव अंग्रेजी हटाने के लिए ही दीजिएगा...''

पृथ्वीराज ने आगे सुनना पसंद नहीं किया क्योंकि एक तो उन्हें आशा थी कि भारत घर-दुआर, पशु-प्राणी की चिंता करेगा और अपनी माँ के इलाज के लिए कुछ रुपया-पैसा देगा। उन्होंने यह भी सोचा था कि हो सकता है, अपने गाँव में पीने के पानी की असुविधा देखते हुए भारत कम-से-कम एक-दो हैंड पंप ब्लॉक के माध्यम से गड़वा देगा और उसी के बारे में शायद सलाह लेना चाहता हो। लेकिन भारत को परिवार और गाँव के उत्थान के लिए सोचने की फुर्सत नहीं थी। वे निराश हो गए। उनकी आँखें पथरा-सी गईं। पर यह नजरअंदाज़ भारत को बुरा लगा और उसने टोक दिया, ''पिता जी, आप मेरी बात सुनते तक नहीं हैं। आख़िर आप मेरे भी तो हैं। इंजीनियरिंग कॉलेज में वी. आई. पी. कोटा होता है। आपके कहने से मेरे बेटे का भविष्य बन सकता है। आप हिंदुस्तनवा के लड़के को अपने कोटे से नौकरी दिलाने की पैरवी कहाँ-कहाँ नहीं कर रहे हैं ? फिर मेरे बेटे की पढ़ाई के लिए कुछ भी नहीं कर सकते ?

अपने अँगोछे से आँखें पोंछते हुए पृथ्वीराज बोले, ''नहीं, बेटा ! मैं सब सुन रहा हूँ। मुझ बीते दिनों की याद आ गई। तुम ठीक कहते हो। शिक्षा का माध्यम मातृभाषा ही होना चाहिए। कहो और क्या सुझाव है ?''

''पिता जी ! हम लोगों को शहरों की बनी चीज़ें महँगी मिलती हैं जबकि गाँव के किसान अपना अनाज माटी के भाव बेचने को मजबूर हैं। इसीलिए मैं खेती में ज़्यादा पैसा लगाना फिजूल समझता हूँ। आख़िर अपना देश तो किसानों का ही देश है न ? तो किसानों को सिंचाई, बीज, खाद, यातायात की और सुविधाएँ क्यों नहीं मिलतीं ? किसानों को सस्ते दामों पर ट्रैक्टर दिए जाएँ, तो खेती का काम फटाफट हो सकता है। न मजूरों की झंझट रहेगी, न हल-बैल का ताम-झाम। इंडिया बिना कुछ किए एयर कंडीशन इमारतों में आरामकुर्सी पर बैठा रहता है, तो हम लोगों को कूलर पंखा तो चाहिए ही। आपको तो मालूम होगा कि जब मैं इंडिया से अपने कस्बे में कॉलेज बनवाने के लिए चंदा माँगने गया था, तो वह बोला था कि कल ही पार्टी को तीन लाख चंदा दिया है, अभी और कुछ देने से बैंक बैलेंस गड़बड़ा जाएगा...''

पृथ्वीराज से अब नहीं सुना जा रहा था। वे एक बार हिंदुस्तनवा की ओर देखे और फिर आँखें मूँद लिए। उनका स्मृति-चक्र घूमने लगा। उन्हें लगा कि इंडिया तो कभी का राह से भटक गया था, अब भारत भी उसी की राह पर चलने का ख्वाब देख रहा है। उसे न हिंदुस्तनवा की परवाह है, न माँ-बाप की। कम-से-कम अपने माँ-बाप की तो फिक्र करता जिन्होंने उसे पैदा किया और पाला-पोसा है। उन्हें याद आया कि कैसे भारत की बहू ने उन्हें ताना मारा था कि कैसे हिंदुस्तनवा के भारत के यहाँ जाने पर भारत ने पानी पूछने की बात तो दूर, बात भी नहीं की थी; कि हिंदुस्तनवा की शादी में इंडिया और भारत दोनों ने कुछ भी खर्च नहीं दिया था, कि शादी के बाद चारों बेटियों के यहाँ कोई हालचाल पूछने भी नहीं गया; कि माँ की गंभीर बीमारी पर इंडिया और भारत उसे देखने तक नहीं गए, दवा-दारू के पैसे भी नहीं भेजे और दो शब्द लिखकर आशा भी नहीं बँधाए; कि ऐसे पुत्रों से बेहतर है निरवंश होना वगैरह-वगैरह।

उन्होंने आँखें खोलीं, तो भारत जा चुका था। वे हिंदुस्तनवा की ओर ताकने लगे। उसकी पथराई आँखें, फटा चेहरा और बेतरतीब बाल। हिंदुस्तनवा बिलकुल चुप था। वे खुद कहने लगे, ''फखरुद्दीन भाई। अनाज का दाम बढ़ गया तो मुझ और हिंदुस्तनवा जैसे लोग कैसे जिएँगे ? आख़िर मजूरों की हाड़-तोड़ मेहनत के बावजूद उन्हें अनाज खरीदकर ही खाना पड़ता है, मजूरी भी कम ही मिलती है। नौकरी तो है नहीं कि महँगाई बढ़ते ही भत्ता भी बढ़ जाए। गाँवों में कइयों के यहाँ गाय-भैंसें हैं किंतु तीज-त्योहार, भोज-भात में डालडा ही लाता है। घी से छौंकी दाल खाए जमाना गुजर गया...'' कहते-कहते उनके मुँह का स्वाद अच्छा हो गया मानो छौंकी दाल और घी में छनी पूड़ियों की महक आ रही हो...

अचानक स्वतंत्रता सेनानी भारद्वाज आ गए और उन्होंने सूचना दी कि समारोह-स्थल पर माननीय प्रधानमंत्री आ गए हैं और समारोह शुरू होनेवाला है। तभी माइक से इस आशय की घोषणा हुई। अब तक बिखरी भीड़ मंच की तरफ तेजी से भागने लगी। मंच की पहली पाँत में प्रधानमंत्री, मंत्री और आला अफसर बैठे थे। दूसरी पाँत में स्वागत समिति के सदस्यगण। पृथ्वीराज अपना पुराना कंबल सँभालने लगे और सिर खुजलाते हुए सोचने लगे कि आज वे न इंडिया की बात उठाएँगे और न भारत की, बल्कि हिंदुस्तनवा और उसकी बिरादरी की बात उठाएँगे।

# जल्लाद

बहुत दिनों बाद लहूरी चौराहे पर नजर आया। उसके होंठों पर मुसकान थी–पत्थर पर अँखुवाती दूब-सी। मैंने पूछा, ''क्यों मियाँ, हाथ बटेर लगी क्या ?''

''नहीं, अभी तो नही लगी पर जल्द ही लगनेवाली है,'' लहूरी ने जवाब दिया, ''कल पुलिस लाइन में भरती होनेवाली है।''

यह सचमुच खुश होने की बात थी। भरती की खबर पाने के बाद से उसने कसरत में और तेजी कर दी थी। आख़िर अगले महीने अक्टूबर की इकतीस तारीख को उसकी उम्र तीस वर्ष पूरी हो जाएगी और वह 'ओवर एज' हो जाएगा–किसी भी सरकारी नौकरी के लिए अयोग्य। यह चिंता दो-तीन महीने से उसे खाए जा रही है। वह इंटर पास है–सिपाही की भरती के लिए न्यूनतम शैक्षणिक योग्यता से ज़्यादा। उसकी ऊँचाई छह फीट है और सीना छत्तीस इंच। फिर पिछले आठ वर्षों से वह होमगार्ड का जवान है। होमगार्ड के लिए पचास प्रतिशत कोटा आरक्षित होता है। दरअसल वह होमगार्ड में इसी लालच से भरती हुआ था। उसके उस्ताद हवलदार उसे कितना मानते रहे हैं। पी. टी. परेड में ही नहीं, खेलकूद में भी प्रायः वह अव्वल रहता था। ट्रेनिंग खत्म होने पर उस्ताद ने उसकी पीठ थपथपायी थी। जीवन में सफल होने का आशीर्वाद भी दिया था। गुरुदक्षिणा के रूप में जब उसने उस्ताद को टॉर्च भेंट की थी, तो उस्ताद की आँखो में आँसू छलछला आए थे। उसे स्वीकार करते हुए उस्ताद ने वह टार्च लहूरी को उपहार-स्वरूप देकर लौटा दिया था। वैसे उस्ताद ने अन्य होमगार्डों से गुरुदक्षिणा के नाम पर देशी घी से लेकर नकद रुपए तक बिना मुरव्वत के ले लिया था।

पुलिस लाइन में सुबह से ही काफी भीड़ थी। एक उम्मीदवार, चार पैरवीकार। अधिकांश चेहरों पर उदासी का नकाब था। एक तोंदियल हवलदार और दारोगा ऊँचाई और सीने की नाप ले रहे थे। अपनी बारी की प्रतीक्षा में खड़े प्रत्याशियों की धुकधुकी बढ़ती जा रही थी। उन्हें महसूस हो रहा था, जैसे हवलदार सीने की बजाय उनकी तकदीर माप रहा हो। जो नवयुवक तनकर खड़े रहते, उनके पेट में हवलदार एक हूला मारता जिससे वे तुरंत रबड़-सा सिकुड़ जाते।

कुल बीस कतारें थीं। तीन कतारों के बाद लहूरी की कतार की बारी आई। सीना नापते समय हवलदार ने लहूरी के पेट में तीन-चार हूले मारे कि वह सिकुड़े, लेकिन हूले का उसके सीने पर कोई असर नहीं हुआ। फिर भी हवलदार ने नाप लिखाते समय पौने

छत्तीस इंच लिख ही दिया। लहूरी ने विरोध इसलिए नहीं किया कि तब भी वह न्यूनतम नाप बत्तीस इंच से काफी अधिक है। सो वह इसमें सफल रहा। थोड़ी देर बाद दौड़, गोला फेंक, लंबी कूद, ऊँची कूद वगैरह होनी थी। लहूरी आत्मविश्वास से भरा हुआ आश्वस्त था। यद्यपि कभी-कभी टूटे मकान और पत्नी के सूखे होंठों की याद आते ही आशंकित हो जाता, लेकिन उस्ताद की शाबाशी उसकी आँखों के सामने बिजली-सी चमक जाती।

थोड़ी देर में सारे टेस्ट पूरे हो गए इन सबमें वह पास हो गया। अंत में मेडिकल जाँच होनी थी और इसी के आधार पर फाइनल चुनाव होना था। कुछ देर में मेडिकल जाँच भी हो गई। एक वर्दीधारी ने बाहर घोषणा की कि सफल उम्मीदवारों की सूची परसों नोटिस बोर्ड पर टँग जाएगी। वहीं अपना नाम उम्मीदवार देख लें।

घोषणा होते ही भीड़ छँटने लगी। सड़क किनारे चाय की दुकान पर लहूरी के कपड़े आदि लिए मैं इंतजार कर रहा था। यूँ तो चहारदीवारी पर चढ़कर मैंने भी एक-दो बार स्टेडियम में झाँकने की कोशिश की थी, किंतु दूर से एक-से उदास चेहरे मुझे भ्रमित करते रहे। अचानक भीड़ में से मुसकराता चेहरा दिखाई दिया और मेरी उम्मीद के मुताबिक यह चेहरा लहूरी का था। उसकी सफलता उसके ही मुँह से सुनकर मैंने उसे बधाई दी। सचमुच उसका मुँह मुँह की बजाय मुखकमल प्रतीत होता था।

गाँव में पहुँचते ही हमउम्रों ने लहूरी से मिठाई खिलाने की जिद शुरू कर दी। लहूरी ने कहा, ''दोस्तो ! बंदा सिपाही बनते ही सबको रसगुल्ला खिलाएगा। पार्टी होगी, पार्टी और छककर खाएँगे सभी लोग। बस लिस्ट तो निकलने दीजिए।''

मैंने भी हुँकारी भर दी।

शाम में हम दोनों सलाह करने लगे। मैं कहने लगा, ''देखो ! वर्दी पहनते ही बौराना मत। अपने अंदर का इनसान मरने मत देना। जिस दिन तुम सिर्फ़ सिपाही रह जाओगे, तुम्हें दुनिया की कोई चीज़ खुश नहीं कर सकती, भले तुम कुबेर बन जाओ।''

''क्या तुम्हें ऐसी शंका है, उदय ? मैंने दुःख झेला है और किसी की मुसीबत को उसके नजरिए से देखना मेरा फर्ज होगा। माना कि अकेले मेरे जाने से कोई थाना नहीं बदल जाएगा, किंतु अपनी पहचान बनाने में कोई कोर-कसर नहीं छोड़ूँगा।'' लहूरी ने गंभीर होकर कहा।

सफल उम्मीदवारों की सूची वह ध्यान से देखने लगा। वह सूची देखकर दंग रह गया क्योंकि उसका नाम सूची से गायब था। हैरानगी से आठ-दस बार उसने पूरी सूची पढ़ी, पर लहूरी नाम कहीं नहीं था। हर बार उसकी उँगली लक्ष्मण सिंह पर टिक जाती। उसे घोर आश्चर्य हुआ कि लक्ष्मण तो दौड़ में गिर गया था और वहीं छाँट दिया गया था। आख़िर किस हनुमान और सुषेन वैद्य ने उसे संजीवनी लाकर पिलाई ? लहूरी का माथा चकराने लगा। फिर वह दरयाफ्त करने के लिए सार्जेंट मेजर से मिला। सार्जेंट मेजर ने उसे एक बार नजरअंदाज़ कर दिया। दुबारा कहने पर उसने उसका डील-डौल देखा और चिरौरी-विनती के प्रभाव से कुछ नम्र होते हुए कहा, ''जो सूची में लिखा है,

वही फाइनल है। उसमें कोई कुछ भी हेर-फेर नहीं कर सकता। बड़ा साहब का हुक्म है...'' अचानक लहूरी ने एक वाक्य में कई बार 'सर' का प्रयोग करते हुए कहा, ''सर, मैं होमगार्ड का जवान हूँ सर ! सर, मुझ पर मेहरबानी करिए सर ! सर, मैं हर चीज़ में पास हो गया था, सर !...''

सार्जेंट मेजर कुछ पसीजा और कागजात देखने को राजी हो गया। मोटे रजिस्टर के बजाय उसने एक तीस-पेजी कॉपी निकाली। कुछ पन्ने पलटते हुए उसने कहा, ''तुम मेडिकल जाँच में फेल हो। शायद हाइड्रोसील के शिकार हो...''

''हाइड्रोसील ?'' लहूरी एकबारगी अवाक् रह गया। कुछ क्षण बाद फिर बोला, ''सर ! मैं होमगार्ड जवान हूँ। पहले भी मेरी मेडिकल जाँच हुई थी, उसमें मैं नहीं छँटा। मेरी जान में मुझे कोई बीमारी नहीं है। फिर से देख लीजिए, सर ! शायद किसी...'' वह कह ही रहा था कि सार्जेंट मेजर आदमी से पुलिस बन गया, ''तुम्हारी बकवास सुनने के लिए मुझे फुर्सत नहीं। जाँच डॉक्टर ने की है, मैंने नहीं। अब तुम्हें हाइड्रोसील है कि डॉक्टर को, इसे मैं नहीं जानता।'' और उसने कॉपी बंद करके दराज में रख दी।

लहूरी वहाँ से चल दिया किंतु बेचैन रहा। कोई और बीमारी होती तो यकीन किया जा सकता था, पर हाइड्रोसील ? यह तो रोजाना महसूस करने की चीज़ है। उसने सुन रखा था कि भरती में चढ़ावा चढ़ता है। अब लक्ष्मण सिंह का नाम सूची में होने से उस अफ़वाह की पुष्टि हो गई। इसके अलावा रमेश और गोविंद उसकी पेशाब लेकर अपने लिए जाँच करवाई थी और उन दोनों का चयन हो गया। वह अपने आपको कोसने लगा। जब आदमी हर मोहड़े पर विफल हो जाता है, तो निराश होकर अपनी तकदीर कोसने लगता है और सफल आदमी नाजायज़ कृत्यों से प्राप्त सफलता पर भी इठलाने लगता है। वह सोचने लगा—आख़िर काबिलियत भी कोई चीज़ होती है ! इसमें तो पचास फीसदी होमगार्डों का कोटा तय था। उसकी कसरत और पुष्ट शरीर किसी काम की नहीं। उसे लगा कि मेडिकल जाँच के नाम पर उसे कुछ भी करार दिया जा सकता है—पागल भी।

शाम को वह घर पहुँचा। अँधेरा गिद्धों की तरह उस पर चारों ओर से झपट पड़ा। उसे कुछ भ्रम हुआ कि वह मर चुका है और उसकी मांस खाने को कई गिद्ध आ गए हैं। पत्नी के बार-बार पूछने पर उसने सारी बातें बता दीं। पत्नी ढाढ़स बँधाने लगी, ''छोड़ो, अच्छा हुआ कि तुम्हारी भरती नहीं हुई। पुलिस का काम जल्लाद का काम है। आधे तो अपराधी होते हैं। आए दिन पुलिस औरतों और गरीबों को तंग करती है। जाने कितनों की चाल-चलन ठीक नहीं होती। कभी हाजत में, तो कभी मुठभेड़ के नाम पर लोगों को जान से मार डालती है। पिछले साल ही भागलपुर में आँख-फोड़वा कांड हुआ था। अपराधी और पुलिस में फर्क सिर्फ़ वर्दी का है।''

लहूरी सामने था और उसके कान खुले थे, किंतु वह कुछ भी नहीं सुन पा रहा था। उसकी श्रवण-शक्ति शिथिल होती प्रतीत हो रही थी। उसका मन कर रहा था कि वह डॉक्टर और सार्जेंट मेजर को उठाकर पटक दे एवं मुँह पर थूक दे, कि भरी सभा

में दिखा दे कि उसे हाइड्रोसील की बीमारी नहीं है, कि लक्ष्मण सिंह से पूछे कि उसे संजीवनी बूटी कहाँ और किससे मिली वगैरह-वगैरह। उस रात लाख कहने पर भी उसने कुछ नहीं खाया। पति के उपवास करने पर पत्नी कैसे खाती ? उसकी पत्नी ने परंपरा का निर्वाह किया। खटिया पर लेटे वह काफी बेचैन रहा। अक्सर घर की कड़ी में लगे घुन उसकी आँखों पर छा जाते। रात के अंतिम पहर में थोड़ी देर आँख लगी तो वह सपना देखने लगा। कभी डॉक्टर का गला दबाता, कभी भरती करनेवालों का। उसे याद है कि एक बार उसने अपना गला भी दबाने की कोशिश की थी तभी पत्नी के आने की आहट से उसका सपना भंग हो गया।

दूसरे दिन मैं उससे मिलने गया तो वह बिलकुल चुप था गोया हमेशा के लिए उसकी जुबान बंद हो गई हो। काफी कुरेदने पर जब उसकी जुबान खुली तो उसमें से एस. पी., सार्जेंट मेजर, डॉक्टर आदि के लिए असंख्य कच्ची-पक्की गालियाँ धाराप्रवाह निकल रही थीं, ''साला, घूस लेकर अनफिट करता है...हाइड्रोसील बताता है...मरीज होंगे इनके बाप-दादे...कोढ़िया जाएँगे साले...ऐसी हालत रही, तो धरती फट जाएगी एक दिन...'' मैं अवाक् रह गया। पहली बार उसके मुँह से ऐसी घिनौनी गालियाँ सुनी थीं। मन हुआ कि समझाऊँ कि लहूरी भाई ! न धरती फटेगी और न ये अजगर उसमें समाएँगे। अलबत्ता तुम्हारा परिवार बेकारी से बर्बाद हो जाएगा। मैं उसे धीरज बँधाता रहा कि मैं कर्मचारियों से मिलकर बैंक से लोन आदि दिलाने का भरसक प्रयास करूँगा। मेरे एक परिचित ब्लॉक में क्लर्क थे और लोन दिलाने में बिलकुल माहिर। उन्होंने ट्यूबवेल और दोमंजिला मकानवालों तक को गरीबी रेखा से नीचे दिखाकर लोन पास करवा दिया था। वे गरीबी रेखा को चिढ़ाते हुए कहते, ''भई, यह रेखा नहीं रबड़ की रस्सी है। जैसा चाहो, लचा लो या कस लो।'' और सचमुच गरीबी को उन्होंने रस्सी साबित करने के लिए अपने हरवाहों-चरवाहों को दो-तीन बार गाय-भैंस दिलवा दी थी।

अक्टूबर का महीना शुरू हो गया था। दशहरा बीत चुका था और पच्चीस अक्टूबर को दीपावली थी। कृष्णपक्ष का अँधेरा लहूरी के अंदर तेजी से भरता जा रहा था। उसे दीपावली के आने को कोई खुशी न थी। इस बार लहूरी ने अपने पत्नी को दीपावली पर नई साड़ी खरीदने का वादा किया था लेकिन नई साड़ी खरीदना मुश्किल था। इकतीस अक्टूबर को तीस वर्ष पूरा करके ओवरएज होने की बात फाँस की तरह उसके गले में अटकी थी। खटिया पर लेटे वह सिर्फ़ खपरैल छत को घूरता रहता है। यही उसका आकाश है–चाँद नहीं, तारे नहीं, सिर्फ़ अमावस है। बाँस-बल्लियों से निःशब्द घुन गिरता रहता। उसे महसूस होता, जैसे ये घुन उसकी शरीर से गिर रहे हैं। जो पत्नी पहले सुंदर और कर्मठ थी, अब सूखी मिर्च की तरह तीत लग रही थी।

चौबीस अक्टूबर को मैं फिर उससे मिलने गया। भाभी ने बताया कि कोई भरती होनेवाली है, उसी का पता लगाने वे बाहर गए हैं। मुझे शुभ संभावना दिखाई दी।

अगले दिन दीपावली के दिन अपने घर से थोड़ा चूड़ा और मिठाई लेकर उसके यहाँ गया। वह चुपचाप लेटा था। कुरेदने पर उसने बताया कि जिला अस्पताल में एक

टाइपिस्ट, दो सहायक और पाँच चपरासी-नाइटगार्ड की भरती होनेवाली है। टाइपिस्ट और सहायक के लिए अनुभव माँगा गया था। चपरासी-नाइटगार्ड के लिए मिडिल पास, साइकिल चलाने का अनुभव तथा भूतपूर्व सैनिकों और होमगार्डों को प्राथमिकता देने की बात थी।

मैंने सकुचाते हुए कहा, ''लहूरी भाई ! चपरासीगिरी ही सही, जो काम मिले, कर लो। अपने में कोई काम छोटा नहीं होता। मुझे जानते ही हो कि एस. ए. करके किरानी का काम कर रहा हूँ। बाद में प्रमोशन वगैरह तो होगा ही। क्या सोचते हो ! फार्म भरोगे कि नहीं ?''

''इस बार भी मेडिकल जाँच में छाँट देंगे...साला, हाइड्रोसील बोलता है।'' उसका चेहरा तमतमा उठा।

''नहीं-नहीं, इसमें मेडिकल जाँच नहीं होती। यह तो फोर्थ ग्रेड का काम है।'' मैंने कहा।

''खाक भरूँ ? सिविलसर्जन और सांसद-विधायक के उम्मीदवार पहले से तय हैं। पिछले सिविलसर्जन को सांसद ने सस्पेंड करवाया था, इसलिए वर्तमान सिविलसर्जन सहमा है और सांसद से पूछे बिना साँस तक नहीं लेता। मेरी तो इन प्रतिनिधियों से जान-पहचान भी नहीं है। अपने चुनाव क्षेत्र में वे कभी आएँ, तब तो जान-पहचान हो।'' थोड़ा रुककर फिर उसने कहा, ''वहाँ जल्लाद के लिए एक जगह खाली है...''

''जल्लाद की ?'' मैंने हैरत से पूछा।

''सोचता हूँ, इसी के लिए अपना नाम लिखवा दूँ। उसमें पैरवी और पैसे की ज़रूरत नहीं होगी न। उसमें शायद ही कोई नाम लिखाए।'' लहूरी ने धीरे से कहा। उसकी पत्नी अंदर रसोई में थी।

''क्या कह रहे हो लहूरी भाई ? इस आधुनिक युग में किसी को जान से मारने का क्या औचित्य है ? उसे सुधरने का मौका मिलना चाहिए। फाँसी देना तो एकदम निकृष्ट काम है। सजा सुनानेवाले से ज़्यादा फाँसी देनेवाला क्रूर होता है। कितना पाप लगता होगा फाँसी देने में। जल्लाद तो जानवर से भी गए-गुजरे होते होंगे। इनसे कोई बातचीत भी न करता होगा। खुद इनके बाल-बच्चे इतने कटे-कटे रहते होंगे। आख़िर ये लोग अपने आप से घृणा करते होंगे...और कुछ भी करो लहूरी, पर यह काम हरगिज न करना।'' मैं यह सब एक साँस में कह गया। मेरे मुँह का स्वाद बिलकुल बिगड़ गया था।

क्षण भर की चुप्पी के बाद उसने आँखें तरेरकर कहा, ''क्या पुलिस और डॉक्टर से ज़्यादा क्रूर होता है जल्लाद ? जल्लाद तो जज द्वारा ट्रायल में दोषी पाए गए अपराधियों को ही फाँसी देता है। लेकिन पुलिस और डॉक्टर बिना ट्रायल किए ही सजा दे देते हैं—वे खुद ही जज बन जाते हैं, मेरे दोस्त ! फिर जल्लाद अपने कार्यों के निर्वाह में भ्रष्ट नहीं होता...''

मुझे लगा कि मेरे उपदेश की गगरी सच्चाई की चट्टान पर गिरकर चकनाचूर हो गई है। मेरी जीभ बिलकुल शिथिल और हथियारविहीन हो गई थी। किंकर्तव्यविमूढ़

होकर मैं वहाँ से चल दिया।

मेरे जाने के बाद उसकी पत्नी ने पूछा कि क्या बातचीत हो रही थी। उसने बताया कि अगले महीने से उसे क्लर्क की नौकरी जरूर मिल जाएगी। उसने फार्म भर दिया है और मैं उसकी पैरवी करा दूँगा। उसकी पत्नी की आँखें चौड़ी हो गईं। वह सोचने लगी कि भगवान् जो कुछ करता है, ठीक करता है। पुलिस की नौकरी में बीहड़, डाकुओं का पीछा करना, बंदूक चलाना और अफसरों को खुश करने के लिए गरीबों का जुल्म करना कितना खराब काम है। किरानी लोग तो दस से पाँच तक ड्यूटी करके रोजाना घर आ जाते हैं। सोचते-सोचते उन्हें पड़ोसी की याद आई जो पिछले तीन साल में ही क्या-से-क्या बन गए। खैर...उसने नई साड़ी की याद दिला दी, तो लहूरी शरमा गया। वह अपना वादा पूरा नहीं कर पाया था। उसने अगले महीने नौकरी लगने पर जरूर साड़ी लाने का वादा किया। आख़िर होमगार्ड के रूप में महीने, पंद्रह-बीस दिन मुश्किल से काम मिलता है। इस वादे-दर-वादे पर उसकी पत्नी तुनक गई और गुस्से में घर के अंदर चली गई।

उस रात लहूरी काफी देर तक जागता रहा। उसे याद आया कि उसने जीवविज्ञान सिर्फ़ इसलिए छोड़ दिया था कि उसमें मेढ़क वगैरह चीरना पड़ता है। सचमुच जीवित आदमी के गले में फंदा डालकर फाँसी देना कितना क्रूर कार्य है। खुद को मारकर ही वह जघन्य कार्य करना संभव होता होगा। आख़िर आदमी कोई मशीन तो नहीं कि इन बातों का उसके हृदय पर असर नहीं होगा। उसके खानदान में ऐसा निकृष्ट कार्य किसी ने नहीं किया। उसका राह चलना दूभर हो जाएगा। उसके बच्चों को लोग चिढ़ाएँगे, पत्नी को ताना मारेंगे और लेन-देन नहीं करेंगे। फिर क्या पता ! उसकी पत्नी ही उससे घृणा करने लगे—वह कितनी नेमी-धर्मी है। पैर से चींटी दब जाने पर भी पश्चाताप करती है। विस्तुइया छू जाने पर स्नान करके साधु-संतों को भिक्षा देती है। आदमी नौकरी करता है, परिवार को सुख देने के लिए। दो जून की रोटी मिलने के साथ-साथ दस आदमियों के बीच उठने-बैठने और मान-सम्मान पाने के लिए। जब सारा संसार विमुख हो जाएगा, तो ऐसी नौकरी किस काम की ? ऐसा जीना किसके लिए ?

यह सोचते-सोचते वह सारी रात करवटें बदलता रहा। उसकी उम्र तीस वर्ष पूरी होने में अब मात्र छह दिन ही 89शेष थे। आवेदन भरने की तिथि कल ही है।

क्या वह रेगिस्तान के रास्ते की तरह इस एक मात्र रास्ते का भी वजूद मिट जाने दे ? उसे महसूस हुआ कि यदि उसने ऐसा किया तो पूरी दुनिया तपते बालू के विशाल रेगिस्तान के अलावा और कुछ भी न रहेगी।

दूसरे दिन शाम को लहूरी मुझसे मिलने मेरे घर गया और कहने लगा, ''उदय, मैंने जल्लाद के पद के लिए नाम लिखवा दिया है। पूरी उम्मीद है कि मैं नियुक्त कर लिया जाऊँगा।'' उसके स्वर में तनिक भी ग्लानि प्रतीत नहीं होती थी।

बल्कि उसे कुछ खुशी हुई और बात-बात में उसने इसका इजहार भी किया। उसने अपनी पत्नी को सिर्फ़ इतना ही बताया कि किरानी के पद के लिए कागजात दिखाने

के लिए बुलाया गया है।

साक्षात्कार के दिन वह समय से पहले ही पहुँच गया था। ऑफिस के चपरासी से मालूम हुआ कि एक जगह के विरुद्ध मात्र दो उम्मीदवारों ने नाम लिखवाया है। उसे थोड़ा और इत्मीनान हुआ। वह सोचने लगा कि उसे अपने होमगार्ड जवान होने के अनुभव का फायदा जरूर मिलेगा। वह अपने मन में भविष्य के लिए तरह-तरह की कल्पनाएँ करने लगा।

थोड़ी देर में पुकार हुई। दूसरा उम्मीदवार कमरे के अंदर गया। उसने अपनी शैक्षिक-योग्यता का प्रमाण-पत्र दिखाया और बिना पूछे ही कहने लगा, ''श्रीमान् जल्लादी मेरा पुश्तैनी पेशा है। मेरे दादा ने मनसुख तिहाड़ जेल में जल्लाद का काम किया था और अपने समय में इक्कीस लोगों को फाँसी दी थी। इस पेशे के कारण हम लोगों को कोई नौकरी-चाकरी नहीं देता। कोई-न-कोई बहाना बनाकर छाँट दिया जाता है। ''यदि मुझे यह पुश्तैनी पेशे की नौकरी भी नहीं मिली तो मैं कहीं का नहीं होऊँगा...''

साक्षात्कार बोर्ड के सदस्यों में मतभेद था। कुछ तो दादा के अनुभव की गणना पोते के लिए मान्य नहीं कर रहे थे, तो दूसरे उससे सहानुभूति जता रहे थे। अंततः बहुमत से उसकी बात मान ली गई।

पहले उम्मीदवार के बाहर निकलते ही लहूरी बिना बुलाए ही उस कमरे में घुस गया। चपरासी ने कोई आपत्ति नहीं की क्योंकि तीसरा उम्मीदवार नहीं था और न अंदर से कोई आदेश ही मिला था। एक सदस्य ने पूछा, ''आपकी तारीफ ? अंदर कैसे आ गए ?''

सैलूट मारते हुए लहूरी ने कहा, ''सर ! मेरा नाम लहूरी है। मैं इंटर द्वितीय श्रेणी से पास हूँ। मैंने भी जल्लाद के लिए उम्मीदवारी दी है। सर, मैं आठ वर्ष से होमगार्ड का जवान हूँ। सर, तीस वर्ष होने के कारण मैं 'ओवर एज' हो गया हूँ, दूसरी नौकरियों के लिए। मुझे रख लीजिए सर...''

''ओह ! जल्लाद के काम के लिए इतना कंपटीशन ? देखो, पहलेवाले उम्मीदवार का दादा जल्लाद का काम कर चुका था, उसका फायदा तो उसे मिलेगा ही...''

''सर ! जिस माँ-बाप ने कभी कोई नौकरी नहीं की क्या उनकी संतानों को कोई नौकरी नहीं मिलेगी ?'' लहूरी का क्रोध शब्दों में नहीं ढल पा रहा था।

मेज की दूसरी ओर पूर्णतः चुप्पी थी। लहूरी उत्तर की प्रतीक्षा किए बिना कमरे से बाहर निकल गया। बाहर आते ही उसे लगा कि वहाँ तांडव नृत्य हो रहा है जिसमें पुलिस अफसर, डॉक्टर, सिविलसर्जन, जन-प्रतिनिधि और जेल के अधिकारीगण थिरक रहे हैं महाजल्लाद के रूप में। उसे लगा कि उन सबों की तुलना में जल्लाद सिर्फ़ नाम का जल्लाद होता है।

# विद्या क्षेत्रे कुरुक्षेत्रे

मास्टर चंगेजसिंह को दो बंदूकधारियों के साथ देखकर प्रधानाध्यापक लोकनाथ सन्न रह गए। उन्होंने सपने में भी नहीं सोचा था कि एक गँजेड़ी मास्टर के खिलाफ़ शिकायत करने पर उनका पीछा बंदूक की गोलियाँ करेंगी। हेड मास्टर लोकनाथ क्या, अगर बादशाह चंगेज खाँ भी वहाँ होता, तो उसे भी आश्चर्य होता, एक सीधे-सादे मास्टर के खिलाफ़ बंदूकधारियों को देखकर ! लेकिन यह तो मॉडर्न चंगेज की आधुनिकता थी। लोकनाथ स्मृतियों की आँधी की चपेट में आ गए। उन्हें खयाल आया कि न वह अपने सहायक अध्यापक की गैरहाजिरी और अयोग्यता की शिकायत डिप्टी साहब से करते, न यह झमेला खड़ा होता। लेकिन गाँव के अधिकांश लोगों ने भी तो डिप्टी साहब के सामने बयान दिया था। लिखित न सही, मौखिक ही सही। लोग कागज पर अपने दस्तखत या अँगूठे के निशान देने में ऐसे कतराते हैं, जैसे डेथ वारंट पर सही कर रहे हों। क्या करें, कई बार गोसाईंगंज के बड़े दरोगा दरख़ास्तों पर सही करनेवालों को मजे चखा चुके हैं, इसे सारा गाँव जानता है। उन्होंने तीन-तीन दिन तक थाने में बुला-बुलाकर लोगों के काम अकाज किए और उस पर हर वाक्य में माँ-बहन की गाली दी। अरे, एक बार तो इसी गाँव के फतई को दो दिनों तक हाजत में भी रखा और जब कोई जुगाड़ न हो सका, तो तीसरे दिन मजिस्ट्रेट के यहाँ दफा 107 में भेज दिया। तब से बूढ़े-जवान, सबकी आँखें खुल गईं। कौन पड़े सही करने के चक्कर में !

और हाँ, प्रधानाध्यापक लोकनाथ की बूढ़ी माँ उन्हें शिकायत करने से बार-बार मना कर रही थी—क्या ज़रूरत पड़ी है किसी के खिलाफ़ लिखा-पढ़ी करने की ? स्कूल सरकार का है, सरकार जाने। फिर, जो जैसा करेगा, वैसा भरेगा। इस गाँव में तो सैकड़ों लोग हैं, क्यों नहीं किसी की आवाज़ खुलती ? लोकनाथ तुम मेरा कहना मानो। किसी के बहकावे में आकर चंगेजसिंह की शिकायत मत करो। आख़िर गाँव का प्रधान किसलिए है ? वह जाने। क्या उससे यह बात छिपी है ? बेईमान ! वोट लेना होता है तो टोपी लगाए सत्तर नखरे करता है। बूढ़ों से पीठ ठोकवाता है, बूढ़ी औरतों के पैर छूता है, जवानों से हाथ मिलाता है, बच्चों को गोद में उठाकर पुचकारता है। कहता था—इस गाँव को स्वर्ग बना देंगे। आख़िर बना दिया न नरक ? अपने तो ब्लॉक के चक्कर काटता है—कभी ठेका, कभी परमिट—मानो वही साहब-सूबा हो गया है। जो-जो वादा किया था, सबका उलटा हो रहा है। तुम अकेले भाड़ नहीं फोड़ सकते, लोकनाथ !

दरिया की धारा के आगे जो कुछ पड़ता है, सब अंदर हो जाता है।''

मगर लोकनाथ थे जिद्दी। अपने उसूलों के पक्के। बचपन से ही वे आदतन अक्सर रिजर्व रहते थे। बोलते कम थे, लेकिन वक्त-ज़रूरत पड़ने पर बड़े बुजुर्गों को भी तथ्य और तर्क के बल पर लताड़ देते थे। ऐसा लताड़ते कि लोग सोचने को मजबूर हो जाते और समझ जाने पर बुरा भी नहीं मानते। दरअसल सही को सही और गलत को गलत मानने में वे तनिक भी न हिचकते। गलत के विरुद्ध आवाज़ उठाना वे अपना नैतिक और अध्यापकीय दायित्व मानते थे। उनका मानना था कि अपनी सीमाओं और दायरे में अगर हर व्यक्ति ईमानदार हो जाए, तो बर्बाद होती यह समाज-व्यवस्था पुनः आबाद हो जाएगी। अपने इसी दृष्टिकोण के तहत कुबरा चमाइन के मामले में भी उन्होंने सारे गाँव को छोड़कर हरिजनों का साथ दिया था। उन्हें लगा था कि बलात्कार—चाहे कुबरा चमाइन की लड़की का हो या पंडित धर्मदेव की लड़की का—बलात्कार होता है। इसीलिए उन्होंने धर्मदेव के लंपट लड़के को एक थप्पड़ रसीद दिया था और खुद उसका कान पकड़ पंडित धर्मदेव के पास कुबरा के साथ-साथ 'ओरहन' देने गए थे। लेकिन यह क्या ? पंडित जी लोकनाथ पर ही आग-बबूला हो गए थे। बोले थे, ''मास्टर ! मास्टरी करो, गाँव के मामले में मत पड़ो, अन्यथा नेतागिरी महँगी पड़ेगी।'' लेकिन वही पंडित जी प्रधान बन गए। पिछले चुनाव में। फिर भी लोकनाथ ने इसकी परवाह नहीं की। अपनी माँ से उन्होंने कहा था, ''माँ ! अकेला चना भाड़ भले न फोड़ पाए, लेकिन ज़मीन में बीज के रूप में गड़कर वह असंख्य होकर निकलता है।''

इसके अतिरिक्त गाँव के बूढ़े-जवान बार-बार यही कहते हैं, ''भैया ! गाँव के स्कूल में हेडमास्टर हो, तो पढ़ाई कोर-कसर न रहे।'' फिर लोकनाथ के सामने अपने गुरु जी के पढ़ाने का अंदाज़ नाचने लगता। क्या मजाल कि गुरु जी से कोई लड़का बच निकले। सबको सबक देना और प्रतिदिन जाँचना वे कभी नहीं भूलते थे। समय के तो वे इतने पाबंद थे कि कभी देर से नहीं आते और बिना पूर्व सूचना के अनुपस्थित भी न होते, इसीलिए चंगेजसिंह को वे किसी हालत में नहीं झेल पाते हैं।

कुछ क्षणों में मास्टर चंगेजसिंह और मास्टर लोकनाथ आमने-सामने हो गए। चंगेजसिंह ने मृदु शब्दों को कटु स्वर में कहा, ''पंडित जी ! प्रणाम।'' लोकनाथ ने आशीर्वाद देने के लिए ज्यों ही नजरें ऊपर कीं कि उनकी आँखों पर दो-दो जोड़ी आँखों की ऐसी क्रूर चमक पड़ी कि वे चुँधिया से गए। दोनों बंदूकधारियों का मूँछ ऐंठने का अंदाज़ ऐसा था मानो सब कुछ निगल जाएँगे। वैसे भी मास्टर चंगेजसिंह के व्यक्तित्व की यह विशेषता थी कि कोई इशारे से समझे-न समझे सो गणित के पहाड़े की तरह दो दूनी चार जैसा दो टूक बताना पसंद करते थे। खरे आदमी का खरा काम, सुबह गाँजा, शाम भाँग। शंकर जी के पक्के चेले, जो आदतन मजबूर, दम लहरी में चूर। फिर शुरू किया उन्होंने भाषा की लाठी चलाना, ''पंडित जी ! ये दोनों आए हैं आपसे हिसाब करने—अर्जुनसिंह और भीमसिंह। इन्हें शंकर जी ने इस स्कूल के कुरुक्षेत्र में महाभारत शुरू करने के वास्ते भेजा है। आप जिस अभिमन्यु को बुलाना चाहें बुला लें।''

इन शब्दों को सुनकर कोई भी सोच सकता है कि यह फिल्मी डायलॉग है। लेकिन नहीं, सचमुच यह दूसरा महाभारत छिड़ने जा रहा था। कुरुक्षेत्र में नहीं, मीरपुर के स्कूल में। एक ईमानदार प्रधानाध्यापक, दूसरा गैर जिम्मेदार तथा लठैत मास्टर। आख़िर सभी मास्टर एक से नहीं होते, जैसे हाथ की सभी उँगलियाँ बराबर नहीं होतीं—फिर 'कनगुरीं' और अँगूठे का क्या जोड़ ? लेकिन आज का अखाड़ा ही ऐसा है, जो बिना जोड़ी के लोगों को लड़ा-भिड़ा देता है।

हाँ, महाभारत सुनकर प्रधानाध्यापक लोकनाथ अंदर से सिहर गए। उनका अध्यापकी दिल दो टूक होने के कगार पर था। वे चिंतित होने लगे कि यदि यहाँ महाभारत छिड़ा, तो कृष्ण की गैरहाजिरी में हार-जीत का फैसला कैसे होगा, और तो और, जब इन बच्चों का वर्तमान ही सुरक्षित नहीं रहेगा, तो भविष्य की बात ही क्या ? लेकिन चंगेजसिंह को इसकी फिक्र न थी। आप सुखी, संसार सुखी, आप दुखी, संसार दुखी।

खैर ! प्रधानाध्यापक लोकनाथ उन मुस्टंडों को देख-देख अंदर से मोमबत्ती की तरह जलते-गलते जा रहे थे, बाहर धुआँ छोड़े बगैर। उधर बच्चों में बंदूक देखकर कौतूहल और जिज्ञासा के भाव पैदा हो रहे थे। लोकनाथ बोले, "ठाकुर साहब ! मेरी आपसे व्यक्तिगत दुश्मनी न कभी थी और न है" लेकिन बीच में ही बात काटते हुए चंगेजसिंह बोले, "चुप रहिए, हेडमास्टर साहब ! आपने जिस पत्तल में खाया, उसी में छेद करने की जुर्रत भी की। किसी हेडमास्टर ने पिछले बीस बरसों में कभी रजिस्टर में मुझे गैरहाजिर करने और गाँजा की शिकायत करने की हिम्मत नहीं की। इस बात को इस इलाके के आला अफसरान पिछले एसेम्बली एलेक्शन से ही अच्छी तरह जानते हैं कि मैं क्या हूँ। मुझे अब्सेंट करके आपने मेरी आधी मूँछ उखाड़ ली और बाकी आधी... बाकी आधी...चंगेजसिंह का पूरा चेहरा लाल हो गया और गुस्से में वे पूरा वाक्य नहीं बोल पा रहे थे। लोकनाथ ताड़ गए कि मामला बिगड़ गया है साथ ही ठाकुर साहब ने चिलम ज़्यादा चढ़ा ली है। वैसे तो सबको यह बात मालूम थी कि जब भी मास्टर चंगेजसिंह रमई लोहार के घर होकर स्कूल आते, तो चिलम की ओवर डोज जरूर लेते। फिर आज सुबह विनय, कक्षा चार, अपने साथियों से कह रहा था कि फक्कड़ चिलम टान रहे थे। उसी ने उन्हें दुकान में तंबाकू लाकर दी थी।

लोकनाथ को भी याद आया कि इससे पहले कैसे दिवाकर हेडमास्टर की बेइज़्ज़ती चंगेजसिंह इसी स्कूल में कर चुके हैं। बेचारे दिवाकर की गलती बस यही थी कि उन्होंने चंगेजसिंह का एक माह का वेतन रोक दिया था, गैरहाजिर होने के नाते और उसका परिणाम यह हुआ कि दूसरे दिन चंगेजसिंह के चेलों ने उनकी साइकिल छीन ली थी और एक टाँग भी तोड़ दी थी। इतना ही नहीं, जब वह थाना में रपट लिखाने गए तो दारोगा जी उन्हीं पर उबले, "अच्छा ! आप हैं पढ़ाकू मास्टर ! बाबू चंगेजसिंह के साथ बदसलूकी करोगे, तो भगवान भी माफ नहीं करेगा। विधायक जी के आदमियों से भी भिड़ जाते हो ? जाओ, खैर गनीमत है कि काम लायक बच गए। लेकिन सुनो ! सुनो ! चंगेजसिंह ने आप पर दफा 307 का मुकदमा पहले ही कर दिया है। आपकी तो

गिरफ्तारी होनी चाहिए।''

दारोगा के ये शब्द दिवाकर को घाव से ज़्यादा दर्द देने लगे थे। इसी बीच छोटे दारोगा ने गालियों का पिटारा खोलकर हेडमास्टर दिवाकर को साले से सुअर की औलाद तक संबोधित किया। केस तो खैर होना ही नहीं था और न हुआ। बाद में दारोगा ने केस के अनुसंधान के दौरान टेबल पर बैठे-बैठे दिवाकर के पास से एक देशी कट्टा की बरामदगी को रिकार्ड में दिखा दिया और प्रेस के कुछ बंदों को बुलाकर 'आधिकारिक सूत्रों से' खबर भी छपवा दी। एक नाम, पचास काम। सो मजबूरन बेचारे दिवाकर को ही समझौता करना पड़ा। किसी ने साथ नहीं दिया, सिवा पैसे के। किसी तरह ले-दे के मामला रफा-दफा तो हुआ, मगर वह जिंदगी भर के लिए 'डेढ़टँगा' हो गए। उधर इस टेस्ट केस को हैंडिल करने की सफलता ने चंगेज की तरफ से विधायक की पैरवी करने में सोने में सुहागा-सा काम किया जिसके फलस्वरूप चंगेजसिंह को देश की एक दबंग पार्टी के प्रखंड स्तरीय टीचर्स सेल का महासचिव बना दिया गया। फिर क्या था...?

देखते-देखते बेरोज़गारों की-सी शक्ल लिए दोनो मुस्टंडे आगे बढ़े और मूँछों की भाषा में बोलने लगे, ''अबे दो कौड़ी के मास्टर ! राजा हरिश्चंद्र बनने चले हो ? लोकनाथ से परलोकनाथ हो जाओगे। बाप भिखमंगा, बेटा दानवीर। अगर बहुत ईमानदार बनना है, तो नौकरी छोड़कर शंख फूँक-फूँक कथा बाँच और ईमानदारी का झोला लेकर बेईमानों से भीख माँग, समझे ?

यह सुन लोकनाथ हतप्रभ हो गए। अपने पिता के लिए 'भिखमंगा' विशेषण सुनकर उनकी चिंतनक्रिया क्षीण होने लगी। ऐसा लगा कि वे बदले में जवाबी विशेषण खोज रहे हैं। उनका चेहरा निःसहाय होने का सबूत दे रहा था। उनकी आँखों से आँसू टपक रहे थे। उधर मुस्टंडे खुश हो रहे थे कि यह मास्टर भी सोचता होगा कि किसी से पाला पड़ा है। चंगेज के इशारे पर कि आज के लिए इतना ही काफी है, दोनों बंदूकधारी पीछे मुड़ने लगे। मगर एक बिलकुल काइयाँ था। वह कभी कारतूसों की बेल्ट खींचता-हिलाता, तो कभी दो उँगलियों से दोनाली होने का संकेत देता। मूँछों पर ऐसे ताव देता जैसे अखाड़े में पहलवानी कर रहा हो।

फिर वे तीनों वहाँ से वापस चले गए। लोकनाथ के पास दूसरे शिक्षक अपनत्व जताने आए, तो उन्हें कोई संतोष न मिला। वे इतना ज़्यादा 'डिमोरलाइज्ड' थे कि इस प्रसंग पर 'नीक-बेकार' कुछ सुनना नहीं चाहते थे। किसी तरह एक घंटे का समय बीता और ज्योंही चार बजे, उन्होंने छुट्टी की घंटी बजवा दी और 'देश की रक्षा की प्रतिज्ञा' जो रोजाना रूटीन में होती थी, उस दिन नहीं करवाई। उन्हें लगा कि जब देश ही नहीं बचा है, तो रक्षा किसकी करनी है ?

दूसरे दिन जब लोकनाथ अपने गोगलिया खेत से चरी लेकर आ रहे थे, तो रास्ते में एक साइकिल सवार से टाइम पूछा। सवा नौ सुनते ही उनके होश उड़ गए। अब कैसे होगा ? अभी चरी को गड़ासा से काटकर जानवरों का चारा तैयार करना है। सानी

में पानी भरना है, फिर नहा-धोकर दो कौर खाकर दस बजे स्कूल पहुँचना है। यह सोच अपनी चरी के बोझ के साथ लंबे कदम बढ़ाने लगे।

घर पहुँचे तो देखा कि दोनों बैल अब भी 'सरिया' में बँधे हैं और उनके पाँव कीचड़ से बुरी तरह सने हैं। वे अपने दस वर्षीय इकलौते बेटे पर बिगड़ने लगे—नालायक ! किसान के घर में रहकर माटी-कीचड़ से डरेगा, तो किसानी क्या करेगा ? बैल अब सैकड़ों में नहीं मिलते कि हर साल खरीद लेंगे। कुछ 'घाम' लग जाएगा, तो कबरा को चिंगुरा नहीं पकड़ेगा। लेकिन क्या नानेमऊ के मरघट चले गए थे ? हरामी कहीं का ! मर भी जाता..." आदि।

खैर, उन्होंने स्वयं बैलों को बाहर घमौनी के लिए निकाला। फिर जुट गए चारा काटने और सानी-पानी के इंतजाम में।

सानी-पानी का इंतजाम होने तक दस बजने में मात्र बीस मिनट बाकी थे।

समय के पाबंद होने के नाते झटपट नहाकर और कपड़े पहनकर वे विद्यालय के लिए चल दिए। बहन और पत्नी से खाने को बार-बार कहा, लेकिन उन्होंने सुनकर भी अनसुना कर दिया। जिस बहन का कहना वे जरूर मान लेते थे, आज उसकी बात भी टाल दी थी लोकनाथ ने।

फिर घर से सीधे गाँव के मंदिर होते हुए बढ़े जा रहे थे, पर कल की घटना बार-बार याद आ रही थी। फिर याद आया कि माँ ने शिकायत करने से मना किया था...उनके पिता को कल 'भिखमंगा' कहा गया था...उनके स्मृति-पटल पर उनके पिता की तसवीर छाने लगी। वे सोचने लगे, 'ऐसे बाप पर नाज है, जिन्होंने अपना पेट काटकर मुझे दसवीं तक पढ़ाया था और मास्टरी की ट्रेनिंग करवाई तो किस बदहाली में...? दस विस्वा जड़हनिया खेत रेहन पर रखना पड़ा था।' उनकी आँखों से आँसू टपकने लगे। फिर उन्हें अपनी विधवा माँ की याद आने लगी।

हाँ, उनकी माँ तीस वर्ष की उम्र में ही विधवा हो गई थीं। तब से लोकनाथ सात वर्ष और मंजू दो वर्ष के साथ वे आज तक 'रँडापा' खे रही है। बीच में दो भाई और हुए थे, लेकिन सौरी में ही चल बसे थे। माँ बता चुकी है कि जमुहा ने दोनों की सौरी का दीया बुझा दिया था और माँ को दादी ने बताया था कि जिसका जमुहा बुझाया है, वह सौरी में ही गुजर जाता है। लोकनाथ जब भी जमुहा कीड़े को देखने की बात पूछते, माँ हमेशा यही कहती, 'देखा नहीं, तो क्या हुआ ? बूढ़ी अम्बा कहती है, तो उसी ने बुझाया होगा दीया। सब चीज़ें तो देखी नहीं जा सकतीं—कुछ पर तो सुनकर भी विश्वास किया जाता है...' और लोकनाथ यह सुनकर खिलखिलाकर हँस पड़ते।

अचानक उन्हें मंजू की याद आने लगी जो शादी के पाँच वर्षों के अंदर ही परित्यक्ता हो गई थी, क्योंकि उसका पति सयाना होकर वकालत पढ़ने लगा था। तब से वह भाई के यहाँ ही रहती है। उसके गौर-भभक चेहरे पर समय की पड़ी काई की याद आती है। पर लोकनाथ के लाख समझाने-बुझाने पर उसकी दूसरी शादी करने पर परिवार में मतैक्य नहीं था, सो मंजू ससिंदूर विधवा-सी हो गई थी। यह सब सोच

लोकनाथ किंकर्त्तव्यविमूढ़ थे।

इस मानसिक उलझन में खोने से चलते समय उनका पैर बार-बार धोती में फँस जाता जैसे किसी नौसिखिए ने धोती पहनी हो और सँभाल न पा रहा हो। तभी किसी ने उन्हें प्रणाम किया, तो चौंक पड़े, जैसे कोई बंदूक दगी हो। तब लोकनाथ ने गाँव की गंदी और सँकरी गलियों की अपेक्षा गाँव के बाहर से ही मेड़ पर से होकर जाना उचित समझा। लेकिन वे स्कूल के पहले पड़नेवाले पूर्वी तालाब के बगल की मेड़ पर से फिसल गए। इस पर वे शंभूनाथ और रामदयाल को उनकी गैरहाजिरी में गलियाने लगे, ''ऐसो मेड़ काटी है कि ससुरा पता ही नहीं चलता कि यहाँ चकरोड है। सरकार ने जनता की भूले-भटके सुध भी ली, शंभू और दयाल ने बीच में ही 'लोक' लिया उसका लाभ। अरे, शंभू एक हाथ काटता है, तो दयाल दो हाथ...'' बड़बड़ाते हुए हेडमास्टर लोकनाथ स्कूल पहुँच गए।

आज उन्होंने रोज की तरह बच्चों से न तो स्कूल के प्रांगण को साफ करने को कहा और न प्रार्थना ही करवाई। उन्होंने सोचा कि जब सही काम के बदले प्रार्थना करने के बावजूद दुःख मिलता है, तो 'हे प्रभो ! आनंददाता...' कहने से क्या फायदा ? जब यहाँ दुराचारी और कदाचारी का ही प्रभुत्व है, तो 'सदाचारी बनें' की कोरी और झूठी प्रार्थना करने से क्या लाभ ? तो उन्होंने अपने प्रिय विषय इतिहास में 'भारत छोड़ो आंदोलन' के बारे में पढ़ाना शुरू कर दिया।

थोड़ी देर बाद बगल से भीमसिंह, कक्षा पाँच, आहिस्ता-आहिस्ता आया और गुरु जी कहकर दो उँगलियों के संकेत से दीर्घशंका के लिए इजाजत माँगी। दिमाग में विशेषण और क्रिया के युद्ध में खोए गुरु जी का चेहरा 'दोनाली मुस्टंडे की दो उँगलियाँ, फिर दो उँगलियाँ' देखकर तमतमा उठा। आँखें निकालकर वे सिंह-सा दहाड़े, ''क्या करोगे उँगलियाँ दिखाकर ? तुम क्या तुम्हारे पुरखों ने भी कभी किसी को उँगली दिखाई थीं हरामजादे ! किराए की दोनाली पर कूदते हो ? तुम क्या तुम्हारा बाप भी नहीं बंद कर सकता मेरी आवाज़ दोनाली के सहारे, समझे ?'' कहते-कहते लोकनाथ ने भीम का गला पकड़कर ऊपर उठा लिया। फिर दूसरे अध्यापकों के ना, ना करने पर उन्होंने उसे एकाएक छोड़ दिया। भीम ज़मीन पर चित्त गिरा और बेहोश हो गया। लोकनाथ बड़बड़ाते-बड़बड़ाते अपना बाल नोचने लगे। तभी अचानक उनकी आँखों का चश्मा ज़मीन पर गिरा और दरक गया। ऐसा लगा जैसे क्रिया-विशेषण पर विजय दुंदभि बजा दी।

# बैसाखी

वे दोनों झील के किनारे के दृश्य से आश्चर्यचकित थे, खासकर बेंचों पर बैठे जोड़ों की होंठ-लीला से। दोनों, सत्यम और निखिल ने एक साथ दीपंकर से पूछा, ''क्यों भाई, ये शादीशुदा लोग पिकनिक मना रहे हैं क्या ?''

''नहीं-नहीं, इनमें से अधिकांश कॉलेज फ्रेंड हैं। कुछ फर्मों में काम करते होंगे और कुछ प्रोफेशनल हैं।'' दीपंकर ने विक्टोरिया मेमोरियल परिसर में स्थित झील के पास बैठे जोड़ों के बारे में बताया। लेकिन उन्हें अपनी आँखों पर विश्वास नहीं हो रहा था। वे अपनी जिंदगी में पहली बार देख रहे थे कि खुलेआम प्रेमीयुगल छतरी लिए बैठे हैं और जब 'किस' करना होता, छतरी की आड़ कर लेते हैं।

धूप ढलान पर थी। आकाश बिलकुल साफ था, यमुना-जल की तरह। घास–घास थी या मखमल–यह भेद करना मुश्किल था। तीनों दोस्त भुट्टे कम खा रहे थे, गपशप ज़्यादा कर रहे थे। आख़िर पूरे तीन वर्ष बाद मिले थे। पहले दीपंकर भी उन दोनों के साथ पटना में ही पढ़ता था और अपने पिता का ट्रांसफर होने के कारण कलकत्ता में ही शोध कर रहा है। उधर सत्यम समाजशास्त्र में शोध कर रहा है और निखिल एक प्राइवेट कॉलेज में तीन सौ रुपए मासिक पर पढ़ा रहा है किंतु वह अपने नाम के आगे प्रोफेसर लिखना सपने में भी नहीं भूलता।

निखिल का बाल-सुलभ कौतूहल और दिवा-स्वप्न निरंतर बढ़ता जा रहा था। उसे लगा कि काश वह पटना कॉलेज के बजाय प्रेसीडेंसी कॉलेज में पढ़ा होता। उधर सत्यम भी खोया था, लेकिन भावनाओं के बजाय सामाजिक स्थिति के बारे में, नई युवा संस्कृति के बारे में। फिर उसका शोध-विषय भी 'स्त्रियों की सामाजिक स्थिति' था। वह सोचने लगा कि एक नया पहलू उससे अछूता रह गया था। दोनों को खोया हुआ देखकर दीपंकर ने टोका, ''अजी, किस दुनिया में खो गए ? परेड मैदान और सोनागाछी जाओगे तो आँखें चुँधिया जाएँगी। यहाँ न पुलिस के डंडे की चोट लगेगी, न पत्रकारों के कलम की मार पड़ेगी। तुम्हें कोठे पर भी नहीं जाना होगा। गाँठ में कुछ पैसे हों, तो चहकती हुई परियों से तुम्हारी मुलाकात करवा दूँ...।''

तीनों उठ खड़े हुए। भुट्टों का स्वाद बतरस के आगे बिलकुल फीका लगने लगा।

परेड ग्राउंड पहुँचते-पहुँचते धूप थक चुकी थी। घास पर बैठे-बैठे वह ऊब भी गई थी। अब पेड़ों की फुनगियों पर झूला झूल रही थी धूप। सूरज दौड़ने के बजाय अब

धीमे-धीमे खिसक रहा था गोया इस महानगर में फैला धुआँ उसकी आँखों में लग रहा हो और आँसू पोंछते-पोंछते उसकी सूरत रोऊनी बन गई थी। बेतरतीब उगने, खाई हुई चीज़ों के टुकड़ों से दबी होने और दौड़ एवं खेल से त्रस्त होने के कारण घास सर्वहारा बन गई थी और उसकी तुलना में मेमोरियल का लॉन बुजुर्वा। खोमचेवाले घंटी बजाते या आवाज़ करते हुए मुडी, भुट्टे, लावा, आम-पापड़ आदि बेच रहे थे। उत्तर तरफ फुटबाल खेलनेवाले लड़के बेफिक्र होकर खेल में व्यस्त थे। दक्षिण तरह रोस्ट्रम से माइक पर रिकार्ड की धुन सुनाई दे रही थी। बीच-बीच में कोई बँगला में एनाउंस करता, ''भाइयो और बहनो ! हमारे लोकप्रिय नेता सुविमल घोष, अजित दत्ता, प्रकाश बोस वगैरह शीघ्र ही पधारनेवाले हैं। आपसे अनुरोध है कि अधिक-से-अधिक संख्या में पधारकर उनके भाषणों से लाभ उठाएँ...।'' उसके बाद हिंदी फिल्मी गीत का टेप शुरू हो जाता।

परेड लॉन पर कई जोड़े बातों में मशगूल थे। कई औरतें सौ-डेढ़ सौ गज की दूरी में ही चक्कर लगा रही थीं। उनके साथ न कोई पुरुष थे, न बच्चे। रंगीन साड़ियों में सजी हुई। वे जहाँ-जहाँ पुरुषों को देखतीं, उनके पास से गुजरने लगतीं। नजदीक पहुँचते ही उनकी चाल धीमी हो जाती। यदि पुरुषों से कोई रिस्पांस न मिलता, तो वे आगे बढ़ जातीं, दूसरों की तरफ।

सत्यम और निखिल सोचने लगे कि वे नई दुनिया में आ गए हैं। वे लॉन में स्वच्छंद रूप से घूमने लगे। दीपंकर ने पहले ही बता दिया था कि वह वहाँ रुकेगा नहीं, क्योंकि वहाँ उसके परिचित लोग मिल सकते हैं।

थोड़ी देर में एक साँवली महिला, जो हरे रंग की साड़ी पहने थी, उनके पास आई। परंतु इन दोनों की कुछ कहने की हिम्मत नहीं हुई। वे एक-दूसरे की आँखों से बतिया रहे थे। वह सधी महिला इनकी हिचकिचाहट समझकर पचास गज दूर जाकर फिर वहीं आ गई और आते ही बोली, ''आपने मुझसे कुछ कहा ?''

दोनों अवाक्। वे एक-दूसरे का मुँह ताकने लगे। दोनों आश्चर्यचकित थे कि यहाँ तो बिना बुलाए ही ऑफर है। शायद यहाँ गंगा पूरब से पश्चिम बहती है। फिर भी अपनी इच्छाओं के विरुद्ध जाकर उन्होंने नकारात्मक उत्तर दिया।

उस महिला के चले जाने के बाद सत्यम ने निखिल को टोका, ''क्यों जनाब ! पहले तो बहुत डींग हाँक रहे थे। अब क्या हुआ ?''

निखिल यह वाक्य सुनते ही उत्साहित हो गया। इसका नतीजा यह हुआ कि जब लाल साड़ीवाली दूसरी महिला उनकी तरफ आने लगी, तो निखिल ने तैयारी कर ली। आते ही वह महिला मुसकराने लगी। निखिल ने सत्यम की तरफ मुँह करके कहा, ''क्या हाल है ?''

''जी, बिलकुल ठीक हूँ।'' उस महिला ने तपाक से कहा।

निखिल सोचने लगा कि नहले पर दहला कैसे दिया जाए। फिर बिना कुछ कहे ही वहीं घास पर बैठ गई और दूब का टुकड़ा खोंटकर दाँत खोदने लगी। सत्यम की सिट्टी गुम, जैसे उसे किसी जुर्म में पकड़ लिया गया हो। फिर चुप्पी तोड़ते हुए उस महिला ने

पूछा, ''आप लोग कैसे हैं ? लगता है यहाँ पहली बार आए हैं। कहाँ रुके हैं यहाँ आप लोग..?''

''जी...जी, यहीं चौरंगी लेन में अपने मित्र के यहाँ। वह किसी काम से एक दुकान पर गया है। बस आता ही होगा।'' निखिल ने इस लहज़े में कहा कि उसका डर साफ झलक रहा था। वास्तव में दीपंकर का घर शेक्सपियर सरणी में था, न कि चौरंगी लेन में। चौरंगी लेन परेड ग्राउंड के नजदीक है, इसीलिए उसने ऐसा कहा।

फिर महिला ने स्वतः कहा, ''आइए, उधर चलते हैं, झाड़ी की तरफ...।''

''लेकिन...पैसे ?'' निखिल ने पूछा।

''सिर्फ़ पच्चीस रुपए, आपके लिए। आप लोग मुझे बहुत अच्छे लग रहे हैं।'' महिला ने कहा।

निखिल का मन था कि वह भी कह दे कि तुम भी तो बहुत खूबसूरत हो। पर उसने इतना ही कहा, ''पच्चीस रुपए ? बाप रे ! यह तो बहुत ज़्यादा है।''

''तो आप ही बताइए क्या देंगे ?''

''देखिए, हम लोग केवल बातें करना चाहते हैं...'' सत्यम ने स्पष्ट कर दिया।

''अभी तो सिर्फ़ बात करने को कह रहे हैं। मगर बाद में ...'' उस महिला ने सत्यम की बात शब्दों की कैंची से आर-पार काट दी।

''नहीं, नहीं...ऐसा नहीं होगा। हम दोनों केवल आधे घंटे तक बात-चीत करेंगे,'' सत्यम ने प्रत्युत्तर दिया। निखिल उसे कुहनी से रगड़ रहा था।

वह दार्शनिक-सी बनती हुई बोली, ''साहब ! आदमी जीभ पर लगाम लगा सकता है, दिल पर नहीं। ईश्वर ने स्त्री-पुरुष अलग-अलग बनाया, आख़िर इसका मकसद तो है ही। आख़िर स्त्री होने के नाते ही तो आप मुझसे बातें करना चाहते हैं।''

वे दोनों इस कथन से निरुत्तर हो गए। उन्हें उसके शब्द उतने ही आकर्षक लगे जितना उसका चेहरा। उन्हें निरुत्तर पाकर उसने स्वयं कहा, ''तो पंद्रह रुपए दे दीजिए। इससे कम नहीं।''

दोनों इसे मान लिए। पर नए शहर में अजनबी होने का फायदा कहीं वह महिला न उठा ले, इसी आशंका से दोनों पास बनी सीमेंट की बेंच पर बैठना चाहते थे। उधर वह महिला झाड़ी की तरफ चलने का अनुरोध कर रही थी। अंततः मजबूर होकर महिला को बेंच पर ही बैठना पड़ा।

''आप कब से यह धंधा कर रही हैं ?'' सत्यम ने बेंच पर बैठते ही पूछा।

''यही कोई डेढ़-दो साल से।''

''आपने यही धंधा क्यों चुना ? दुकान, खोमचा, बिसातखाना आदि को छोटा-मोटा रोजगार कर सकती थीं ?'' निखिल ने कहा।

''नहीं, साब ! परिस्थितियों ने मुझे बुरी तरह मजबूर कर दिया...।'' चुकते तेल के कारण जुगजुगाती बाती की तरह सहमते हुए उसने कहा।

सत्यम को खोया देखकर निखिल भी अचानक चुप हो गया।

"माफ कीजिए, आप रहती कहाँ हैं ?" निखिल ने चुप्पी तोड़ते हुए पूछा।

"यहीं दमदम के पास।" महिला ने कहा।

पर दोनों को विश्वास नहीं हो रहा था क्योंकि वे जानते थे कि दमदम का इलाका पॉश एरिया है। फिर यह महिला वहाँ कैसे रहती होगी ? सत्यम ने स्थिति स्पष्ट करने हेतु कहा, "मेरा मतलब है—आप मूल रूप से कहाँ की रहनेवाली हैं ? कहाँ जन्मी थीं ?"

"हम लोग जिस देश में पैदा हुए थे, उसका नाम क्या लेना। हम लोग जड़हीन पौधे की तरह हैं। सब छूट गया, घर-द्वार, हित-नात। अब घावों को याद करने से क्या फायदा ? सा'ब ! ये निजी सवाल न पूछें तो बेहतर होगा," महिला ने कहा।

कुछ देर के लिए दोनों तरफ फिर चुप्पी के बादल छा गए। सत्यम उसकी मुसकराहट के पीछे दबे दर्द को पढ़ रहा था। उसे महसूस हुआ कि वह महिला अधिक भावुक हो रही है। सत्यम ने एकटक देखने का आशय वह महिला थोड़ा-थोड़ा समझने लगी।

सत्यम इन सब बातों को बहुत बारीकी से समझ रहा था। वह बीच-बीच में कहीं खो जाता। उसे लग रहा था कि ये तथ्य केवल शोध के दृष्टिकोण से ही नहीं, बल्कि मानव-समाज के दृष्टिकोण से भी बहुत महत्त्वपूर्ण हैं।

बात बदलने के उद्देश्य से निखिल ने मूँगफली का चोंगा उसकी तरफ बढ़ाते हुए कहा, "लीजिए, चिनिया बादाम खाइए।" पर उस महिला ने बात अनसुनी कर दी। अचानक उसका रुख बदल गया। वह असहज हो गई लगी। अपनी घड़ी की तरफ देखते हुए उसने कहा, "अच्छा बाबू जी, आधा घंटा से अधिक समय हो गया। मुझे जल्दी पंद्रह रुपए दीजिए। मुझे देर हो रही है। आख़िर इतने पैसों से क्या होगा। मुझे और कहीं... ।"

कुछ देर से गुमसुम बैठा सत्यम यह सुनते ही चौंक-सा गया। उसे लगा कि उसकी पतंग अंतरिक्ष में उड़ते-उड़ते किसी पेड़ में अटक गई है। वह सोच रहा था कि अभी उसे और उड़ाना है। उसे यह कतई स्वीकार नहीं था कि वह बीच में अधूरी बातें छोड़कर चली जाए। वह बोल पड़ा, "थोड़ी देर और रुकिए न। कुछ ज़रूरी बातें करनी हैं।"

"बाबू जी ! अब तक मैंने ज़रूरत से ज़्यादा बातें कर ली हैं। खाली बातों से पेट नहीं भरता। हमें रोटी के लिए धंधा करना है..." यह कहते-कहते उसने सत्यम की शर्ट के निचले हिस्से को पकड़ लिया, जैसे कोई प्रेमिका अपने प्रेमी से हठात् कोई वादा करवा रही हो। भावुक सत्यम खीझ उठा और पंद्रह रुपए और देने का वादा किया।

दोनों तरफ फिर क्षण-भर के लिए चुप्पी थी।

उसकी तरफ घूरते हुए सत्यम ने दुबारा उससे पूछा कि उसने यही धंधा क्यों चुना ? उस महिला ने बिना समय गँवाए फौरन साधिकार जवाब दिया, "बाबू जी, लगता है आपने अभी पूरी दुनिया नहीं देखी है। बिना पूँजी के कोई धंधा नहीं होता। इस धंधे में अपना जिस्म ही पूँजी है। जिसका जैसा जिस्म है, उसकी वैसी आमदनी।"

सत्यम कोई प्रत्युत्तर न दे सका और न उसके आगे और कुछ पूछने की हिम्मत जुटा सका।

अचानक निखिल ने अपनी इच्छा का एक प्रश्न किया कि उसने शादी क्यों नहीं की। इस पर वह बोली—यदि वह शादी कर लेती तो उसके छोटे भाई-बहन कहाँ जाते। निखिल ने सुझाव दिया कि वह उन्हें अपने साथ रख सकती थी। इस पर उसने बादलों की ओर देखते हुए जैसे मशीनी अंदाज़ में कहा, ''नहीं साहब ! यह जमाना ऐसा नहीं है कि कोई दूसरों के बाल-बच्चों का पालन-पोषण करे। बाद में, मेरे भी अपने बाल-बच्चे होते। उनके आगे मेरे भाई-बहनों को कौन पूछता ?''

आगे पूछने पर उसने बताया कि उसका भाई कक्षा छह और बहन कक्षा सात में पढ़ती है। सत्यम ने सुझाव दिया कि आजकल होटलों में कई 'छोटू' कप-प्लेट धोने का काम करके माँ-बाप का सहारा बनते हैं, इसलिए उसका छोटा भाई भी यह काम कर सकता है। इसका उसने प्रतिवाद किया, ''इसलिए कि उसके माँ-बाप नहीं हैं। मैं ही उसकी माँ-बाप हूँ। मैं नहीं चाहती कि मेरी तरह उसका भी भविष्य बर्बाद हो। मैं अपना कुछ खोकर उसका कुछ बना तो रही हूँ।''

थोड़ा और कुरेदने पर उसने बताया कि हफ्ते में वह शनिवार एवं रविवार को ही यहाँ आती है क्योंकि उन दिनों ऐसी जगहों पर ज़्यादा भीड़ होती है। उसने बताया, ''नौकरी-पेशावाले लोग इसी दिन ज़्यादा आते हैं। कॉलेज के छोकरों का तो खैर कहना ही क्या ? वे तो करीब रोजाना खेल-कूद के बहाने आते रहते हैं। किसी फंक्शन को लेकर नेता-अधिकारी भी आते रहते हैं। यहाँ बहुरंगी गंगा बहती है।'' निखिल के पूछने पर उसने यह भी बताया कि ''कभी-कभी एक-दो होटल भी बुक रहते हैं। वहाँ पैसा भी दुगुना-तिगुना मिलता है।'' निखिल कुछ अविश्वास के साथ कहने लगा, ''सुना है, इतने में तो कॉलेज की लड़कियाँ मिल जाती हैं।''

वह मुसकरा दी। बोली, ''कॉलेज की लड़कियाँ डेढ़-दो सौ से कम नहीं लेतीं। हम लोग मजबूर हैं तो पच्चीस-तीस में...उन्हें पैसे की कमी थोड़े है। कुछ तो स्कूटर-कार से भी चलती हैं। सेक्स उनके लिए मनोरंजन है, हमारे लिए रोटी का सहारा है।''

''क्या वास्तव में ऐसी लड़कियाँ सिर्फ़ मनोरंजन के लिए यह सब करती हैं ?'' गंभीर होते हुए सत्यम ने पूछा।

''नहीं, कुछ जरूर दूसरे किस्म की हैं जो बड़ी-बड़ी फैक्ट्रियों और फर्मों में काम करती हैं। कई मालिक उन्हें शुद्ध रूप से व्यवसाय के लिए इस्तेमाल करते हैं। कुछ ऊपरवालों की भेंट-स्वरूप ऑफर की जाती हैं, खासकर जब कोई काम पैसे से न हो रहा हो।''

सत्यम जैसे कहीं खो-सा गया था। इसी बीच निखिल ने अचानक उसका नाम पूछ लिया। उसने अपना नाम बैसाखी बताया।

''आपकी उम्र क्या है ?'' निखिल ने दूसरा बेतुका सवाल पूछा।

''अस्सी-पच्चासी...'' मुसकराते हुए बैसाखी ने जवाब दिया।

''अरे नहीं, सही-सही बताइए न। आप इतनी उम्र की नहीं लगतीं।''

''अच्छा पचीस-छब्बीस चलेगा ?'' उसने सहजता से कहा।

‘‘यह सुनते ही दोनों हँसने लगे। सत्यम अचानक खामोश हो गया था। निखिल से नहीं रहा गया। उसने पूछा, ‘‘इस खुले मैदान में कैसे...’’

वह उसका मतलब समझ गई। बोली, ‘‘लोग झाड़ी की तरफ चले जाते हैं...बॉडी आदि टच कर लेते हैं...‘किस’ आदि...बस।’’

निखिल समझ गया कि क्यों शुरू-शुरू में बैसाखी उन्हें झाड़ी की तरफ चलने को कह रही थी। लेकिन सत्यम...उसके अंदर गुदगुदी के बजाय आक्रोश पैदा हो रहा था।

फिर बात होते-होते दिहाड़ी कमाई पर गई। बैसाखी ने बताया कि पचास-साठ रुपए औसतन दिहाड़ी मिल जाती है। पर कभी-कभी अच्छे अमीर ग्राहक घंटे-भर के लिए सौ-डेढ़ सौ तक दे देते हैं। लेकिन ऐसे लोग कभी-कभार ही मिलते हैं। बहुतों से तो पैसा तय करने में ही चिकचिक होती है। वह झुँझलाकर बोली, ‘‘हमें सभी चूसना चाहते हैं, लेकिन पैसा देते समय...’’

सत्यम को लगा कि कहीं वह उसकी सौदेबाजी पर ही परोक्ष रूप से कमेंट तो नहीं कर रही है। दलाल के बारे में पूछने पर वह खामोश रही। निखिल ने फिर ठोंगा बढ़ाते हुए चिनिया-बादाम खाने को कहा। उसने नकार दिया। सत्यम ने कहा, ‘‘बैसाखी जी ! खाइए न, प्लीज।’’

तब उसने दो-तीन मूँगफली ले ली और खाने लगी। अब वह सहज हो गई थी और पहली बार आत्मीयता महसूस कर रही थी ग्राहक से। उसे सहज होती देखकर निखिल ने मुसकराते हुए पूछा कि यदि उससे शादी करना चाहे तो उसका क्या निर्णय होगा। उसने नकारात्मक जवाब दिया। ‘‘मगर जब उसका पति खुद बैशाखी के साथ रहने लगे,’’ ऐसा पूछने पर वह बोली, ‘‘इस दुनिया में ऐसे लोग बरौनियों जितने होंगे। पहले तो दूसरों का दुःख सुननेवाले नगण्य हैं। दूसरे, कुछ लोग सुनते हैं पर समझते नहीं। तीसरे, जो सुनते और समझते हैं, उन्हें उँगलियों पर गिना जा सकता है।...आप लोग तो ऐसे बतिया रहे हैं, जैसे किसी को भगाकर ले जाना चाहते हों।’’

‘‘नहीं-नहीं, बैशाखी जी ! ऐसा कुछ नहीं है।’’ सत्यम ने कहा।

‘‘क्या आप लोगों के इलाके में ऐसे स्थान नहीं हैं ?’’ बैसाखी ने पूछा।

‘‘यहाँ जैसी स्वतंत्रता हमारे शहर में कहाँ ? वहाँ लड़कियों पर फिकरे भी कस दीजिए, तो भी कोई प्रतिक्रिया नहीं होती। यहाँ औरतें ही बात की शुरुआत करती हैं। कितना अच्छा है यहाँ !’’ निखिल ने कहा।

‘‘नहीं-नहीं, ईश्वर करे ऐसा कहीं न हो। आप समझते क्यों नहीं...यह स्वतंत्रता नहीं मजबूरी है। चंदन की किवाड़ में दीमक लग रहे हैं। यह सामाजिक लगाव नहीं, बिखराव है। भगवान शरणार्थियों से जो-जो न कराएँ !’’ कहते-कहते बैसाखी चुप हो गई। उसकी आँखों के आँसू सूखकर पत्थर बन गए थे।

समाजशास्त्र के शोध-छात्र सत्यम को ये बातें अंदर से कचोटने लगीं। उसे गया जिले के अपने गाँव की पूर्व घटना याद आने लगी, ‘शरणार्थी’ शब्द सुनकर। वास्तव में

बरसों पहले शरणार्थियों का एक समूह उसके गाँव में आया था। उसमें बच्चे भीख माँगते थे, जवान मर्द ड्रामा-सर्कस-मदारी का खेल खेलते या टूटे-फूटे बर्तन बनाते थे, बूढ़े लोग भेड़-बकरियाँ चराते थे। किशोर लड़कियों और जवान औरतों को मनचले दो-चार रुपए देकर पटाते थे। रात-दिन रंडुवों, छिनरों, कुँवारों और सामाजिक बहिष्कृतों की बन आई थी। वे औरतों को झुनझुना समझते थे और औरतें अपने जिस्म को रोजगार का जरिया। सारा गँवाई माहौल दूषित हो गया था। सत्यम को महसूस हुआ कि वह नाटक चालू है और उसके नए दृश्यों में बैसाखी जैसी औरतें अभिनय कर रही हैं। उसे मिचली-सी होने लगी। वह बिलकुल बेचैन हो उठा।...तभी बैसाखी ने उसके कंधे पर हाथ रख दिया। सत्यम अकबका गया जैसे तन में बिजली कौंध गई हो। बैसाखी बोली, ''अच्छा साब ! बहुत वकत हो गया। लोडशेडिंग का टाइम हो रहा है। मुझे जाने दीजिए।''

''बैसाखी जी ! घबराइए मत। मैं आपके पैसे दे रहा हूँ।...'' सत्यम कह ही रहा था कि बैसाखी गंभीर होती हुई कहने लगी, ''सा'ब ! मैं आपसे पैसे नहीं लूँगी। आप लोग पहली बार मेरी राम-कहानी सुने। मुझे आप जैसे लोग आज तक नहीं मिले। फिर आपने मेरे साथ कुछ भी नहीं किया है जिसे मैं स्वयं बेचती हूँ। आप जैसे लोग बिरले हैं जिनके लिए जिस्म की बजाय आदमी को जानना-समझना ज़्यादा ज़रूरी होता है।''

''नहीं, बैसाखी। तुम्हारी बोहनी अभी तक नहीं हुई है। हमने तुम्हारा बहुत वक्त बर्बाद किया है...'' सत्यम ऐसा कहकर तीस रुपए अपने पर्स से निकालकर उसे दे रहा था कि इसी बीच वहाँ एक खोंमचावाला दाल-भात में मूसरचंद की तरह आ गया। उसने बिना कुछ बोले तीस रुपए उसके पंजे से झपट लिए। दोनों ने उसकी तरफ आँखें तरेरीं और उस पर झपटने को हुए। वह तुरंत बोला, कि वह मछली का उस्ताद है और दस रुपए उसका बक्सीस है, शेष बीस रुपए मछली की फीस।

''मछली ? कौन मछली ? बैसाखी कि मछली ?'' सत्यम और निखिल अचानक चौंक से गए। पर वे अपरिचित जगह पर ऐसे माहौल में ज़्यादा झंझट करने से बात बिगड़ने के लिए चिंतित थे। इसलिए वे एकदम खामोश हो गए। बैसाखी का चेहरा धुँध होने लगा था। उसकी आँखें नम हो गईं। उसने अपना अंतस्तल थामते हुए कहा–''उस्ताद ! इनके रुपए लौटा दो। इन्होंने मेरे साथ कुछ भी नहीं किया, सिर्फ़ बातें कीं। इनके इरादे नेक हैं। इन्हें खुदा सही-सलामत रखे...''

परंतु उसकी बात अनसुनी करते हुए खोंमचावाला तेजी से आगे बढ़ता गया। बैसाखी के शब्द 'रुकबेन, रुकबेन' हवा में भटकते रहे। उसने आँचल की कोर से आँखों को सांत्वना देते हुए कहा, ''साब ! काश मेरे पास पैसे होते; मैं आपके रुपए लौटा देती ! मुझे क्षमा कीजिएगा।'' कहते-कहते बैसाखी संभवतः दूसरे ग्राहक की तलाश में आगे बढ़ गई।

# कलकत्ते का जादू

किसी तरह हम लोगों की गाड़ी कलकत्ता के हावड़ा स्टेशन पर पहुँच गई। नीचे प्लेटफार्म पर उतरने पर महसूस हुआ कि अब तक वाकई हम लोग बोरे में भरे हुए आलू की तरह मजबूर थे। यह हमारी कलकत्ता की पहली यात्रा थी। हमने स्टेशन पर देखा कि प्लेटफार्म तक दर्ज़नों भाड़े की टैक्सियाँ खड़ी थीं। स्टेशन पर रिसीव करने के लिए मैंने अपने दोस्त देव को पहले ही लिख दिया था। दो मिनट के अंदर ही हमारी मुलाकात देव से हो गई। उसके साथ भाभी जी भी रिसीव करने आई थीं। दोनों परिवारों ने दुआ-सलाम किया और फटाफट सामान लेकर एक भाड़े की टैक्सी तय करके हम देव के निवास के लिए रवाना हो गए।

संयोग अच्छा था कि ट्राफिक जाम अभी-अभी खुला था। रास्ते में मैंने पहली बार हाथ और सीने के बल रिक्शा खींचते हुए लोगों को देखा। देव ने बताया कि अंग्रेजों के जमाने से ही हाथ-रिक्शा चल रहा है और कलकत्ता में इतना ट्राफिक जाम होता है कि पैडिलवाले रिक्शे के लिए और दिक्कत होगी। थोड़ी देर में बिना पिलरवाला मशहूर हावड़ा ब्रिज देखने को मिला। उसके आगे सड़क के किनारे गिरती दीवारोंवाले पुराने मकान ज़्यादा संख्या में नजर आ रहे थे। पैदल चलनेवाले, आसानी से जब मन होता, बीच सड़क को पार करके दूसरी तरफ निकल जाते। उन्हें बचाने की पूरी जिम्मेदारी मोटर-गाड़ियों के ड्राइवरों की थी। कुछ ही देर में हम लोग धरमतल्ला पहुँच गए। जहाँ देव सपरिवार किराए के मकान में रहता था। फ्रेश होने के बाद चाय-नाश्ता हुआ। उसी समय हम लोगों ने तय किया कि कब सुबह मैं देव का ऑफिस देखने चलूँगा और वहीं से फोन पर अन्य मित्रों से बात भी कर लूँगा। आख़िर वहाँ सरकारी फोन का खर्च नहीं लगेगा।

दूसरे दिन ट्राफिक जाम के डर से हम लोग आठ बजे ही ऑफिस के लिए निकल पड़े। थोड़ी ही देर में हम लोग गंगा तट पर पहुँच गए और टिकट लेकर मोटर-बोट में चढ़ गए। गंगा में पानी पर्याप्त था और पानी में करंट काफी तेज था पर मोटर उसे धड़ाधड़ चीरती हुई पार करती गई। लगता था, जैसे नदी हमारे सूखे जीवन को चुनौती देती है, वैसे ही मोटर-बोट नदी को चुनौती दे रही थी। पानी की छपछपाहट के सिवाय शांति थी और लोगों की बातचीत उस शांति को ज़्यादा भंग नहीं कर पाती थी। दूसरे छोर पर पहुँचने पर हम उतर गए और टिकट दिखाते हुए आगे निकल गए।

मुश्किल से दस मिनट पैदल चलने के बाद कस्टम हाउस आ गया। उसी के बगल में देव का ऑफिस था। अब तक मैंने अपने ऑफिस में ही काम किया था और आज दूसरे ऑफिस में औरों को काम करते देखने का अवसर था। वह भी कलकत्ता जैसी महानगरी में। कस्टम हाउस दूर से किसी राजा-महाराजा का महल लगता था—मात्र एक अंतर था कि इस बिल्डिंग का आकार टावरनुमा था। देव ने अपने ऑफिस के एक कमरे में अंदर घुसते ही अपने मित्र चाक्षुष भट्टाचार्य से मेरा परिचय करवाया। देव और चाक्षुष—दोनों सेक्सन ऑफिसर थे। उन्होंने हाथ मिलाते हुए कहा, ''ग्लैड टू मीट यू।'' मैंने धन्यवाद दिया और उनकी खैरियत पूछी। उन्होंने ओ. के. कहकर मुसकरा दिया। मैं जो हिंदी में बोल रहा था, वह उसका जवाब अंग्रेजी में दे रहा था। मैं जब-जब उसकी बात नहीं समझ पाता, तब-तब हाथ हिलाकर उसे इशारा कर देता। उसने एक बार कहा, ''सॉरी, विकास ! आई डोंट नो हिंदी। हमको हिंदी नहीं आता !''

परिचय कराने के तुरंत बाद ही देव अपने बॉस से मिलने चला गया था। मैं चाक्षुष से आत्मीय होने के लिए कोई प्रसंग छेड़ देता, तो वे कोई जवाब न देते। बस, हूँ-हूँ या 'अच्छा-अच्छा' करते रहते। ऐसा लग रहा था कि उन्हें किसी प्राइज पोस्टिंग से हटाकर वर्तमान कुर्सी पर शंट कर दिया गया है। एक प्रसंग के दौरान जब उन्हें मालूम हुआ कि मैं इलाहाबाद से हूँ, तो उन्होंने फिल्मस्टार अभिताभ बच्चन के जन्म व फिल्म से लेकर चुनाव के बारे में विस्तार से पूछा। उन्होंने अपनी पसंद की कई हिंदी फिल्में बताईं जिनमें अमिताभ ने काम किया है। फिर अचानक उन्होंने कहा, ''ओ साला अपना मिथुन से भी अच्छा है !''

अचानक कमरे में बिजली गुल हो गई। गर्मी से पसीना काफी होने लगा और मन हो रहा था कि कपड़े उतार दूँ, लेकिन ऑफिस की मर्यादा का सवाल था। मुझे आते समय रेलगाड़ी के डिब्बे में हुई दुर्गति की याद आने लगी। इलाहाबाद स्टेशन पर मुसाफिरों की इतनी सघन भीड़ थी कि सरसों के दाने रखने की भी जगह नहीं बची थी। उस दिन बाम्बे-हावड़ा मेल करीब दो घंटे लेट थी। किसी तरह सेकेंड क्लास के रिजर्व डिब्बे में हम लोग घुस पाए और गाड़ी चलने पर ही जी में जी आया। लेकिन नैनी के आगे जाते ही उस डिब्बे में बिजली गुल हो गई थी जिससे पंखा बंद होने से पसीने की बदबू बढ़ गई थी। बाथरूम में पानी भी नहीं आ रहा था। यानि उस डिब्बे की हालत ''नीमर की मेहरारू, सगर गाँव की भौजाई'' की-सी थी। मुझे महसूस हुआ कि गाँधी जी की मृत्यु के बाद रेल में थर्ड क्लास का नाम जरूर खत्म हो गया लेकिन असल में आजकल फोर्थ क्लास स्तर के डिब्बे लग रहे हैं।

पंद्रह-बीस मिनट के बाद चुपचाप चाक्षुष गर्मी न झेल पाने के कारण एक महिला चपरासी से एक गिलास पानी माँगकर पीने के बाद कमरे से बाहर निकल गए और मैं अकेला कभी खिड़की की तरफ और कभी पंखे की तरफ देख रहा था। इतने बड़े कलकत्ता शहर में मैं अकेला। मुझे अपनी दादी की याद आने लगी, जो गंगासागर तीर्थ करने के लिए कलकत्ता गई थीं लेकिन हम लोगों से बराबर कहतीं, ''कलकत्ते में औरतें

मर्दों पर जादू चलाकर अपने वश में कर लेती हैं और कामाख्या देवी के वशीभूत मंत्र-तंत्र से उन्हें भेड़-बकरा बना लेती हैं।'' इसी तरह नन्हका आजी, जो हमारे गाँव की सबसे बड़ी महिला थीं, कई बार हम लोगों को बता चुकी थीं कि जब उनके बचई बचपन में घर से अकेले कलकत्ता चले गए थे तो उन्हें सबसे ज़्यादा यही चिंता थी कि कलकत्ते की औरतें उन पर जादू चलाकर अपने वश में कर लेंगी। इसी प्रकार बुजुर्ग मर्दों में खेताऊ काका भी गाँव-जवार के ऐसे लोगों का किस्सा सुनाते रहते, जो रोजगार की तलाश में बरसों पहले कलकत्ता गए थे और आज तक उनका अता-पता नहीं है और उनके माई-बाप, भाई-बहन, मेहर-लरिका दस-बीस साल इंतजार करके अंत में आँसू पी गए। वे अक्सर कहते, ''बचवा ! ई केवल अपने गाँव की विशेषता न होय। यू. पी. बिहार के सैकड़ों घरों की कहानी है। जे जे गए बहुरि नहिं आए।''

देव को गए करीब डेढ़-दो घंटे बीच चुके थे। मुझे लघुशंका की इच्छा हुई। चाक्षुष के कमरे के आस-पास कोई बाथरूम नहीं था। थोड़ी देर में चाक्षुष बाहर से आए और अपने कार्यों में व्यस्त होने का आभास देने लगे—यानि फाइलें निपटाने का रियाज कर रहे थे। उनकी दृष्टि से तेज रफ्तार उनकी कलम की थी गोया वस्तुनिष्ठ प्रश्नों के जवाब में सही-गलत का निशान लगा रहे हों। मैंने उन्हें अचानक टोका, ''भाई साहब ! मुझे बाथरूम जाना है। किधर जाऊँ।''

''बास रूम ?'' पान मसाला खाते हुए उन्होंने पूछा।

''जी हाँ, बाथरूम।''

''यू गो टू द स्टेअर्स। बाथरूम इज जस्ट एडजेसेंट।''

मेरी तीव्रता बढ़ रही थी। मुझे लग रहा था कि पैंट अब खराब हुआ कि तब। ऐसे में जब मैं पाँव आगे बढ़ाता, तो वह पीछे पड़ता-सा लगता। किसी तरह बाथरूम तक पहुँचा। दरवाजा खुला था। अंदर बेसिन के अलावा शौच का ही कमरा था जिसे खुला पाकर मैं अंदर घुस गया। वहाँ कोई न था। मैंने दरवाजा बंद कर लिया। कुछ क्षणों में अपने को हलका पाकर मैं आराम महसूस करने लगा गोया कोई भारी बोझ उतर गया हो। शौच के कमरे का दरवाजा खोलकर जैसे ही मैं निकलने लगा, बेसिन पर से एक अधेड़ महिला पानी लेती दिखाई दी। मुझे आश्चर्य हुआ कि मेरे बाथरूम में महिला कैसे ? परंतु तत्क्षण उसने भी मुझे आईने में देख दिया। मेरी तरफ बढ़ती हुई वह महिला फिरंट हो गई—और उसने मुझसे बँगला में पूछा, ''तुम यहाँ कैसे।''

मैंने सोचा कि मैं भी उससे यही सवाल करूँ क्योंकि पहले मैं ही अंदर आया था। लेकिन नई जगह—वह भी कलकत्ता—सोचकर मैंने कहा, ''बहन जी। मुझे बांगला नहीं आती। मैं बाहर से आया हूँ।''

उस महिला का पारा सातवें आसमान पर था। वह मुझे बँगला में डाँटने लगी, ''आपकी हिम्मत कैसे हुई लेडीज बाथरूम में घुसने की।''

''लेडीज बाथरूम ?'' मुझे शॉक लगा कि यह क्या हो गया ! फिर मैंने नम्रतापूर्वक कहा, ''बहन जी ! माफ कर दीजिए। यहाँ कोई नेम प्लेट वगैरह नहीं लगी थी, न कोई

निशान बना था। दरवाजा खुला था–अंदर भी कोई नहीं था। मैं बाहर से आया हूँ। पहले से मुझे इस जगह के बारे में कोई जानकारी नहीं थी वरना मैं जान-बूझकर लेडीज बाथरूम में कतई न घुसता। मैं सरकारी नौकरी करता हूँ–ऐसी हरकत कभी न करता। मुझे माफ कर दीजिए प्लीज...'' मैं गिड़गिड़ाता रहा।

''तुमार नाम कि।''

''मेरा नाम विकास है।''

''तुमार बाड़ी कोथाय।''

''इलाहाबाद, यू. पी.।''

''ओह ! तुमी हिंदुस्तानी।'' कहते हुए उसने बांगला में और न जाने क्या-क्या कहा, मुझे शब्दशः तो याद नहीं है लेकिन उसका भाव यही था कि हिंदुस्तानी हो तभी तो गुंडई कर रहे हो !

मैं शरमा गया। अपने आप पर नहीं, उस महिला पर। परायों की मार उतनी नहीं खलती जितनी अपनों की। यदि वह महिला गैर-भारतीय होती अथवा मैं विदेश में अपमानित होता, तो मुझे उतना दुःख नहीं होता। वह मुझे 'हिंदुस्तानी' इस आधार पर कह रही थी कि मैं हिंदी बोल रहा था। मुझे एक बार क्रोध भी आया कि कह दूँ, ''क्या तुम पाकिस्तानी हो ?'' लेकिन अपने पर काबू पाकर मैंने सोचा–यह बात उसे गैस की तरह भस्म कर देगी और बात का बतंगड़ हो जाएगा। मर्माहत मैं सोचता रहा कि अंग्रेज हमेशा भारतीयों को, ''ओह, शिट ! ही इज इंडियन'' कहकर अपमानित करते थे। आज हमारे भाई-बहन ही भाषा और प्रांत के आधार पर हिंदुस्तानी-पाकिस्तानी कह रहे हैं। मुझे लगा कि यदि मैं उर्दू जुबान में बोलता होता, तो यह मुझे पाकिस्तानी ब्रांड कहने में तनिक न हिचकती। मैं विस्मित और चिंतित होकर वहीं खड़ा था परंतु वह महिला कह रही थी, ''रूकबेन-रूकबेन।'' गोया मैं भाग रहा होऊँ।

खैर...वह बड़बडाती रही और मुझे पुलिस के पास चलने को कहा। पुलिस का नाम सुनते ही मैं घबरा गया। फिर भी सहमते-सहमते मैं उसके साथ-साथ ऑफिस के बगल स्थित पुलिस चौकी तक गया। वहाँ एक हवलदार तथा दो सिपाही बैठे थे। उसने बँगला में अपनी शिकायत एक साँस में कह दी। उसकी आँखों से अंगारे और हाथों के झटकने से उसका इरादा झलक रहा था। फिर हवलदार के पूछने पर मैंने सारी घटना बता दी। वह हवलदार बांगला के साथ-साथ हिंदी भी अच्छी बोलता-समझता था। उसके बोलने के अंदाज़ से लगता था कि वह आसनसोल-पुरैलिया साइड का था जहाँ हिंदी बोलनेवाले काफी हैं। दोनों की बातें सुनकर हवलदार हम लोगों के साथ बाथरूम पर तहकीकात करने आया। पहले की तरह उसका दरवाजा खुला था। कोई नेमप्लेट या निशान नहीं बना था कि वह केवल महिलाओं के लिए है। इसी बीच एक बूढ़ा आदमी उसी बाथरूम में घुसने लगा। हवलदार चिल्लाया, ''लेडीज बाथरूम। रूकबेन !'' बूढ़ा ठिठककर पीछे मुड़कर देखने लगा। उसके चेहरे से लगा कि उसकी धोती खराब होनेवाली है। उसने जेंट्स बाथरूम के बारे में इशारे से पूछा। हवलदार ने जेंट्स बाथरूम की ओर इशारा

किया। बूढ़ा दौड़कर उस बाथरूम में घुस गया।

मैं उस महिला की ओर देखने लगा। उसका चेहरा अब भी तमतमा रहा था। फिर हवलदार ने महिला की तरफ देखा, मानो पूछ रहा हो कि बताइए मैडम। इस बूढ़े की क्रिया पर आपकी क्या प्रतिक्रिया है। परंतु उसे कुछ कहने की आवश्यकता नहीं हुई। जैसे जिरह के दौरान झूठा गवाह बात छिपाने के लिए कुछ पूछने के पहले ही जवाब देता है, वैसे उस महिला ने बांगला में कहना शुरू किया, ''वह तो बेचारा बूढ़ा है।''

''मेम साहब ! वह भी तो पुरुष है लेडीज बाथरूम में...'' सिपाही ने कहा।

''हो सकता है, उसे दिखाई न दे रहा हो।''

'लेकिन तब तो वह बाथरूम में ही क्यों घुसता। यहाँ चारों ओर रूम ही रूम हैं। किसी में बाथरूम समझकर घुस जाता।' मैंने अपना मौन तोड़ते हुए कहा।

''तुम बीच में बकवास मत करो।'' उसने मुझे डाँटा, ''तुम अपनी तुलना उससे कैसे कर सकते हो ? वह तो हमारे देश का मानुष है।''

''मेम साहब ? आप अधूरा सच कह रही हैं। आख़िर यह आदमी भी तो विदेशी नहीं है।'' हवलदार ने कहा।

''नहीं-नहीं, इसके खिलाफ़ केस दर्ज़ कीजिए। इसका इरादा ठीक नहीं रहा होगा।'' महिला ने अपने माथे के पसीने को रुमाल से पोंछते हुए कहा।

''क्या इसने आपको कुछ कहा है ? गाली दी है ? मिसबिहैव किया है ?'' हवलदार ने पूछा।

''नहीं...नहीं...हीं...''

''तो किस जुर्म में इसे सजा दी जाएगी। सिर्फ़ संदेह मात्र अपराध नहीं है। किसी के इरादे उसे कार्य से परखे जाते हैं। हाँ, इससे भूल हुई है–अनजाने में। पर भूल करना मनुष्य का स्वभाव ही है और क्षमा करना देवताओं का... ।'' हवलदार ने सुलझी बातें कहीं।

''हवलदार साहब ! यह यू. पी. से आकर हमारे कलकत्ता में गुंडई करता है। आप इसका पक्ष लेकर लोकतंत्र का मखौल उड़ा रहे हैं...'' महिला ने बैल के सामने गाड़ी खड़ी करने का प्रयास किया।

हवलदार ने क्षण-भर सोचकर कहा, ''नहीं, आप मेरी बेटी के समान हैं। कहीं कुछ सचमुच गड़बड़ हुआ होता तो मैं कानून के फंदे से बढ़कर इसका हाथ-पाँव तोड़ देता। लेकिन आदमी परदेश में आने मात्र से गुंडा नहीं हो जाता...''

मुझसे नहीं रहा गया। मैंने बीच में कहा, ''मैडम ! किस मुँह से आप लोकतंत्र की बात करती हैं। कलकत्ता–क्या सिर्फ़ आपका है ? क्या रवींद्रनाथ ठाकुर, विवेकानंद, अरविंद आदि सिर्फ़ आपके हैं, हम लोगों के नहीं ?''

वह महिला तिलमिला उठी। उसने मुझसे 'सन ऑफ ए विच' कहा और दाँत पीसती हुई चली गई। मैं परेशान हो उठा लेकिन मैंने उसे कुतिया बिल्ली नहीं कहा क्योंकि मैं आश्वस्त था कि जिस भारतमाता के गर्भ से मैं पैदा हुआ हूँ, वह कुतिया-बिल्ली नहीं जानती।

मैंने हवलदार को अपनी आँखों से आभार व्यक्त किया और चाक्षुष के कमरे की तरफ बढ़ गया। मेरा सिर चकरा रहा था। कमरे में चाक्षुष भी नहीं थे। मैं बैठ गया। मुझे अपने मुहल्ले की मिसेज बनर्जी याद आने लगीं जो अंटार्कटिका ग्रुप में शामिल एक महिला की खबर पाते ही उछल पड़ी थीं, ''बंगाली लेडी अंटार्कटिका में भी !''

आधे घंटे बाद देव आ गया। उसे देखते ही मेरी आँखें छलछला आईं। उसने पूछा, ''विकास क्या बाहर कुछ देखने गए थे।''

''नहीं, देव ! बिना बाहर कोई तमाशा देखे ही मैंने कलकत्ते का जादू देख लिया। सवाल देखने का नहीं, अपने होने का है। तुमसे विद्यार्थी-जीवन के बाद लंबे अरसों के बाद मिल ही लिया लेकिन यह शहर मुझे अपनाता नहीं है। सिर्फ़ सवालों के चारों ओर से घिर गया हूँ। मुझे सुबह वापस जाने देना।''

देव के हठ करने पर मैंने सारी बातें बता दीं। वह बेचैन हो उठा और कहने लगा, ''कहीं लंच ऑवर होता तो क्या होता ! बहुतेरे लोग जुट जाते और गाली-गलौज, मारपीट शुरू हो जाती ! तुम्हें याद है कि पिछले साल दिल्ली में एक लेडीज बाथरूम में घुसे एक आदमी को पकड़ने पर पुलिस ने उसके साथ क्या सलूक किया। माना कि उसकी तरह तुम बाथरूम में गालियाँ नहीं लिख रहे थे, लेकिन भीड़ के भाड़ में सत्य भी भुन जाता है। कलकत्ता में यूनियनबाजी बहुत ज़्यादा है। यहाँ दिल्ली की अपेक्षा महिलाओं में जागृति और एकता भी अधिक है। अच्छा हुआ कि हवलदार नेक मिला वरना वह भी मकड़-जाल बुनकर तुम्हें मक्खी-सा फँसा लेता...।''

तुरंत मैंने देव से दूसरे दिन वापस लौटने का अपना निश्चय बता दिया। रात-भर मैं काफी बेचैन रहा। यह कलकत्ते का नया जादू था जिसका मूल-मंत्र भाषा और स्थान की भिन्नता था। इस जादू की मार से त्रस्त होकर हम लोग सुबह तड़के ही कलकत्ता से अपने 'हिंदुस्तान' के लिए गाड़ी से रवाना हो गए।

# पर्दे के पीछे

नितंबा प्रखंड उस जिले का सबसे 'इंटीरियर' प्रखंड है। वहाँ पहुँचने के लिए पड़ोसी जिले मुस्काबाद होकर ही जाना पड़ता। तीन तरफ मुस्काबाद, मूँगापुर और गिरिराजपुर जिलों की सरहदें थीं और चौथी तरफ अपने जिले की पहाड़ियाँ। लेकिन पहाड़ियाँ जितनी ऊँची थीं, उतनी ही नंगी। नितंबावासियों में इन वस्त्रहीन पहाड़ियों को देखने पर भी कोई आसक्ति जागृत न होती, बल्कि घृणा और क्रोध की ज्वालाएँ ही फूटतीं।

नितंबा प्रखंड की स्थापना सन् पचपन में ही हुई थी। बी. डी. ओ. साहब के ऑफिस में टँगी सूची से साफ जाहिर था कि यहाँ बयालीस पदाधिकारी पदस्थापित हो चुके थे। यानि एक अधिकारी की कार्यविधि एक वर्ष से भी कम। सन् सत्तर के बाद अठारह वर्षों में चौंतीस बी. डी. ओ. वहाँ काम कर चुके हैं। क्यों न हो, सिंहों की माँद में गैरसिंह यहाँ कैसे टिकते। फिर सिंहों को शाप है कि संख्या में कम पैदा होंगे, दहाड़ें चाहे जितना। इसलिए हर साल ट्रांसफर के मौसम में किसी-न-किसी की पोस्टिंग नितंबा में होती और चार्ज लेने के पूर्व ही समीक्षोपरांत उसका नोटीफिकेशन रद्द करके दूसरे की पोस्टिंग होती। वैसे पिछली बार बी. डी. ओ. मन-माफिक मिल गया था। लोगों में चर्चा थी कि पोस्टिंग पैरवी से हुई। एकाध कहते कि संयोग भी हो सकता है। दूसरे तपाक से उनकी बात इस तर्क के साथ काटते, ''संयोग होता तो तीन महीने तक यहाँ पद रिक्त क्यों रहता ? आख़िर सही आदमी की खोज हो रही थी।'' लेकिन पूरे तीन वर्ष बाद चार माह पहले उनका भी तबादला हो गया। उनका प्रमोशन हुआ था, इसलिए उन्होंने रसमलाई के आगे दाल-भात पसंद नहीं किया।

फिर आर. एन. तिवारी का पदस्थापन हुआ और चार माह भी नहीं गुजरे कि उनका तबादला हो गया। लेकिन लोग बहुत दुखी हुए। लोगों ने धरना भी दिया। पर सब बेकार। गरीबों में उनकी अच्छी साख थी। हर गली-कूचे, चौराहे-ढाबे पर उनके तबादले की ही चर्चा होती। आख़िर कुछ तबादले मात्र तबादले ही नहीं होते। वे महत्त्वपूर्ण घटनाएँ बन जाते हैं। सचमुच तिवारी का तबादला एक घटना थी। वैसे गरीबों का मसीहा कहना तो आजकल गाली माना जाता है, लेकिन वे तहेदिल से गरीबों की मदद करते थे। चाहे आई. आर. डी. पी. हो या एन. आर. ई. पी., इंदिरा आवास हो या जवाहर रोजगार—उसका लाभ गरीब हरिजनों तक पहुँचाने के लिए वे हमेशा प्रयत्नशील रहते थे। इसीलिए उन्होंने हरिजनों की एक को-आपरेटिव सोसायटी बनाई और उनके

लिए इंदिरा आवास और सुअर-पालन केंद्र खोलने की योजना बनाई। शीघ्र ही वह प्रोजेक्ट जिला समिति से स्वीकृत कर लिया गया।

फिर क्या था ? दूसरे दिन तिवारी ने सोसायटी के सचिव को बुलवाया और निर्माण-कार्य उन्हीं को सौंप दिया। उन्होंने सोचा कि यदि वे यह काम किसी बी. एल. डब्ल्यू या पंचायत सेवक को देंगे, तो वह उसे पेटी कांट्रैक्टर को दे देगा और जाँच में पकड़े जाने पर मुँह छत्तीस कोने का बनाकर कहेगा, ''हुजूर, मेरे जिम्मे कई स्कीमें हैं। इस आदमी को 'मेठ' के रूप में रखा है।'' फिर कलेक्टर साहब भी जोर देते हैं कि सभी योजनाएँ मार्च तक पूरी हो जाएँ। आख़िर उन्हें भी तो ऐसा आदेश राजधानी से आए दिन मिलता रहता है।

खैर...औपचारिकता पूरी करके थोड़ी देर में सचिव किसुन के साथ इकरारनामा हो गया। यह तय हो गया कि तीन दिनों के अंदर, ईंट, बालू-सीमेंट आदि का जुगाड़ कर काम शुरू हो जाएगा। कुछ सीमेंट सरकारी गोदाम से दे दी गई। मजदूरों की कमी तो थी नहीं, ''अरे साहब, हरिजन लोग तो मजदूरों की ही फैक्ट्री हैं, पीढ़ी-दर-पीढ़ी बढ़ते ही जाते,'' कहकर किसुन ने एक काम की अपने ऊपर पतली चादर-सी ओढ़ लिया।

और बात फैल गई। गाँव के बबुआन टोले में जंगल की आग-सी तेजी और जलन। उधर हरिजन टोले में खुशी बहुप्रतीक्षित स्वाति की बूँद की तरह। शाम को किसुन घर पहुँचा, तो उसे बस्ती में दोहरी प्रतिक्रिया झेलनी पड़ी। नौजवान उसे बधाई दे रहे थे, तो कुछ बुजुर्ग अनहोनी की आशंका व्यक्त कर रहे थे।

दूसरे दिन किसुन दशरथपुर लेबर सोसायटी के भट्टे के लिए तड़के ही चल दिया। वह रास्ते में खुशी के मारे झूम रहा था कि यदि यह केंद्र सफल हो गया, तो उसकी आमदनी और बचत से टोले का नक्शा ही बदल जाएगा। अब कुछ ही समय बाद वे लोग भी इनसान की-सी जिंदगी जिएँगे। किसुन ने पहुँचने पर देखा कि भुलई लोटा लिए मैदान के लिए जा रहा था। वह जोर से चिल्लाया, ''भुलई काका ! आवाज़ सुनकर भुलई ठिठक गया। पास पहुँचने पर राम-राम करने के बाद किसुन ने सारी दास्तान एक साँस में सुना दी। फिर ईंटों के दाम का मोल-भाव करने लगा। भुलई ने सिर नीचा कर लिया। किसुन ने जोर देकर जवाब जानना चाहा, तो भुलई ने चुनौटी से बनी तमाखू निकालकर निचले ओंठ के अंदर रखते हुए कहा, ''बच्चा ! तनी रुका। फराकत से आवतानी त फुरसत में बतियाइब।''

भुलई के चले जाने पर किसुन सोचने लगा, आख़िर बात क्या है ? पहले तो भुलई काका कोई बात लाग-लपेट के साथ नहीं कहते थे, लेकिन आज बहुत रुक-रुककर बोल रहे हैं। कोई बात वे छिपा रहे हैं। दशरथपुर की तुलना में सरवनपुर के हरिजनों का विकास जल्दी हो रहा है, इसीलिए ईर्ष्या कर रहे हैं। उनके पास ईंटें नहीं हैं। उनकी सोसायटी में कुछ अंदरूनी कलह है। कुछ-न-कुछ गड़बड़ है। वह इस सोच में डूबा ही था कि भुलई लौटते दिखाई दिए। वह बोल पड़ा, ''काका ! माजरा क्या है ? साफ-साफ बताइए।''

"देख किसुन ! हमें अपने से अलग मत समझना। हम तुम्हारे साथ बैठकर पत्तल में खानेवाले हैं। लेकिन हमारी मजबूरी भी तो है..."

"काका ! तुम्हारी मजबूरी क्या है ?"

"यही कि ईंटें नहीं हैं..." भुलई ने काँखते हुए कहा।

"लेकिन भट्टे का आँवा तो कल ही से निकल रहा है। अभी कई ट्रक ईंटें पड़ी हैं। अभी इस मौसम में कोई खास माँग भी तो नहीं है।"

"किसुन यह बात नहीं है। तुम हमारी मजबूरी समझते नहीं।" भुलई ने भावुक होकर कहा।

किसुन अचानक खामोश हो गया। वह भुलई की बुझौवल नहीं समझ पा रहा था और भुलई अपनी मजबूरी शब्दों में व्यक्त करना नहीं चाहते थे। अजीब स्थिति थी। अंततः किसुन ने कहा, "ठीक है काका ! जब आपको हमें ईंटें नहीं देनी है, तो लाख बहाना है। अच्छा राम-राम !"

भुलई सोचने लगे कि बिना समझाए बात समझ में नहीं आएगी। तो कहने लगे, "देख किसुन ! हमारी मजबूरी यह है कि हम बिरजू सिंह के कमिया हैं। आज से नहीं कई पीढ़ियों से हैं। आज हम और हमारे दो लड़के उन्हीं के यहाँ खट रहे हैं। जहाँ ज़रूरत पड़ती है और बाबू साहब कहते हैं, तो मैं अपना ठप्पा लगा देता हूँ। वरना हमें सुसैटी-फुसैटी के बारे में कुछौ पता नहीं कि आम-इमली का होत है। जहाँ दौड़-धूप करनी होती है, छोटे बाबू पप्पू ही करते-धरते हैं। अरे ऊ रजिस्ट्री भी करनी थी, तो उन्हीं बेचारे ने कराया। हमने तो बस दो-चार जगह ठप्पा मारकर फुरसत ले लिया। असलियत बताते हैं, किसुन। अपनी टेंट का कुछौ नहीं लगा दफ़्तर में। चाहे किरानी हो या हाकिम—सबको पप्पू बाबू ने ही निपटाया। हम किसी लफड़े में नहीं पड़े थे। आख़िर मुर्गी साँड की सींग पर बैठने क्यों जाए ? फिर दिन-भर पूरी मजूरी इगारहो मजूरों को मिल गई थी और दोपहर को पाव-पाव भर सत्तू अलग। अपने भाड़े से वे ले गए, ले आए। तब से आज तक हम सब सिर्फ़ वही करते हैं, जो हम उनके यहाँ कमिया रहकर करते थे। फर्क सिर्फ़ इतना है कि पहले हम खेत में हल चलाते थे, अब हल की मुठिया पकड़ने की बजाय बैठे-बैठे भट्ठे की रखवाली करता हूँ। दिन-रात इसी रामकुटी में पड़ा रहता हूँ। लेना एक न देना दो। ईंट सरकारी स्कीम में जाती है कि प्राइवेट, नंबर एक है कि नंबर दो, पक्की है कि कच्ची, कोयला पूरा है कि कम, रेजा कम हैं कि ज़्यादा, गाँव के मनचले मजूरिनों की रोटी से खेलना चाहते हैं कि धोती से. ..वगैरह से मुझे कोई वास्ता नहीं। ई सब तो मेठवा देखता है और सूरजसिंह जैसा खचड़ा मेठ तो शायद ही कहीं और मिले। ऊ तो बात-बात में रंज हो जाता है, चाहे कोई अपने को लाट साहब ही न समझे..."

"लेकिन काका ! मेरे मामले में क्या कहना है ?" किसुन का धैर्य टूट गया।

"किसुन ! मैंने कहा न कि बिक्री वगैरह का काम हमारे जिम्मे नहीं है। हाँ, कल तुम्हारे गाँव के रामबदनसिंह और रामजतनसिंह आए थे भट्ठे पर। वे दोनों मेठ से काफी

देर तक बतियाते रहे। दोनों एक ही जिद पर अड़े थे कि सरवनपुर में सुअर पालन केंद्र वगैरह के लिए ईंट नहीं जाएँ, चाहे जो कुछ हो। वे कह रहे थे कि सुअर-केंद्र बनने से बस्ती नरक हो जाएगी। फिर औरत-मर्द, बाल-बच्चे, नात-बाँत आदि का निकास उधर तालाब की तरफ ही है। वे लोग तो यह भी कह रहे थे कि चाहे बी. डी. ओ. को लतियाना ही पड़े, लेकिन वहाँ सुअर केंद्र नहीं बन सकता। इसीलिए जब तक ऊपर से कोई कार्रवाई कराने में समय लगे, तब तक ईंटें सप्लाई न करें और दूसरी जगह से ईंटें लाना अभी संभव भी नहीं है। इसी तिकड़म के तहत सूरजसिंह ने आप लोगों को ईंट न देने का वायदा किया है,'' भुलई ने धीरे-धीरे सारा रहस्य बता दिया।

''लेकिन काका ! यह लेबर सोसायटी तो आप लोगों के नाम पर है।'' किसुन ने हारते हुए सवाल की अंतिम गोली दागी। ''ठीक कहते हो किसुन। पर हमारा नाम तो नाम भर का है। नाम न सही, काम सब उन्हीं का है। हमारा नाम देना भी उन्हीं का काम है। पेट के लिए अपना नाम बेचकर हम गुमनाम हो गए हैं किसुन। और वे हमें पर्दे के पीछे से बेपर्द कर रहे हैं...'' कहते-कहते भुलई की आँखें भर आईं।

किसुन बेचैन हो उठा। उसके दिमाग पर एक जोर का झटका लगा मानो वह गिर पड़ेगा। लेकिन तत्क्षण वह सँभल गया। फिर भुलई से राम-राम करके लौटने लगा।

उसका लटका हुआ सिर और तमतमाता चेहरा देखकर टोला-परोस के लोग भाँप गए कि मामला गड़बड़ है। पूछने पर किसुन भड़क उठा, ''ईंट जाए उनकी...। अब तो सुअर केंद्र उनके सिर के टुकड़ों से बनेगा। कोई पीछे मत हटना। हम उन्हें उनकी छठी का दूध याद करा देंगे।''

यह सुनकर लोग तरह-तरह की प्रतिक्रियाएँ करने लगे। कोई बुजुर्ग कहता, ''क्या फायदा लड़ाई-झगड़ा करने से ?'' ''जब इतनी उमर इसी नरक में काट दी, तो चार-छह साल और सही,'' ''आख़िर जो लिखा है वही होगा—राम का बन, ककही का अपजस,'' ''अरे ऊँचा महल देखकर अपना माथा तो नहीं फोड़ना है।''

लेकिन दूसरी तरफ नौजवानों की प्रक्रियाएँ इनका मुहतोड़ जवाब देतीं। ''ओखली में सिर देने पर मूसल से क्यों डरें ? आख़िर सबने तो औरत का ही दूध पीया है। उन्होंने कोई शेरनी का दूध पीया है या अमरता के चावल चबाए हैं ?'' वगैरह-वगैरह। लेकिन किसुन ने संतुलन नहीं खोया। वह दतुअन किए बगैर ही ब्लॉक की तरफ निकल गया। ब्लॉक पहुँचकर उसने सारी बातें बी. डी. ओ. को बतला दीं। बी. डी. ओ. भी बिरले थे—जितने ईमानदार उतने ही जुझारू। पूरी कथा सुनकर वे भड़क उठे कि गैरमजरुआ ज़मीन, सरकारी पैसे से निर्माण, हरिजनों का कल्याणकारी प्रोजेक्ट, फिर मछिंदरसिंह की मूँछें क्यों नीचे हो रही हैं ? सो उन्होंने दूसरे दिन स्थल निरीक्षण करने का आश्वासन दिया।

सुबह से ही सरवनपुर में कई अफ़वाहें फैल रही हैं कि बी. डी. ओ. का ट्रांसफर होने जा रहा है, कि पुलिस थाने में मुछिंदरसिंह हरिजनों के खिलाफ़ केस दर्ज़ करा रहे हैं, कि इस ज़मीन को हड़पने के हथकंडे अपनाए जा रहे हैं, कि किसुन का अपहरण किसी दिन किया जा सकता है, कि दशरथपुर लेबर सोसायटी के खिलाफ़ फर्जी होने

की दरख़्वास्त भेजी गई है, वगैरह-वगैरह। वैसे इन अफ़वाहों के हाथ-पैर भले न हों, लेकिन इनके प्रचार से दोनों टोलों में तनाव गहराता जा रहा है। तीस घर हरिजन और पाँच बबुआन अपनी-अपनी दलीलें दे रहे हैं, अपने-अपने नेताओं से मिल रहे हैं और अपने-अपने तौर-तरीके सोच रहे हैं।

दिन के करीब दो बज गए। अब तक किसुन ने कुछ खाया नहीं। खराई (खरमिटा) मिटाने के नाम पर मुट्ठी भर मकई का लावा फाँक लिया था, बस। किसुन अपने दुआर पर कुछ लोगों से बतिया रहा था कि एक 8-10 वर्ष का छोकरा दौड़ता हुआ आया और उन लोगों को बताने लगा कि केंद्र की ज़मीन पर मुछिंदरसिंह अपने जानवरों का खूँटा गाड़ रहे हैं और अपना पुआल भी रखवा रहे हैं। यह सुनते ही सभी दौड़ पड़े। पहुँचते ही पूछने लगे, "दादा ई का कर रहे हो ? इहाँ तो बी. डी. ओ. साहब ने सुअर-पालन-केंद्र बनवाने के लिए कहा है इसी खाता-प्लाट का इकरारनामा भी तो हुआ है।" मछिंदरसिंह मूँछों की भाषा में बोलने लगे, "अच्छा ! ई हमरे बाप-दादा की ज़मीन सरकार को सुअर पालने के लिए थोड़े ही छोड़ी जाएगी ? राजधानी से गाँव तक सब जगह सुअर ही पाला जाएगा, तो इनसान कहाँ रहेंगे ? आसमान पर ? सरकारी पैसा मिला है तो अच्छे कामों में लगाएँ। नहर खुदवा दें, मंदिर बनवा दें, बिजली लगवा दे। हजारों काम हैं। सुअर और गदहा पालने से उसी की बढ़ोतरी होगी। आदमी की नसबंदी हो रही है, जमींदारों की भूमि हदबंदी हो रही है, तो इधर देशी सुअरों को सूई से पाल खिलाकर नस्ल सुधारी जा रही है। कौन होते हैं बी. डी. ओ.–फीडियो हमारी सहन की ज़मीन को बर्बाद करनेवाले। हम लोगों से पूछा तक नहीं और इकरारनामा भी कर दिया। भाड़ में जाए इकरारनामा। यहाँ जो कोई लात धरेगा, उससे तो तकरारनामा ही होगा समझे ?" "बाबू साहब ! ऐसा मत कहिए। हम लोगों की नीयत ज़मीन हड़पने की कतई नहीं है। इस पर केंद्र बनने की बात तो एक महीने से ही हो रही है। एक बार ओवरसियर, अमीन और कर्मचारी वगैरह ने आकर नाप-जोख भी की थी। उस समय किसी ने इस पर कोई आपत्ति नहीं की थी, अधेड़ उम्र के भगेलू कहने लगे।

"बाबू साहब ! अभी रुक जाइए। हम बी. डी. ओ.-सी. ओ. को बुला लाते हैं। वे लोग कागज-पत्तर देखकर जो कहेंगे, हम लोग मानने को तैयार हैं। तकरार करने की हमारी मंशा बिलकुल नहीं है..." किसुन कह रहा था कि बीच में मछिंदरसिंह बात पर ऐसे झपटे जैसे बिल्ली कुत्ते पर झपटती है, "अच्छा ! ई किसुनवा बोल रहा है। वाह नेताजी ! बाबू-राजा बनने के सपने देख रहे हो। इस बार के चुनाव में लड़ना है क्या ? जो दिन-रात मुसहरों, दुसाधों-चमारों को भड़काते रहते हो। अरे, तुम्हारा बाप बेचारा तो भला आदमी था कि हम लोगों से उधार-बाती लेकर तुम्हें दो अच्छर पढ़ा दिया और तुम उसी में फूलकर कुप्पा हो गए। उसके मरने पर पॉलिटिक्स बतियाते हो। तुम्हारी और मेरी उम्र में एक पीढ़ी का अंतर है, लेकिन तुम्हें उसका जरा भी खयाल नहीं। उम्र का नहीं तो कम-से-कम गाँव-जवार का खयाल करते, छोटे-बड़े का लिहाज करते, हिंदू धरम की मर्यादा बनाए रखते। लेकिन तुम तो कम्युनिस्ट और नक्सलाइट की खाल

ओढ़कर शेर बनना चाहते हो...''

''आगे मत बढ़ो, वरना...'' किसुन के तमतमाते चेहरे के साथ जीभ लड़खड़ाने लगी। उसके पड़ोसियों ने उसका विकराल रूप देखकर उसे पकड़ लिया और वहाँ से हटा ले गए। थोड़ी देर में और लोग जुट गए। फिर मूँछें ऐसे ऐंठी जाने लगीं, जैसे जंग लगे हथियारों पर तेल की मालिश की जा रही हो। सभी तरह-तरह की भाषाएँ बोल रहे थे—कोई लाठी की भाषा, तो कोई भस्म-यंत्र की, कोई बलात्कार की फोटोग्राफी के साथ तो कोई यौन-विज्ञान की नई पद्धतियों के उदाहरण के साथ, कोई बम की आवाज़ में, तो कोई बम लहरी के साज में, कोई दारू के नशे की बुलंदी में तो कोई कोठे की झनकार में तान मिलाते हुए...आदि।

फिर किसुन दो साथियों के साथ ब्लॉक पहुँचा। बी. डी. ओ. को सारी घटना की जानकारी दी। उन्होंने तुरंत सी. ओ. जे. पी. सिंह को खबर दी कि तैयार होकर साथ-साथ चलें और अमीन से सबके सामने नापी करवा दें। लेकिन थोड़ी देर में उनके चपरासी ने खबर दी कि सी. ओ. साहब जिला मुख्यालय में गए हैं। तभी किसुन ने कहा, ''सर ! मैं पहले भी आशंकित था कि वे नहीं जाएँगे। उनके पिता भी अपने क्षेत्र के जमींदार रहे हैं। मछिंदरसिंह का लड़का उनके यहाँ पहले से ही आता रहा है। वे उसी जिले में घूम-फिरकर ग्यारह वर्षों से रह रहे हैं। आख़िर किसी का चाम तो महकता नहीं...''

बी. डी. ओ. साहब मौन रहे। उन्हें लगा कि बात कड़वी भले हो, लेकिन सत्य है। पहले भी सी. ओ. साहब विधायक चंद्रकांत पाठक का साथ दे चुके हैं, हरिजनों की बंदोबस्तीवाले मामले में। फिर उनकी सीलिंग की ज़मीन दबवाने में उन्होंने कितनी घिनौनी चाल चली है। लेकिन क्या किया जाए, सी. ओ., बी. डी. ओ. के अधीन तो होते नहीं। वे अकेले तैयार होने लगे।

''सर ! मछिंदरसिंह बहुत खूँखार आदमी हैं। उसका एक लड़का रंगदारी करता है पिछली बार एक क्रिमिनल केस में फँसा था तो उसी विधायक के डेरे में पकड़ा गया था। उसके यहाँ और लाइसेंसी हथियार भी हैं। इसीलिए अपने साथ दारोगा और फोर्स भी ले लीजिए...''

बी. डी. ओ. साहब बीच में ही बोल उठे, ''किसुन ! तुम जानते हो कि आदमी फोर्स पर नहीं, विश्वास और आत्मबल पर जीता है। थाने में इतनी फोर्स नहीं कि हमेशा मुझे मिले। फिर जनता आपस में चाहे जैसे लड़े-मरे, सरकारी अधिकारियों पर हमला करने के पहले जरूर सोचती है कि उसका परिणाम बुरा होगा। इसमें पैरवी नहीं चलेगी, पुलिस प्रशासन पूरी सख्ती से निपटेगा और एक के बदले दस का नुकसान होगा।

बी. डी. ओ. के पहुँचते-पहुँचते शाम होने लगी। दोनों पक्षों के लोग जुट गए। मछिंदरसिंह कोई कागज-पत्तर नहीं दिखा सके। बस वही कहते रहे, ''तीन पीढ़ियों से हमारे बाप-दादा इसी ज़मीन को काम में लाते रहे हैं। कभी यहाँ चरागाह रहा तो कभी खलिहान। अरे, जमींदारी तो मेरे दादा गणपतसिंह की ही थी।''

"रही होगी जमींदारी-तालुकदारी। जमींदारी उन्मूलन कानून पचपन-छप्पन में ही बना था। तब से गैरमजरुआ आम और खास ज़मीन की सरकार मालिक है। आप लोग सरकार से बढ़कर नहीं हैं। इस ज़मीन पर सुअर-पालन-केंद्र बनकर रहेगा..." बी. डी. ओ. पूरे रोब में आ गए कि तभी किसी ने उन्हें अपशब्द कह दिया। बी. डी. ओ. ने उसका गला पकड़ लिया। मार-पीट शुरू हो गई। किसने किसको मारा और किसने पहले मारा, यह कहना मुश्किल था। दोनों तरफ के करीब बीस लोग घायल हो गए।

फिर थाने में दोनों ओर से प्राथमिकी दर्ज़ की गई। सो परिपाटी बस दोनों पक्षों के लोग गिरफ्तार कर लिए गए।

दूसरे दिन से बी. डी. ओ. को निर्धारित तिथि तक मर्डर करने के धमकी-भरे पत्र मिलने लगे।

एक सप्ताह मुश्किल से बीता था कि अखबार में बी. डी. ओ. का ट्रांसफर 'जनहित एवं प्रशासनिक दृष्टिकोण से' कर दिया गया। बबुआन टोली खुशी और हरिजन टोला मातम मना रहा था। इस ट्रांसफर के विरुद्ध सैकड़ों मजदूरों ने प्रदर्शन किया। कलेक्टर ने पत्राचार किया और फोन की घंटियाँ भी खनखनाईं। लेकिन राजधानी से हमेशा नकारात्मक जवाब मिला।

करीब पंद्रह दिनों तक यथास्थिति बनी रही। मजदूरों के गाल पर यह दूसरा तमाचा था। लेकिन यह क्या ? सुबह से बैलगाड़ियों पर ईंटें आने लगीं। रात में नींद खुदाई का कार्य शुरू हो गया। दर्ज़नों मिस्त्री और सैकड़ों मजदूर तन-मन-धन से निर्माणकार्य में जुट गए थे और बबुआन टोला ? हाँ, उसे बंधक बना लिया गया था। घर से बाहर निकलना असंभव था। उधर दशरथपुर लेबर सोसायटी के भट्ठे से ईंट आने में कोई दिक्कत नहीं हुई। उनकी भी आँखें खुल गई थीं। सुबह सूरज की लाली के साथ सुअर-पालन-केंद्र की उठती दीवार में लगी अव्वल ईंटों की ललौंछ तान मिला रही थी और किसुन के साथ-साथ सूरज भी मुस्कुरा रहा था।

# दुश्चक्र

आज का अखबार मेरे लिए खुशखबरी लाया था। पहले पन्ने पर ही दस पदाधिकारियों के तबादले की खबर छपी थी। वैसे तबादला मेरी खुशी के लिए नहीं हुआ था फिर भी मेरी खुशी तबादले से दूनी हो गई थी। साथ में पदोन्नति भी चटनी-सी थी।

लेकिन यह मेरा नहीं, मेरे दोस्त का तबादला था। वैसे अपने को भी कभी-कभी तबादले और प्रमोशन के आदेश मिलते रहते हैं—सपने में ही सही। अभी तो मुझे एम. ए. किए मात्र सात वर्ष ही गुजरे हैं, कइयों के तो दशक गुजर गए और बाकायदा जुबली मनाई जा रही है, जिंदगी की समाधि पर।

खैर...मैं और 'आलू' साथ-साथ ही पढ़े थे इलाहाबाद में। सॉरी, माफ कीजिएगा। चामे की जीभ लामें चली जाती है। दरअसल उसका नाम आलोक कुमार मिश्र है। लेकिन वह केवल आलोक कुमार ही लिखता है। सर्टीफिकेट में भी केवल नाम ही है, टाइटिल नहीं। घर में सभी उसे आलोक कहते हैं और दोस्त लोग 'आलू'। वैसे बात अब शुरू हो गई तो मैं बता ही दूँ कि उसको इलाहाबाद की गुरु-परंपरा में ढाल दिया गया था और हम लोग उसे 'आलू गुरु' ही कहते थे। इलाहाबाद से पढ़ाई खत्म करने के बाद भी मैं उसे इसी प्रिय नाम से बुलाता हूँ। उसके बाद आदर्शवाद की सराहना पूरी मित्र-मंडली बिना किसी द्वेष के करती है।

उसके इतने सारे नामों से वाकिफ होने के नाते मैं अक्सर गलती कर बैठता हूँ। एक बार मेरा एक आर्टिकल एक प्रतिष्ठित अंग्रेजी पत्रिका में छप गया था। मैं अपनी खुशी आलोक के साथ बाँटना चाहता था। सो मैंने एक लिफाफे में आर्टिकल की फोटो प्रति भी पत्र के साथ भेज दी। लेकिन दो सप्ताह बाद यह लिफाफा 'रिडायरेक्ट' होकर मेरे पास लौट आया—इस नोट के साथ कि इस नाम पर कोई व्यक्ति इस पते पर नहीं है। जब मेरी निगाह पते पर गई तो मैं विस्मित होकर मुसकराने लगा।

मैंने लिखा था, "सेवा में, श्री आलू गुरु !"

दूसरी घटना यूँ थी। जब मेरा 'इगेजमेंट' किसी नौकरी के बजाय एक लड़की से हो रहा था तो मैं अपने को परम सौभाग्यशाली समझ रहा था। क्योंकि शुरू में पढ़ाई के समय जब मैं लड़की के बजाय पुस्तकों से शादी करने की धुन में था, तो शादी के प्रस्ताव थोक भाव में आते थे और जब डिग्रियाँ मिलने पर पुस्तकों से तलाक हुआ तो शादी के नाम पर अपने का पत्ता ही साफ हो गया। 'बरदेखा' पड़ोस तक आकर मुझसे

ललचाकर लौट जाते। गोया मैं कोई काम न पाने से कोई भी काम नहीं कर सकता था। खैर 'वरिच्छा' के दिन मैं आलोक से मुबारकबाद चाहता था। जल्दी में मैंने एक पोस्टकार्ड उसके नाम पर डाल दिया। पते में मैंने आलोककुमार ही लिखा। परंतु शुरू में प्रिय आलू गुरु लिख दिया था। सो आलोक को जब वह पत्र उसके ऑफिस के कई किरानियों के पढ़ने के बाद मिला, तब तक मौका गुजर चुका था और अपने स्टाफ को आश्वस्त करने के लिए उसने पोस्टकार्ड सबके सामने ही फाड़ दिया था। फिर कई हफ्ते बाद उसने पूरी कहानी पत्र में लिखकर भेजी। साथ-साथ एक पार्सल भी 'गिफ्ट' के रूप में। व्यस्तता के कारण उसके न आने की बात मैं मान गया।

माफ कीजिए, बात 'सु' से शुरू हुई और सुरहुरपुर तक पहुँच गई। अरे हाँ, आलोक की पोस्टिंग जिलाधिकारी के पद पर हुई थी। खबर पढ़कर मैं दूसरे दिन ही उससे मिलने के लिए जाने की सोचने लगा। पत्नी 'टिपोरी' बोली, ''अरे, अब तक भूले थे, आज डी. एम. बनते ही...'' मैंने तात्कालिक गुस्से को पीते हुए सिर्फ़ इतना कहा, ''तुम हम दोनों की दोस्ती नहीं समझती हो। मैं किसी स्वार्थवश थोड़े वहाँ जा रहा हूँ। अपनी ख्वाहिश भी डी. एम. की कुर्सी पर बैठने की थी, सो तो नहीं बैठ सका। पर 'आलू' को उस कुर्सी पर बैठे देखकर आधी इच्छापूर्ति तुरंत हो जाएगी।'' कहते-कहते मेरी आँखों से आँसू आ गए। लेकिन ये खुशी के आँसू थे। पत्नी मेरी भावनाओं को समझ गई और दूसरे दिन जाने की तैयारी शुरू हो गई। पत्नी को याद था कि आलोक को 'तिलवा' बहुत पसंद है। उसकी शहरी पत्नी शायद यह सब न बनाती हो। सो उसने एक छोटी-मोटी गठरी बाँध दी।

गंतव्य स्थान तक पहुँचने के लिए पटना होकर जाना था और वहाँ से सीधे बस-सेवा। जी. टी. रोड पर होने के नाते बसों की भरमार थी। कहते हैं, राष्ट्रीय मार्गों पर प्राइवेट बसों को परमिट नहीं मिलती किंतु मुझे बस स्टैंड और सड़कों पर प्राइवेट बसें ही ज़्यादा दिखाई देती थीं। गोया सरकारी बसों को ही इस रूट पर परमिट न मिली हो। मैंने सरकारी बस अड्डे पर अपना दो घंटा समय इसलिए बर्बाद किया कि सरकारी बस के टिकट और कोच की 'वसूली' में तकरीबन आठ रुपए का अंतर था। मैंने सोचा था कि पाँच रुपए में किसी होटल में दोपहर का खाना खा लूँगा और तीन रुपए में बस अड्डे से डी. एम. के बँगला तक रिक्शे से चला जाऊँगा। आख़िर पैदल जाने से 'आलू' की इज़्ज़त में बट्टा लग सकता है।

संयोग से थोड़ी देर में एक सरकारी बस आती दिखाई दी। संकेत देने पर भी वह नहीं रुकी। मुझे कंडक्टर और ड्राइवर पर बहुत गुस्सा आया। मन ही मन मैं उन्हें दर्ज़नों मोटी गालियाँ देता रहा। बाद में वहाँ पहुँचे एक सज्जन को मैं अपनी व्यथा बताने लगा तो उन्होंने कहा, 'हो सकता है 'क्रेक' बस सेवा रही हो।' लेकिन मैं आश्वस्त था कि बस क्रेक थी या नहीं, उसका ड्राइवर जरूर क्रेक था, जो बड़ी लापरवाही से बस चला रहा था। खैर...पंद्रह-बीस मिनट बाद फिर एक बस आई जो हाथ देने पर रुक गई। करीब एक दर्ज़न यात्री फटाफट अंदर घुस गए। बस चल दी।

मैं टिकट के लिए कंडक्टर को खोजने लगा। मैंने एक यात्री से पूछा, ''भाई साहब ! कंडक्टर कौन है ? एक टिकट मुझे भी लेनी है।'' वे मुसकराने लगे और जवाब देने की बजाय नई-नवेली दुल्हन की तरह लजा रहे थे। बगल बैठी महिला ने तुरंत कहा, ''भाई साहब ! इस बस में कोई कंडक्टर नहीं है।''

''फिर टिकट...।''

''उसकी ज़रूरत नहीं, ड्राइवर टिकट का पैसा वसूल लेता है।''

मैं अंदर-ही-अंदर कुढ़ रहा था कि अचानक ड्राइवर ने ब्रेक लगाई। गोया यात्रियों से खंदक पाटने का प्रयास कर रहा हो। वह नए चढ़े यात्रियों से पैसे वसूलने लगा। मैंने इसका प्रतिवाद किया, तो ड्राइवर ने कहा, ''भई, मेरी गाड़ी में तो ऐसा ही चलता है। कोई एक दिन की बात तो है नहीं। सरकार ने कंडक्टर ही नहीं भेजा तो मैं क्या करूँ।'' ''आप किराए लेते हैं, तो टिकट भी दीजिए।'' मैंने प्रत्युत्तर दिया। ''अच्छा ! आपको टिकट इतनी प्यारी है, तो दूसरी गाड़ी से आइए। मुझे आपके साथ बक-बक करने की फुर्सत नहीं है।'' कहते हुए ड्राइवर किराया वसूलने में व्यस्त हो गया। और सवारियाँ चुपचाप पैसे दे रही थीं, गोया इनसान के रूप में जन्मने का जुर्माना भर रही हों।

मैं इस समूह को असंगठित और नपुंसक होने के लिए कोसने लगा परंतु शब्द मेरे होंठों के बाहर आने में डर रहे थे। मुझे पहले ही देर हो रही थी सो मन मसोसकर मैंने भी इक्कीस रुपए दे दिए। मैं इस लड़ाई में हार रहा था क्योंकि कोई मेरा साथ नहीं दे रहा था। इतने लोगों के रहने पर भी कोई मेरा साथी न था, इस बात का मुझे ज़्यादा गम था। मैं पूरी व्यवस्था पर कल्पना के थप्पड़ जड़ रहा था कि तभी मुझे 'आलू' की याद आई, ''क्या वह भी अपने जिले के अंदर ऐसे होते देखता होगा ? क्या वह कभी चेक नहीं कर सकता ? अथवा अपने अधीनस्थ मजिस्ट्रेटों से जाँच नहीं करा सकता ? आख़िर डी. एम. पूरे जिला का मालिक होता है। अगर चाहे तो किसी बेईमान-स्मगलर-चोर-डकैत की नाक में दम कर सकता है। मगर चाहे तब न ?

फिर सोच-विचारकर मैंने इस बस का नंबर नोट कर लिया। सोचा कि इसकी शिकायत वहाँ के डी. एम., एस. पी. ट्रांसपोर्ट अधिकारियों से करूँगा। यदि मेरी शिकायत पर कोई कार्रवाई नहीं होगी तो आलोक से डी. ओ. लेटर लेकर उच्चाधिकारियों को लिखवाऊँगा। फिर मेरी निगाह अंदर लिखे एक नोट पर गई, ''शिकायत पुस्तिका संवाहक के पास है।'' एक बार मन में आया कि ड्राइवर शिकायत-पुस्तिका तो कतई नहीं देगा। फिर भी मैंने ड्राइवर से कहा, ''ड्राइवर साहब ! शिकायत पुस्तिका दे दीजिए।''

''वह तो कंडक्टर के पास है।''

''और कंडक्टर ?''

''वह सरकार के पास है।''

फिर मैंने सरकार के बारे में न पूछना ही बेहतर समझा। चलते-चलते बस नालंदा के पास पहुँच गई। मुझे इस प्रसंग से अपने पर से विश्वास उठने लगा। मैं तुरंत ईश्वर

को कोसने लगा, ''भगवान ! यह सब क्या हो रहा है ? यह तो दिन-दहाड़े डकैती है। इसका सर्वस्व नाश हो जाए।'' थोड़ी देर में सड़क के किनारे एक लाल बत्ती लगी जीप दिखाई दी। इसके अंदर संभवतः मजिस्ट्रेट और मोबाइल डी. एस. पी. बैठे थे और इंस्पेक्टर दूर से बस रोकने का संकेत दे रहा था। मैंने मन-ही-मन ईश्वर को धन्यवाद दिया, ''तू भी कितना महान् है ! नाम लेते ही कार्रवाई शुरू कर दी। आख़िर नालंदा महावीर की पुण्यभूमि है ?''

बस रुकते ही यात्रियों से टिकट की माँग की गई। सबने एक स्वर में बताया कि ड्राइवर ने सबसे पैसे वसूल लिए हैं और टिकट किसी को नहीं मिली है। इंस्पेक्टर ने गाड़ी को थाने में ले चलने को कहा। यह सुनकर यात्री और परेशान से हो गए। पहले ही लोग काफी इंतजार कर चुके थे। ड्राइवर ने सबके माथे की शिकन और चेहरे की मुरझाहट देखते हुए कहा, ''सर ! थाने ले जाने से यात्रियों को विशेष दिक्कत होगी। काफी दूर-दूर की सवारियाँ हैं। मैं यह लिखकर देने को तैयार हूँ कि आज इस वक्त मेरी गाड़ी के सभी चालीस यात्री बेटिकट हैं। मुझे तारीख दे दीजिए, मैं सारे कागजात के साथ मजिस्ट्रेट साहब के सामने हाजिर हो जाऊँगा।''

ड्राइवर को लेकर इंस्पेक्टर जीप की तरफ गया। रास्ते में वे दोनों कुछ भुनभुना रहे थे। इंस्पेक्टर पाँच उँगलियाँ दिखा रहा था और ड्राइवर दो। पहुँचने पर मजिस्ट्रेट ने तारीख दे दी और उससे लिखवाकर ले लिया। लेकिन ड्राइवर ने यहाँ लिखा था, उस पर कोई मुहर नहीं लगी थी और न कोई रसीद आदि ही मौजूद थी, जो कम-से-कम कार्रवाई करने का विश्वास तो दिलाती।

वहाँ से निपटने के बाद ड्राइवर बस लेकर उड़ा। अब उसे ख़ुद पटना जल्दी पहुँचना था। बोनट के पार वाली सीट पर मेरे बगल बैठे एक अधेड़ उम्र व्यक्ति ने पूछा, ''ड्राइवर साहब ! अब क्या करेंगे ? अब तो मामला गंभीर-सा लगता है।''

''गंभीर-वंभीर कुछ नहीं। यह एक दिन की बात थोड़ी है। हम तो चौबीसों घड़ी तैयार रहते हैं। उन्होंने अपनी रस्म अदायगी कर ली, अब मैं अपनी रस्में पूरी करूँगा। तारीख के दिन मेरे ग्रुप लीडर जाएँगे और ले-देकर मामला रफा-दफा हो जाएगा। सब जगह अंधेर है—कल तक तो दो-तीन सौ में निपटता था, और आज रेट एकाएक पाँच सौ पर पहुँच गया।'' ड्राइवर ने झुँझलाकर कहा।

यह सुनकर मैं महावीर को कोसने लगा, ''यह क्या हुआ प्रभु ! गँवई पोखर का तैराकू पूरा भवसागर पार कर गया।''

थोड़ी देर में हम पटना पहुँच गए। उतरते समय ड्राइवर ने मेरी तरफ कनमनिया देखा गोया मेरे शाप से ही उसकी भिड़ंत साँप से हुई थी और मैंने भी उसे घूरा कि आख़िर साँप के बिल से कैसे बच निकला।

वहाँ से आलोक के जिले में पहुँचने के लिए सरकारी बस पाँच बजे के पहले नहीं थी।

अभी मात्र डेढ़ बजे थे। गुस्से का नाश्ता करने से मुझे भूख कतई न थी। बस हाथ उठने के लिए चुनचुना रहा था। सरकारी बस के तत्काल कटु अनुभव और चार घंटे के सफर को ध्यान में रखकर मैं प्राइवेट बस अड्डे पर चला गया।

गेट पर 'महतो ट्रेवेल्स' खड़ी थी। पूछने पर एक आदमी ने बताया कि मगध एक्सप्रेस के आने के बाद ही यह बस चलती है। आज मगध लेट है इसलिए सवारियाँ पर्याप्त न मिलने से यह कैंसिल भी हो सकती है। वैसे यह बस गेट पर एक घंटे से खड़ी है और इसके खलासी-एजेंट वगैरह तुरंत खुलने का मंत्र-जाप कर रहे हैं। सो मैंने उस पर लात नहीं धरा। तीन बसों के बाद 'सिंह बस सर्विस' में वहाँ की सवारी बैठ रही थी। उसके हेड एजेंट ने बताया कि पटना से खुलने पर सीधे उसी जिले में रुकेगी। यह केवल तीन घंटे में पहुँचाएगी। इसका किराया अन्य बसों से कम है। इसकी परमिट है। इसके बाद दो घंटे तक वहाँ के लिए कोई बस नहीं मिलेगी।

मैं आश्वस्त होकर उस बस में बैठ गया। बैठे-बैठे करीब एक घंटा बीत गया। मैं ऊबने लगा। चूँकि बाहर सामने लिखा था–वीडियो कोच, सो मैंने उसके बारे में अपने बगल के सज्जन से पूछा। उन्होंने बताया कि वह खराब है बरसों से और वे तो अक्सर इसी बस से आते-जाते रहते हैं। उसमें यात्री बैठते-उतरते गए। कुछ लोग चुपचाप बैठे थे पर अधिकांश घर-बाहर, प्रीति-राजनीति, शिक्षा-भिक्षा, पत्रकारिता-सहकारिता, डाकिया-माफिया, वोट-नोट आदि पर बोलते-पगुराते रहे।

थोड़ी देर में हेड एजेंट ने किराया वसूलना शुरू किया। लोग चौदह रुपए के रेट से किराया देते चले गए। लेकिन भुनभुनाते रहे कि पिछले महीने तो बारह रुपए ही दिए थे। फिर महँगाई के नाम पर गालियाँ देकर मुँह का स्वाद तीखा कर लेते। मैंने भी औरों को देखकर बिना पूछे-पछोरे चौदह रुपए दे दिया। पिछली सीट पर बैठे एक यात्री ने प्रतिवाद किया, "आपने हम लोगों को बारह रुपया सवारी बताया था वरना हम लोग दूसरी बस पर जा रहे थे...।"

छोटे एजेंट ने कहा, "किराया सबका बराबर है। क्या आपके कोई सींग-पूँछ है जो कम किराया लूँ ?"

इस पर वह नौजवान उखड़ गया, "जबान सँभालकर बोलिए वरना मुझसे बुरा कोई न होगा। आप ही हमारे बारहों सवारियों को बाबा मेल से फुसलाकर लाए थे और बारह रुपए की सवारी कहे थे। अब मुँह को...।"

छोटे एजेंट को खिसियाते और उसकी बात कैंची से कटते देखकर हेड एजेंट ने दाँव सँभाल ली। ऐसा लगा कि उसकी नीति बचाव के लिए ज़रूरत से ज़्यादा आक्रामक हो रही है। सो उसने अपना पासा फेंका, "अरे मास्टर ! क्या हिडिंग-बिडिंग करते हो ? इसी जिले से पंजाब क्या गए, अंग्रेजी भूँकने लगे। यहाँ का काम छोड़कर पंजाब गए थे–बिहार की नाक कटाने और अब आतंकवादियों के डर के वापस आ रहे हो तो उसका सारा गुस्सा हम लोगों पर क्यों छोड़ रहे हो ? हजार-पाँच सौ कमा लिया तो माथा आसमान पर पहुँच गया। तुम हजार रुपल्ली पर तड़क-भड़क दिखा रहे हो, मेरी तो चार

लाख की गाड़ी है। हजार-पाँच सौ पर तो मैं पेशाब भी न करूँ। क्या समझते हो तुम लोग ?''

''देखो ! तुम-ताम मत करो। हम तुम्हारे बाप का नौकर नहीं हैं कि तुम बदतमीजी से बात करेगा। हजार-पाँच सौ पर पेशाब करता है, तो दो रुपए के लिए ईमान क्यों गँवाता है ? हमने अपना सामान न लादा होता और परिवार न होता, तो अभी तुरंत इस गाड़ी से उतर जाता।'' दूसरे मजदूर भाई ने कहा।

हेड एजेंट चारों खाने चित्त था। अब छोटे एजेंट का नंबर था। इस माहौल से लग रहा था कि दोनों एजेंटों में पहले से तय है कि जब एक गरमाए, तो दूसरा ठंडा हो जाए। उसने हेड एजेंट से कहा, ''भैया ! काहे बात बढ़ाते हो ? छोड़ो, ई पंजाब से भले चार पैसे की ही मजूरी करके लौटे हो, हमारे लिए पसिंजर हैं और हर पसिंजर लक्ष्मी होता है। पंजाब में बहुतों का सहा होगा। आज तो बात कहकर मन की भड़ास निकाल दी, तो अपने राम को खास फर्क नहीं पड़ता।''

तब तक हेड एजेंट नीचे उतर चुका था। कोई यात्री अपने सहयोगी की तरफदारी नहीं कर रहा था। वैसे, उनके चेहरे से लग रहा था कि अधिकांश लोगों को ज़्यादा किराया खला है लेकिन वे नककटे की तरह दूसरे की भी नाक कटी देखना चाहते हैं। मुझे सारे के सारे शिखंडी लग रहे थे। मैं सोचने-विसूरने में ही खोया था। मैंने सोचा कि जब मैंने सरकारी गाड़ी में प्रतिवाद किया था, तो मेरी तरफ से कोई माई का लाल नहीं बोला था। सो मैं क्यों किसी यात्री के पक्ष में बोलूँ। मैंने भी तो जायज़ मामला उठाया था। लेकिन मुझे यात्रियों ने पागल समझा था। ई मजूर पंजाब जाएँ या जहन्नुम में, मुझे क्या फर्क पड़ता है ! इस तर्क-कुतर्क में मैंने समय गँवा दिया, जैसे देश के अधिकांश कर्णधार गँवा रहे हैं।

शेष यात्रियों की ठंडई देखकर इन मजदूरों ने भी मजबूर होकर चौदह रुपए की दर से किराया दे दिया। फिर दो बची सवारियों से छोटे एजेंट ने किराया माँगा, तो एक ने मूँछ ऐंठते हुए कहा, ''तहरा आदमी पहिचान में नइखे आवत आ। हम स्टाप हई पुलिस महकमा के...।''

''माफ कीजिएगा, सर ! वर्दी न रहने से मैंने पहचानने में भूल की।'' कहते हुए उसने सीटी दी और ड्राइवर ने गाड़ी स्टार्ट कर दी। लेकिन तभी हवलदार के साथी ने कहा, ''अजी रुकिए तो। तनी पेशबवा करके आते हैं। आज साला इतना शर्बत पिला दिया कि पेशाब पर पेशाब छूट रहा है।'' कहते-कहते वह नीचे उतर गए और शुद्ध भारतीय स्टाइल में पेशाब करने लगे।

मुझसे नहीं रहा गया। मैंने टोंका, ''क्या हवलदार साहब ? एक घंटे से यहीं गाड़ी खड़ी है, उन्हें पेशाब कर लेना चाहिए था। अभी चार घंटे का रन है, तीन बजनेवाले हैं...।''

''हे भाई जी ! काहे बुरा मानते हैं। ई तो प्राकृतिक चीज़ है—कब कहाँ लगे सो पहले ही निपटना ठीक रहेगा। बस-ट्रक तो जनता की सवारी है, देर-सबेरे होती ही रहती

है,'' हवलदार ने कहा।

फिर उस आदमी के लौटने के बाद गाड़ी चल दी। बस मेन सड़क की बजाय ड्राइवर चिड़ियाघर, डाक बँगला और तमाम जगहों से होता हुआ पास कर रहा था। इस प्रकार करीब बीस मिनट तक यात्रियों को पटना दर्शन करना था। मैंने इस चक्कर काटने के बारे में पूछा तो छोटे एजेंट ने कहा, ''मामा लोग आजकल रोजाना चेक करते हैं। उनके लफड़े में कौन पड़े। ठीक-ठाक कागज-पत्तर रहने पर भी तंग करते हैं, सो हमने अपनी गाड़ी का कागज बनवाया ही नहीं...।''

मैं सब सुनता रहा और धीरे से इसका नंबर भी नोट कर लिया। मैंने सोचा कि आलोक से कहकर कल ही इसकी खोज-खबर लूँगा। इसकी अंदरूनी बातें मुझे मालूम हो ही गई थीं।

थोड़ी देर में बस 'धमरिया आटो सर्विस' पर पहुँचकर खड़ी हो गई। ड्राइवर डीजल भरवाने लगा और दोनों एजेंट खर्चा-पानी का हिसाब करने लगे। हेड एजेंट ने किराया की राशि में से एक सौ रुपए ले लिया। छोटे एजेंट ने आपत्ति-सी की, ''लेकिन मालिक ने तीस रुपए ही देने को कहा था।''

गले में बँधी लाल रुमाल को खोजते हुए हेड एजेंट ने कहा, ''ऊ तो हम भी सुने थे। लेकिन इसमें से चालीस-पचास गो रुपया तो दक्षिणा बँटने में चला जाएगा। दिन-रात चिल्लाते हैं, पसिंजर से झगड़ा करते हैं, दारोगा सिपाही के पाँव पड़ते हैं तो पचास से कम नहीं लेंगे। तिवारी कोच से मैं पचास रुपए से कम नहीं लेता था। साला तीस गो रुपया में अपनी जान हथेली पर कौन लेगा। इस महँगाई में खुराकी ही बीस-पच्चीस पड़ जाती है।''

खैर...वहाँ से निपटने पर बस चली, तो करीब साढ़े तीन घंटे में पहुँच गई। शाम हो चुकी थी। सर्दी पड़ने लगी थी। उतरकर मैंने रिक्शा लिया और डी. एम. के बँगले की तरफ चल दिया मैं सोचने लगा आलोक के बँगले के बारे में, उसके स्टाफ और गाड़ियों के बारे में तथा डी. एम. का गेस्ट होने के बारे में...। डी. एम. के बँगले पर पहुँचने पर मैं उसके आकर्षक रूप से खुश था। डी. एम. से मुलाकात करने की बात कहने पर बाहर खड़े चपरासी ने मुझे नीचे से ऊपर तक देखा और तपाक से कहा, ''साहब अभी नहीं मिलेंगे। कल ऑफिस में मिलना।''

''मैं बाहर से आ रहा हूँ। मैं साहब का दोस्त हूँ।'' मैंने कहा।

''हाँ-हाँ, सब अपने को दोस्त ही बोलते हैं और दोस्ती के नाम पर...।''

मैंने बीच में ही उसकी बात काट दी, ''आपको विश्वास नहीं होता तो मैं पर्ची पर लिख देता हूँ। आप साहब को दे दीजिए।''

''पुर्जी ऐसे खाली अंदर नहीं जाती।'' कहते हुए उसने दो उँगलियाँ दिखाईं, गोया दो रुपए न देने पर मेरी दोनों आँखें निकाल लेगा।

मुझे बहुत गुस्सा आया। परंतु मैंने सोचा कि कहीं मुलाकात न हुई तो इस अपरिचित शहर में कहाँ ठहरूँगा रात में। सो मैंने मजबूरन दो रुपए निकालकर उसे दिए